# 智齿

雷米 —— 著

图书在版编目（CIP）数据

智齿 / 雷米著. — 重庆：重庆出版社，2022.4
ISBN 978-7-229-16682-3

Ⅰ. ①智… Ⅱ. ①雷… Ⅲ. ①推理小说—中国—当代 Ⅳ. ①I247.5

中国版本图书馆CIP数据核字（2022）第047712号

**智齿**
雷米 著

| | |
|---|---|
| 策　　划： | 华章同人 |
| 出版监制： | 徐宪江 |
| 责任编辑： | 朱　姝 |
| 特约编辑： | 王晓芹 |
| 营销编辑： | 史青苗　刘晓艳　冯思佳 |
| 责任印制： | 梁善池 |
| 装帧设计： | L&C Studio |

出　　版：重庆出版集团 重庆出版社
（重庆市南岸区南滨路162号1幢）
发　　行：重庆出版集团图书发行公司
印　　刷：北京博海升彩色印刷有限公司
邮购电话：010-85869375

全国新华书店经销

开　本：880mm×1230mm　1/32　印　张：9　字　数：220千
版　次：2022年4月第1版　　　　　印　次：2024年10月第4次印刷
定　价：49.80元

如有印装质量问题，请致电023-61520678
版权所有，侵权必究

谨以此书纪念我的岳父

自序

# 疼痛的价值

有一次参加活动,主办方介绍我说,雷米老师,著作等身。我心说,那几本书,竖起来也不够啊。不过加上呈现在你面前的这本中短篇小说集《智齿》,应该够了。

作为一个业余写作者,我没有从小小说、短篇小说、中篇小说再过渡到长篇小说的写作,处女作即长篇小说《心理罪:第七个读者》。这让我颇有些沾沾自喜。反正我也没受过专业的文字训练,索性先从长篇小说写起。然而,总有些想法,难以通过一个很长的故事去表达。而且,在接受一些杂志约稿的时候,总有些蠢蠢欲动,打算用中短篇小说来挑战一下自己。于是,就有了写作生涯中的《焦阳》《智齿》《影子的灰烬》《成为汪允平》《酒窝》《三角关系》等作品。

起初,我以为短篇小说的写作是小菜一碟。然而,落笔之后,我才发现之前积累的所谓写作经验完全派不上用场。在动辄几十万字的长篇小说中,留给作者闪转腾挪的空间足够充分。但是,在较短的篇幅内要完成情节铺陈、人物塑造及情感倾注,实在是一件很难的事情。长篇小说像一株枝繁叶茂、根须交错的参天大树,而中短篇小说则像一座精致的山水盆景。小归小，仍然要见山是山，见水是水。它要求作者在短时间内集中注意力，调动起全部的热情和创造力来一次爆发。如果把长篇小说形容为一部娓娓道来的电视剧，那么中短篇小说就是一部爆点密集的电影。

如此看来，不如就将中短篇小说当作写给自己看的一出戏吧。

所以，在写作的时候，我会把自己的眼睛当作一架摄像机，设计光影、调度场景。

我看见李坡在潮湿的街道上，带着遍布全身的光晕奋力奔跑；

我看见江亚、杨小竹坐在黑暗的教室里，在他们中间，滕晓的身影若隐若现；

我看见地面上两个紧紧相拥着的烧焦的人形痕迹，宛若化作灰烬的影子；

我看见斩哥在大雨倾盆的后巷里，一步步走向王桃颤抖的枪口；

我看见鲁金堂横抱起濒死的明丽，在月光下露出野兽般的森森獠牙。

这些作品被我当作一出好戏，幸运的是，它们中的大多数也已经或者即将以电影的形式出现在你面前。根据《成为汪允平》《三角关系》《影子的灰烬》改编的电影《萌芽》正在制作中；根据《智齿》改编的同名电影入围第71届柏林国际电影节的特别展映单元，并在2021年度香港电影评论学会大奖中斩获最佳电影奖和最佳女演员奖。在第40届香港电影金像奖的评选中，《智齿》又以14项提名成为最大热门影片。

这部中短篇小说集是我对16年写作生涯的一次回顾，其中包括已经发表过的若干短篇小说，还有从未面世的最新中篇小说《焦阳》。之所以将这部小说集命名为《智齿》，并不仅仅因为它是目前所有根据我的作品改编的电影中成绩最好的一部，更重要的是，我希望用这部小说集纪念去年刚刚逝世的岳父。

他是一位可敬可亲的老人。作为一名工程师，他对我的创作并不十分了解。然而，在2021年初，得知电影《智齿》入围第71届柏林国际电影节的时候，岳父依然非常兴奋。其实，他并不知道这个奖项及其代表的意义。但是，他眼中带光，一遍遍向我询问的样子始终历历在目。

我将小说的名字命名为《智齿》，其实是想描写一种毫无价值的疼痛。毫无疑问，岳父的离开给我和家人们带来了无尽的痛苦。然而，我常常想，既然疼痛无可避免，那么，它的发生一定带有某种意义。也许，我们可以从疼痛中汲取力量，学会爱与珍惜，让伤口最终愈合成疤。在我们的身上、心中留下一块坚固的地方，提醒我们不可忘记、不要忘记。倘若如此，我们所经历的所有疼痛，就不是毫无价值的。

2022年3月于沈阳

# 目录

1 | **焦阳**
烈日已经升到了头顶。空荡荡的桥面上反射着强烈的日光,热气不断蒸腾着。

102 | **智齿**
斩哥低头看着自己的胸口,完全湿透的蓝色制服上,有一个烧焦的小洞,大片的红色正迅速蔓延开来。

148 | **影子的灰烬**
火很快就烧起来。成宇和苏雅并排站在火堆前,默默地看着苏凯的尸体被火焰笼罩。刺鼻的焦臭味在仓库内蔓延开来。成宇转过身,定定地看着苏雅,在火光的映衬下,他的面庞棱角分明,如雕塑般完美。

177 | **成为汪允平**
这目光让佟国才毛骨悚然,他很清楚一直盯在自己背后的就是这双眼睛,可是眼前的这个人,他的确不认识啊。

204 | **光荣街的秘密**

谁也说不清楚傻子是什么时候来到这条街上的。仿佛在一夜之间,光荣街上的憨厚面孔中多了一张五官扭曲、脏污不堪的脸。

224 | **酒窝**

酒窝?

她忽然觉得自己的记忆出现了障碍,她不记得照片上的女人是否有酒窝。尽管在那些忙乱的午后,她常常有些赌气地赖在床上拖延时间,反反复复地看了女人的照片很多次,她依然不能肯定女人的脸上是否有酒窝。

242 | **王宝栓的《海浪》**

在此之前,王宝栓只见识过枪林弹雨的壮烈和炮火纷飞的绚烂,在他眼里,那才是最好看的。而在这间深夜的画室里,王宝栓见识到了另一种美。虽不至于劈头盖脸、猝不及防,但那丝丝入骨般的缠绕,更让人通体酥软,心生向往。

254 | **三角关系**

如果她肯留下来的话,我也许会告诉她:当时滕晓把手伸给我的时候,我原本可以拉住他,但是我脑子里突然闪现的一个念头让我把他推了下去——我不能让他重新出现在我的生活里。

焦阳

烈日已经升到了头顶。空荡荡的桥面上反射着强烈的日光,热气不断蒸腾着。

**陈卓**

  窗户外的城市宛若一幅图画。远方的楼房,近处的绿树,笔直的街道和沉默伫立的路灯。然而,这幅画并不是静止不动的。偶尔会有闪耀着灯光的汽车闯入画面中,短暂地撕开幕布后,一切又归于沉寂。

  陈卓看着这幅画的背景从漆黑一片,再到深蓝、浅蓝,直至一丝亮白色出现在天边。那些景致渐渐露出清晰的轮廓,越来越大的声响开始充斥在画框中——画面正在慢慢变得鲜活起来。

  他静静地站在窗前,一如几小时前的姿态。这似乎让他也成了这幅画的一部分。而且,他自己也期待如此。画中人,画中景,画地为牢。

  他从嘴边取下即将燃尽的烟头,塞进窗台上的一个矿泉水瓶里。浸泡了几十个烟头的水瓶里呈现出令人作呕的深棕色。

  一个护士穿过烟雾缭绕的走廊,看见背对着她的陈卓,正要开口发难,突然意识到他是旁边ICU病房里的女人的丈夫,识趣地走开了。

  随着天色转亮,住院部里也开始热闹起来。然而,大多数人不会去关注那个在窗口如木雕泥塑般伫立的背影。各人有各人的烦恼。在这个地方,人间悲喜,习以为常。

大概是因为站得太久的原因，当陈卓察觉到有人拍他肩膀的时候，转身变成了一件非常艰难的事情——龇牙咧嘴——身后的两个老人被吓了一跳。

面目狰狞的陈卓从牙缝里挤出两个字："爸，妈。"

岳父搓着手，一幅欲言又止的为难模样。岳母则小心翼翼地从手提袋里拿出一个饭盒。

"大卓啊，还没吃东西吧？妈给你带了饺子。"

陈卓犹豫了一下，接过还有些烫手的饭盒，放了窗台上。

岳父趴在ICU病房的门口，透过狭窄的玻璃窗向里面观望着。不用看，陈卓就知道她依旧带着满身的管子，一动不动躺在病床上。

"盼盼怎么样了？"

"还那样。"陈卓淡淡地答道，"医生说，病情有变化，会立刻通知我的。"

"等她醒来的，"岳父忽然变成一幅恼怒的模样，"看我不打断她的腿！"

"她醒过来就好了。"陈卓苦笑一下，从衣袋里拿出一部屏幕碎裂的手机，"好多事情，我也想知道。"

岳父似乎余怒未消，又把矛头指向岳母："你看看你养的好女儿，做出这么丢人的事情！"

岳母却没有反驳，只是看看那部手机，面露恐惧的神色。

"大卓，"她拉拉陈卓的衣袖，语气近乎哀求，"妈跟你聊几句，行不？"

"妈，杨盼醒来之前，咱们还是什么都别聊了。"陈卓轻轻地拉开她的手，"她要是醒不过来，咱们就更没必要聊了。"

岳母的表情更加尴尬，张了张嘴，正要继续劝说，就听见身后传来一阵急促的脚步声。

她下意识地回过头,看到一个留着短发的年轻女人正快步走过来。

"陈先生,"她径直走到陈卓面前,直勾勾地看着他,"聊几句吧。"

出人意料地,陈卓点点头:"好。"

来到消防通道里。两个人各自倚靠着一面墙,彼此对视着。陈卓搔搔头发,先打破了沉默:

"你怎么来得这么早?"

"睡不着。"女人反问道,"你能睡着吗?"

陈卓不回答,又从衣袋里拿出烟盒。

女人盯着他的动作,忽然开口说道:"给我一支。"

陈卓有些诧异:"你抽烟?"

女人伸出手,一脸挑衅的神情。

陈卓无奈,只好抽出一支香烟递过去,又替她点燃。

女人动作生疏地吸着,不时撇撇嘴,仿佛在自言自语:"学坏没么难,对吧?"

陈卓沉默了几秒钟:"你要跟我聊什么?"

女人垂下眼睛:"我找人打开王野原的手机了。"

陈卓怔怔地看着她,手中的香烟不由得颤抖起来。

女人却轻蔑地笑笑:"他和杨盼的通话记录、短信记录、微信聊天记录被删得一干二净。"

"也就是说,"陈卓定定神,"你也没找到任何证据?"

"哈!还找他妈什么证据啊?"女人似乎觉得陈卓的话非常可笑,"大货车撞上王野原的车的时候,他们俩的裤子还没来得及穿上呢。"

陈卓不动声色:"那你还破解王野原的手机干吗呢?"

"因为我要知道他们是怎么开始的，什么时候开始的，谁他妈的先勾引的谁！"女人歇斯底里地吼起来，"除了车震，还他妈的在哪里玩过，有没有在我的床上玩过！"

看着女人几乎要凸出眼眶的双眼，扭曲的五官，陈卓感到既无奈又厌恶，扭过头去低声说道："这事怕是搞不清楚了。"

"怎么不能？"女人上前逼近一步，"你不是警察吗？你们不是可以恢复手机里的信息吗？再说……"

她指指陈卓的衣袋："你老婆的手机里没准还保存着俩人的通话记录和聊天记录呢。"

陈卓沉下脸："我帮不了你。"

他起身欲走，却被女人一把抓住衣袖。

"你不想知道吗？"女人的声音尖利，每个字节仿佛都是锋利的刀子，"你这顶绿帽子是怎么戴上的——你不想知道吗？"

"你回去休息吧。"陈卓甩开她，"你老公也需要人照顾。"

"你是不是怕我讹你？"女人忽然举起一只手，"我黄莉莉对天发誓，就算是杨盼提议车震的，我也不会要你赔偿一分钱。"

陈卓心中厌烦至极，正要破口大骂，就听见自己衣袋里的手机响了。

陈卓快步走出住院部大楼，径直钻进停在路边的一辆帕萨特轿车内。小武从驾驶座上转过身来，有些尴尬地向他咧嘴一笑："陈哥，咱们出发？"

陈卓嗯了一声，还在庆幸终于摆脱了黄莉莉的纠缠，浓重的睡意猝然袭来。他勉力挣扎了几下，就靠在座椅上沉沉睡去。

这一睡就是足足四十分钟。直至帕萨特轿车骤然降速，最后停下来。陈卓睁开眼睛，一时间竟不知道自己身在何处。他正在茫然四顾，一张脸出现在车窗上。

单支队长不耐烦地敲敲窗户,示意他下车。

陈卓努力瞪大酸涩无比的眼睛,拉开车门。

即使在盛夏,清晨的温度还是凉爽宜人的。特别是在郊区,又微微起了一阵风,陈卓立刻觉得自己清醒了不少。

他看看正在路边的旱沟里忙碌的同事们,隐约在人群中看到一双穿着高跟凉鞋的脚。

肤色惨白。

"单支队,什么情况?"

"妈的,命案。"单支队长的面色不善,"412天。他妈的!"

陈卓知道他说的是"吉阳市××天无命案"的纪录到412天为止了。老单如此恼火,完全可以理解。

"局里高度重视。所以,知道你家里有事,还是得把你找回来。"单支队长继续说道:"你媳妇怎么样了?"

陈卓沉默了几秒钟:"还在ICU。"

"唉,天有不测风云,你也别丧失信心。"单支队长拍拍陈卓的肩膀,"你把握大方向,其他的让小武他们去干。"

"没事,我岳父、岳母在医院陪护。人没醒,我也没什么能做的。"陈卓摇摇头,"局里需要我,我就上。"

"行,那就辛苦你。搞完案子,我给你放一星期假。"单支队长也不客气,拔腿就走,"我回去跟局长汇报一下,现场的情况你找利民和老郑。"

陈卓目送他上车离去,又在原地站了一会儿,把头转向路边的那条旱沟。

物证的固定、提取工作已经接近尾声。杨利民戴着手套、脚套和头套,正蹲在旱沟边,一言不发地抽着烟。

陈卓凑过去,和他并排蹲下。杨利民咂咂嘴,把香烟和打火机递过来。陈卓干咳一声,抬手挡了回去。

"不抽了,抽一宿了。"陈卓向旱沟里努努下巴,"怎么回事?"

"附近的化工厂工人发现的,早上六点多。"杨利民把烟头远远地抛出去,"初步怀疑是抢劫杀人。"

"抢劫杀人?"陈卓皱起眉头,"荒郊野外的,一个女人跑这里干吗?"

"嘿嘿。"杨利民把脚下的一个物证袋踢过去,"特殊行业嘛。"

陈卓低头看去——透明塑料袋里是两个尚未拆封的杂牌安全套。

"明白了。"陈卓撇撇嘴,"有什么发现吗?"

"提到了几枚足迹,都不太完整。"杨利民打了个哈欠,又指指路边,"几处滴落血。对了,死者的牛仔裤屁股上有泥。"

"泥?"陈卓眨眨眼睛,"昨天到现在没下雨啊。"

"是啊。"杨利民笑笑,"死者的屁股接触过地面,灰尘混合露水,形成了泥。"

陈卓琢磨了一会儿:"利民……"

"露水形成的时间是昨晚11点到今天凌晨4点之间。"杨利民点点头,"这就是案发时间。"

"这里是第一现场吗?"

"还不能下结论。"杨利民懒洋洋地抬起手,"你问问老郑。"

法医老郑看起来情绪不太好。此刻,他正粗声大气地指挥几名警员把女尸从旱沟里抬到路边的一张塑料布上。

死者年龄不大,看上去在25岁至30岁之间,体态修长、丰满。上身穿粉色短袖衫,下身着浅蓝色牛仔裤,脚蹬银色高跟凉鞋。尸体正处于尸僵高峰期,被转移到路边后,仍旧保持着原始姿势。

老郑跪在塑料布上,仔细观察着尸表情况,小声咒骂着。

陈卓也弯下腰,看着女尸胸腹部的大片血迹和短袖衫上的几处破口。

"失血性休克?"

"那些都没要她的命。"老郑用镊子小心地夹起女尸脖子上裂开的皮肤,"这一刀才是致命伤——割喉。"

他抬起头,看见陈卓,先是一愣。

"你怎么来了?"老郑有些尴尬,"那个……弟妹怎么样了?"

陈卓闭口不言,盯着女尸。小武用眼神制止老郑再问下去。老郑悻悻地给自己打圆场,"都把你调来了,老单这是急眼了。"

杨利民也走过来:"老郑,路面上有滴落血——她是死后被转移到这里的吗?"

老郑琢磨了几秒钟,抬脚把一把铁锹踢进旱沟:"小武,去挖土。"

"挖土?"小武有些莫名其妙,"挖什么土?"

"带血的土,都挖出来。"

小武瞪了老郑一眼,跳下旱沟。

陈卓直起腰来,又转向杨利民:"死者身份能确定吗?"

"不能。"杨利民摇摇头,"手机、钱包、身份证都没有——所以我怀疑是抢劫杀人嘛。"

"我觉得也是。"老郑头也不抬,指指女尸的脖子,"她应该戴了条项链,也被抢走了——皮肤上有擦伤。"

陈卓叹了口气:"先确定她的身份吧。她显然是来做生意的,查查最后和她交易的嫖客。"

很快,一个不大不小的土堆出现在旱沟里。小武一边擦汗,一边挥手招呼老郑:"郑大爷,你来瞧瞧。"

老郑跳下旱沟，蹲在土堆旁边，上下打量一番，又抓了一把土，细细地在指间捻动着。

"带血的就这些？"

"应该……是吧。"小武有些心虚，搔搔脑袋，"好像差不多了。"

"差不多个屁！"老郑拉下脸，向土坑指指点点，"这不都是吗？"

陈卓也跳下去，一把拽过铁锹，推推小武："我来。"

小武慌了，急忙拦住他："陈哥，我来就行……"

"你带几个人去那个化工厂走访。"陈卓不由他分说，"再查查附近有没有快捷酒店之类的。"

老郑也忍不住了："卓儿，我不是那个意思……"

话没说完，杨利民就连连对他使眼色。老郑识趣，立刻闭上嘴巴，不说话了。

小武和几个警员匆匆离开。旱沟旁只剩下陈卓、老郑和杨利民三个人。陈卓一言不发地挖着土，头上很快就见了汗。他索性脱掉身上的短袖衫，发狠般挥起铁锹，一锹锹深挖下去。

老郑和杨利民互相看看，不阻止也不帮忙，任由他在旱沟里埋头苦干。此时已经艳阳高照，这条郊区公路上的人和车渐渐多了起来。有人发现了路边的女尸，半是恐惧半是好奇地驻足或者停车，都被老郑毫不客气地赶走。

半小时后，一个更大的土堆初具规模。陈卓已经汗流浃背，脸上、身上都是尘土，被流下的汗水冲刷出条条纹路。他扔掉铁锹，大口喘息着："下面都是新土了，一点血迹都看不到了——老郑，怎么样？"

老郑看看土堆，又抓起一把土，嘴里念念有词。

良久，他扔掉手里的泥土，拍拍巴掌："这回是真差不多了——按出血量来看，就是在这里割的喉。"

杨利民看看路边依旧保持着僵硬姿势的女尸，想了想道："凶手之前捅刺了她的胸腹部，转移到旱沟里，发现她没死，又割了喉。"

陈卓捡起自己的短袖衫，潦草地擦着头脸上的汗水："利民，现场提取到几种鞋印？"

杨利民竖起一根手指。陈卓又问道："头发和鞋跟呢？"

"没有擦蹭痕迹。"

"一个人作案。"陈卓套上短袖衫，依旧气喘如牛，"凶手体格并不怎么样，不高，力量也一般。"

他伸出双臂，做出托举的姿势："把死者弄到旱沟里，估计费了他不少力气——死者的屁股都蹭到地面了。"

老郑点头，表示同意。

杨利民递给陈卓一根香烟，又帮他点燃，小声问道："干点力气活，爽了？"

陈卓还是不回应，叼着烟，眯起眼睛，看向远方的公路。

热气蒸腾的路面上，一辆白色面包车正飞驰而来。车头上喷涂的"96144"依稀可辨。

小武这一组还真的大有收获。

距离案发现场不足3公里的地方有一家某品牌连锁快捷酒店。通过调取、查看酒店内的视频监控发现，案发前一日晚10点11分，死者曾同一名男子共同进入该酒店。男子用自己的身份证开房后，二人先后进入酒店8415号房间，并在此停留了大约一个小时。当晚11点19分，死者独自离开酒店。半小时后，男子也退房离开。

经查，该男子名叫陆凯，某财税咨询公司负责人，本市人，41岁，已婚。

此外，在视频监控中，可见死者随身带着一个紫色女士皮包，脖子上戴着一条金项链。因案发地点位于城市郊区，视频监控只拍到了死者离开酒店的影像，之后去向不明。

同时，在案发地附近的调查走访也获取了一些线索。距离案发现场6公里左右，有一家化工厂。一名下夜班的工人在案发前一晚11点40分左右，曾骑自行车路过案发地点。据他陈述，他看到一辆熄火的出租车停在路边，隐约能看到一男一女坐在后排座上，似乎正在撕扯。他以为有人在此车震，打算上前偷看，却被车内男子发现，只能骑车离开。但是，对于出租车所属公司、车辆品牌、牌照号码及车内人员的体貌特征，他并未留意，只是依稀记得车辆为上绿下白两色。

吉阳市公安局第二会议室里哄笑声起。

"他妈的，这王八犊子就想着看车震了。"一个年长的警察叼着烟，眯起眼睛，"关键的信息是一点都没看着啊。"

哄笑声再起。

听到"车震"二字，单支队长眉头一皱，下意识地看向坐在角落里的陈卓，用力敲了敲桌子。

"别他妈扯没用的了。"他转向小武，"那个叫陆凯的嫖客落实没有？"

"人已经找到了。"小武一脸为难，"这货只认嫖娼，别的一概不认。"

单支队长又问道："他知道死者的身份吗？"

"不知道。他们是通过微信联系的。"小武骂了一句，"这货挺鸡贼的，找到他的时候，他手机里的招嫖信息已经被删得一干二净，把那女的微信也拉黑了，只记得女的微信名叫丽丽。"

"手机里的信息能恢复吗？"

"技术处正在想办法。"

"盯紧他。"

小武点头称是。这时，一直埋头翻看资料的陈卓开口了：

"那家酒店距离市区那么远，这个陆凯怎么过去的？"

小武急忙答道："开车。"

"什么车？"

"别克君越。"

"检查车了吗？"

小武一愣："还没有。"

"如果他是凶手，车里应该有血迹之类的。"陈卓面无表情，"再有，看看行车记录仪。"

小武应了一声，快速在笔记本上记录着。

单支队长琢磨了一下："陈卓，你什么意见？"

"陆凯那条线的可能性不大。"陈卓盯着桌面，"俩人都完事了，他又是个不差钱的主儿，何必再抢劫杀人。"

"你的意思是？"

"化工厂那个工人提供的线索很重要。"陈卓抬起头，"吉阳市的出租车公司虽然有好几家，但是，据我所知，上绿下白的，是宏发公司的车。"

"就算能确定是宏发公司的车，至少也有几百辆。"单支队长咂咂嘴，"怎么查？——还不能打草惊蛇。"

"我有个办法。"陈卓慢吞吞地答道，"让交管局帮个忙。"

当天下午，市内所有出租车公司都接到了交管局的紧急通知。通知上说，因近日天气炎热，市内所有出租车要接受临时车检，排查自燃隐患。

此次车检拟采用分批次、分时段的方式。其中，吉阳宏发出租汽车有限责任公司位列第一批次。

烈日当头。陈卓和杨利民坐在检车线的车间里，看着一辆辆上绿下白的捷达车驶入院子里。

小武拿着硬皮文件夹匆匆跑进来，身上的短袖衫已经被汗水濡湿了一半。

"陈哥，一共212辆车，正在陆续到位。"小武把硬皮文件夹递给陈卓，"这是车牌号和车主名单。"

陈卓一边翻看一边开口问道："认尸通告发了吗？"

"发了。"小武擦擦脸上的汗水，"用的就是酒店的视频截图。"

"陆凯那边呢？"

"车里没发现血迹之类的。"小武一脸懊恼，"行车记录仪我们也看了，这货完事后就开车回家了。"

陈卓的脸上看不出失望的神色："该转治安那边就转吧，别跟了。"

杨利民凑过来："车也到位了，怎么搞？"

"把你的人分成几组，重点检查车后座。"陈卓指指外面的车队，"发现血迹之类的痕迹，就单独筛出来，马上送老郑那边验DNA。"

他想了想，在杨利民的肩膀上拍了一下："咱们运气好的话，第一辆车就是；运气不好，第212辆才是。"

这一查，就到了午夜时分。杨利民等人倒是筛出了几台嫌疑车辆，但是送检的结果都和女尸不符。

杨利民开始焦躁起来，在车间里来回踱着步："妈的，咱这哪是运气不好，是太不好了吧。"

陈卓倒是淡定许多，仔细翻看着车主名单上密密麻麻的涂写痕迹：

"确定都查了吗？"

"确定。"小武已经哈欠连天，"查完一个划掉一个，差不了。"

杨利民骂了一句："是不是那个窥淫癖记错颜色了？"

陈卓刚要开口，就看见一辆亮着车灯的出租车从大院门口开进来——上绿下白。

出租车径直开进车间，停车，熄火。从驾驶座上下来的却是一个交通警察。

"哪位是陈卓警官？"

陈卓站起来："我就是。"

交通警察简单地说明了来意：昨天凌晨，警方在高速公路出口设卡拦截运输毒品的犯罪嫌疑人。一辆出租车在排队等待接受检查的时候，驾驶员和副驾驶座上的一名男子忽然弃车而逃。现场的警员追捕未果，检查车辆后，也没有发现毒品。今天，警方通知出租车公司的负责人及车主前来配合调查，却被告之车主已经驾驶该车辆前来接受临时车检。事有蹊跷，经咨询市公安局后，单支队长指令他们将车辆直接交由陈卓处理。

杨利民已经迫不及待，直接钻进了车后座。短短几分钟后，陈卓听见车里传来一声半是惊讶半是喜悦的叫骂。

他的心顿时一松。

一个小时后，陈卓就意识到自己的心松得太早了。这辆出租车的后座上发现几处喷溅血迹，经快速DNA检测后，能和旱沟内发现的女尸做同一认定。然而，这辆车与名单上的某一辆车牌号相同，但是车内并没有安装防护及定位装置。至于在车上查获的行车文件，初步判定为伪造。

这辆作为第一现场的出租车，是一辆套牌的假出租车。

凌晨两点，一辆帕萨特轿车停在了市第一人民医院的住院部楼下。陈卓放下车窗，看着7楼右侧第4扇窗户。ICU病房的灯火长明。他知道此刻岳父、岳母正守在病房的门口，苦苦等待着昏迷中的女儿能睁开眼睛。他知道自己应该上楼，替换老人让他们回去休息。然而，他不知道岳父、岳母期盼的奇迹是否就是自己所愿。杨盼的手机还在他的衣袋里，还剩67%电量。虽然他的职业就是解密探秘，但是一个他可以轻易揭开的秘密，竟让他望而却步。对他而言，破解妻子的手机密码并不是难事，更何况，他可以径直冲进ICU病房，抓起她的手指解锁。但是，他害怕去面对那些可能看到的东西。而且，他更想知道的是：怎么可能？

是啊，那个娴静恬淡、少言寡语的杨盼，怎么可能有婚外情？那个羞于在公共场合和他有任何亲昵举动的杨盼，怎么可能会和小她5岁的男同事在路边的汽车里苟合？

这顶颜色刺眼的帽子已经戴上了。他也想知道是什么时候戴上的，怎么戴上的。问题的答案可能就藏在妻子的手机里。他却在那扇门前停下了脚步。

等她醒过来，我要她亲口告诉我。他这样想。

然而，他也不确定那一天会不会到来。

陈卓重新发动汽车，向另一个方向驶去。

市公安局大院里一片寂静，除了值班人员之外，余下的窗口里灯光依稀。陈卓径自回到空无一人的办公室，打开电灯，在自己的工位上发了会儿呆。随即，他起身走到白板前，把现场图片、勘查报告贴在上面，又写下"无名女尸""抢劫杀人""套牌出租车"等几个关键词。做完这一切，他靠在办公桌上，点燃香烟，一动不动地看着白板。

毫无疑问，案件的侦破陷入了僵局。虽然找到了作为第一现场的涉案车辆，但是，一辆被弃之不顾的套牌车，查找车主非常困难。而且，女尸的身份还没有搞清楚，围绕她的各种社会关系就无从排查。此外，现场感知人的陈述和勘查结果都显示单独作案的可能性比较大，那么，从涉案车辆上脱逃的两个人又如何解释？

陈卓想了想，又在白板上写下"手机""金项链"几个字。

被抢财物的去向，也许是不得已而为之的另一个突破口——回头让小武去查查。

案情研判是一个枯燥乏味的过程。但是对于此刻的陈卓而言，却是逃避真正的烦恼的最佳方式。他正试图将自己的全部身心都投入到工作中，办公室的门被人推开了。

杨利民探进半个脑袋："一猜就是你。"

陈卓勉强冲他笑笑："你那边有进展吗？"

"套牌车的方向盘上提到了几枚指纹，还有几枚被覆盖的，鉴定价值不大。"杨利民打了个哈欠，"还有，那是辆报废重装的车，车身颜色什么的都是后改的。"

陈卓叹了口气，这意味着查找车主难上加难。

杨利民也站在白板前看了一会儿，却不予置评，问道："你吃饭没有？"

"没有。"陈卓摇摇头，"不饿。"

杨利民沉默了几秒钟："哥陪你喝点儿？"

陈卓一愣，随即笑笑："不用。"

"哥是过来人。你嫂子刚没那会儿，我下死力气去干活儿，大半夜的跟抓捕队去蹲守，帮预审那边熬嫌疑人。实在闲着没事了，我把通道踏板全换成钢化玻璃的——只要不让我想她，我什么都干。"

陈卓低下头，不说话了。

"这事吧，你得这么看。"杨利民把手搭在他的肩膀上，"人在，就考虑要不要继续过日子的事情；人要是不在了，就没必要想那些有的没的折腾自己。"

陈卓苦笑："我就是有点想不通。"

"想不通就不要想了嘛。"杨利民撇撇嘴，"想通了又能怎么样呢？"

他指指白板："老单把你叫回来是对的。把心思放在这些能想通的事情上，至于别的，静观其变吧。"

说罢，杨利民转身向门口走去："你熬着吧，哥哥得回去睡一觉了。想喝酒了随时找我。"

陈卓想了想，忽然问道："利民，你当年那么做——有用吗？"

杨利民站在门口，半回过身，笑了笑："下次告诉你。"


## 鲁金堂

鲁金堂被夹在人流中，慢慢走出北出站口。他四处张望一番，又看看吉阳市火车站主楼上的圆形大钟——时间已经过了晚上9点。

站前广场上依旧人来人往。随着夜色越加深沉，气温也降低了不少。很多等候晚车的旅客占据了广场上的花坛和长椅，或坐或卧，或高谈阔论或闭目养神。推着小车的流动摊贩穿梭在广场中，向旅客们兜售香烟、啤酒、蒸地瓜、烤玉米、烤香肠。

鲁金堂点燃一支烟，默默地注视着眼前的热闹景象，鼻子里不时蹿入各种食物的香气。这似乎勾起了他某一段熟悉又陌生的回忆，鲁金堂的嘴角不由得浮现出一丝笑意。

这是个剃着光头，黑瘦矮小的男人，身上的咖色短袖衫已经褪色，长裤同样陈旧，裤脚高高挽起，露出磨起毛边的帆布鞋。他的随身行李只有一个黑色人造革挎包，没有拉满的袋口露出半截秋衣的袖子。看上去，他和那些进城务工的农民毫无区别，只是眼中缺了些懵懂和惶恐。

鲁金堂扔掉烟头，慢慢地向广场外走去，对挤上来拿着"某某旅馆"牌子的中年妇女们视而不见。还没走到广场边缘，又一个中年男子迎面走过来，开口招呼道："大哥，打车不？"

鲁金堂低着头，刚要绕过他，对方就把挎包接了过去。

"大哥刚下车吧，这一路折腾的，来，我帮你拎着。"

鲁金堂吓了一跳，刚要夺回挎包，中年男子却自顾自向广场外走去，边走边向路边指点着："我的车就在那儿，你放心，车费给你算便宜点。"

鲁金堂无奈，只好跟着他走。

这是一辆上绿下白的出租车，看上去已经有些年头了。中年男子殷勤地帮鲁金堂打开车门，自己麻利地上车、发动，嘴也不闲着：

"大哥，不是本地人吧？去哪儿？"

"嗯。"鲁金堂不想多说话，"先找个住的地方吧。"

"好嘞，没问题。"

"不要太贵的，能住就行。"

"高中低档，任君选择。"中年男子哈哈一乐，"大哥是来干什么的？打工还是串门啊？"

鲁金堂看着窗外的夜景，沉默良久才挤出几个字："来看个朋友。"

"嗯。"中年男子忽然换了一幅神秘的表情，"大哥，晚上要不要搞点节目？"

鲁金堂有些莫名其妙："节目，什么节目？"

"哎呀，大哥你可真老实。"中年男子夸张地笑起来，"大老爷们，出门在外的，不整个妹子陪陪你？"

鲁金堂也笑，随即就摇了摇头："算了。"

很快，出租车驶进了一条小巷子，最后停在一家名为"喜福客栈"的小旅馆门口。车费10块。鲁金堂付了钱，拎着挎包下车。中年男子也下了车，嘴里念叨着"妈的憋不住了"，直奔小旅馆的前台而去。

"老板娘，我用一下卫生间啊。"

前台坐着一个40多岁的女人，浓妆艳抹，眼神飘忽。她向中年男子挥挥手，随即就把视线落在鲁金堂身上。

"大哥，住宿吗？"

鲁金堂点点头："多少钱一宿？"

"啥价位的都有，有能上网的，还有带麻将桌的……"

"最便宜的多少钱？"

"30。没有独立卫生间啊，洗漱得去公共卫生间。"

"行，就来这个。"

"308房，押金50。"老板娘倒也爽快，"洗发水和沐浴液要不要？一块钱一袋。"

鲁金堂交了押金，又买了一袋洗发水和一袋沐浴液，领了房卡，沿着楼梯上了三楼。

308号房位于走廊尽头，房间狭窄逼仄，除了一张铁床和电视机以及屋角的脸盆与毛巾，再无别物。鲁金堂坐在床上，立刻闻到了泛黄的床单上散发出的一股霉味。他慢条斯理地脱掉鞋子，换上拖鞋，拿起脸盆和硬邦邦的毛巾，起身去了公共卫生间。

十几分钟后，只着内裤的鲁金堂带着一身廉价的香气，擦着湿漉漉的上身回到了308号房。冲过凉之后的他心情大好，躺在床上抽了一支烟，打开电视机漫无目的地换了几个台，最后停在了体育频道上。

他下床打开挎包，拿出一桶方便面，正在房间里四处踅摸电热水壶的时候，就听见房门被敲响了。

莫名其妙的鲁金堂打开门，一个30岁左右的女人闪了进来，上下打量了鲁金堂一番，抬脚就向床边走去。

"大哥，快点啊。"女人手脚利落地脱着衣服，转眼间就只剩下内衣，"你还愣着干吗呢？"

鲁金堂越发迷惑："你是谁啊？"

"你叫的特殊服务啊。"女人白了他一眼，随即就看向门口，"200。"

鲁金堂看看半裸的女人，心下有些犹疑："我没叫……"

话音未落，房门又被粗暴地打开，三个壮汉闯了进来。为首的男子满臂刺青，气势汹汹地冲向女人，一把将她推翻在床上——女人夸张地惨叫起来。

另外两人则将鲁金堂围住，其中一个破口大骂道："敢动我大哥的女人，你不想活了吧！"

女人适时开口："老公，是他把我硬拽进来的，我没有……"

鲁金堂捧着那桶方便面，愣了几秒钟，随即就面色如常。

花臂男子向他逼近一步："这他妈是我老婆！你说公了私了吧。公了，咱们上派出所，告你强奸；私了……"

鲁金堂抬手阻止他再说下去，神情颇为无奈。他放下方便面，拿起搭在床边的裤子，从中掏出钱包，数出300递给花臂男子。

"大家心知肚明，别废话了。"鲁金堂平静地说道，"就这么多，请大家吃个宵夜。"

花臂男子有些尴尬，随即就圆瞪双眼，挥手打了鲁金堂一记耳光。

"你他妈打发叫花子呢？"

鲁金堂挨了打，却不急不恼："兄弟，咱们都是明白人，差不多就得了。"

"谁他妈跟你是兄弟！"

花臂男子当胸推了鲁金堂一把，顺势抢过他手上的钱包，抽出一沓纸钞。

鲁金堂火了："哎！"

另外两个男子围拢过来，三拳两脚把鲁金堂打翻在床上。鲁金堂一言不发，蜷起身子，双手护头，任由他们殴打。

花臂男子把钱塞进钱包，揣进裤袋里，大声喝骂道："这是给我的精神损失费！以后不许骚扰良家妇女，听懂没有？"

随即，三男一女拉开门，扬长而去。

鲁金堂从床上慢慢地爬起来，冲地上吐了一口带血的唾沫，站在原地喘息了一阵，又低着头坐下来。

几分钟后，他一件件穿好衣服，蹬上帆布鞋，拎起挎包走出了房间。

一楼的旅店前台处，那个送他过来的出租车司机正趴在柜台上和老板娘聊天，手边是一个食品袋，里面装着两个热气腾腾的烤地瓜。

"你看，我特意给你买的。"中年男子语气腻歪，"趁热，凉了就不好吃了。"

"你就拿这破玩意儿糊弄我？"老板娘一脸嫌弃，"你说每天至少给我送来三个，今天才第二个。"

"我这就回站前。这不是想你了吗。"中年男子用手指在老板娘的手背上划动着，"你老公今晚还回来不？"

鲁金堂沿着楼梯走下来。中年男子看见他，慌忙把脸扭过去。鲁金堂看也不看他，径直走到柜台前，把房卡扔给老板娘，转身向门口走去。

老板娘还在故作姿态："大哥，退房啊？我给你退20块钱押金。"

鲁金堂没理她，直接走到门外。同时，他听见身后传来这对男女的窃笑声。

来到街面上，鲁金堂向左右看看，立刻发现那辆上绿下白的出租车就停在小旅馆门口。尾灯亮着，车身也随着发动机的轰鸣声微微颤抖着——驾驶室空无一人。

鲁金堂毫不犹豫地走过去，拉开门上车，松开手刹，挂挡，踩油门，迅速驶离。

足足开出十几公里后，鲁金堂才把车停在一片老旧小区的旁边。连抽了两支烟，他开始在车里翻找东西。扶手箱里只有一把弹簧刀和几十块零钱，除此之外再没有值钱的东西。车内的运营证上的照片和那个中年男子面貌迥异，想来这辆车也不是什么正规的出租车。计价器旁边挂着一个塑封过的小纸片，上面是一个正方形的图案，看上去像某种符号。鲁金堂翻来覆去地看了半天，虽然在这段时间经常能看到这玩意儿，但是也不知道它是做什么用的，索性扔在一边。

这一点可怜的零钱，连一天的生活费都不够。鲁金堂越想越气，连连用手掌猛击方向盘。他不想在吉阳市惹麻烦，达到目的之后就会远走高飞。否则，他也不会在遭遇"仙人跳"的时候选择忍气吞声。然而，麻烦还是找上了他。开走这辆黑车虽然解气，但是那个司机肯定不会就此罢休。不过，令他聊以自慰的是，黑车司机也轻易不敢报警——这可以为他争取一点时间。

当务之急，是搞到钱。鲁金堂看看漆黑如墨的天空，琢磨着天亮之后是在本地还是外地找一个二手车交易市场。这辆破车虽然不值钱，但是弥补自己的损失应该绰绰有余。

鲁金堂正在盘算,忽然听到有人在敲副驾驶一侧的车窗。他吓了一跳,下意识地看过去,发现一个打扮入时的姑娘正弯腰站在车外看着自己。

"师傅,走不走?"

鲁金堂一愣,随即就点点头:"走。"

姑娘轻快地跳上车,指指前方:"经开区那边的快捷酒店。"

鲁金堂发动出租车,按下空车牌,看到计价器开始工作,先暗自松了一口气。开出去几十米,他犹豫了一下:"美女,怎么走?我干这个没几天。"

姑娘的注意力始终在自己的手机上:"你可以导航呀。"

"我手机没电了。"

姑娘抬起头,一脸无奈:"你还真是个新手啊,我来吧。"

她打开手机导航软件,吩咐鲁金堂按照规划好的路线行驶。这趟活儿全程只有8公里左右,鲁金堂一边盘算着可以赚到多少钱,一边打量着身边的姑娘。

她看上去20多岁,身材高挑又丰满,脸上化了很浓的妆,细长的手指在手机屏幕上飞快地操作着。

二人一时无话。车内只有手机导航的语音提示声。姑娘似乎在和什么人聊着天,快到目的地的时候,她对着手机说道:"我快到了,你开好房吧。"

对方回了一句语音信息,姑娘把手机放在耳边听着,又回道:"行,我在门口等你。你先给我发个红包吧,打车钱得你出吧?"

鲁金堂不动声色地听着,心里已经明白了大半。

酒店位于郊区的一条公路旁边,颇为醒目。鲁金堂把车停在酒店门口。姑娘举着手机，在驾驶台上四处踅摸着。

"师傅，我扫哪个码啊？"

鲁金堂有些摸不着头脑："什么？"

"二维码啊。"姑娘瞪起眼睛，"我给你付车费啊。"

鲁金堂这才知道那个小纸片的作用："丢了，你给我现金吧。"

"你可真行，现在谁还用现金啊？"

姑娘大为不满，嘟囔着从随身的挎包里掏出3张10块钞票。鲁金堂又找给她5块钱，姑娘飞快地起身下车。

鲁金堂没有急于离开，看着姑娘走向酒店门口，一个看上去斯文体面的男子迎出来，跟她聊了几句，眼睛始终在她身上打量着。随即，姑娘挎起男子的胳膊，并肩走进了酒店。

鲁金堂笑了笑，点燃一支烟，静静地等待着。

他很清楚这个姑娘做的是何种营生。他也知道，要不了多久，这姑娘就会带着钱从酒店里出来。虽然不会太多，但是对于急于用钱的自己而言，聊胜于无。

更何况，刚刚经历了"仙人跳"，拿这个"同行"出出气也是好的。

果真，一个小时之后，姑娘扭着腰出现在酒店门口。鲁金堂打起精神来，重新发动汽车，慢慢开过去。

姑娘抬头看见一辆出租车过来，立刻挥手招呼。刚拉开车门，姑娘就是一愣。

"怎么又是你？"

鲁金堂嘿嘿一笑："这不就是缘分吗？"

姑娘撇撇嘴，坐上副驾驶座："走吧，原路返回。"

此时已是午夜时分，路上人迹寥寥，偶尔有几辆货车和出租车相向而过。鲁金堂一边开车一边向车窗外张望着，最后，在一片空地旁边停了下来。

视力所及之处，皆是一片黑暗。出租车的车灯仿佛是苍茫宇宙中的一颗流星。路边是一面陡坡，下方是一条旱沟，野草和不知名的小花点缀其中。

见他忽然停车，姑娘有些紧张，一边警惕地打量着鲁金堂，一边问道："干吗停这里啊？"

鲁金堂满脸堆笑："妹子，加个班不？"

姑娘一脸疑惑："加班？加什么班？"

"嗐，我知道你是做那一行的。"鲁金堂朝酒店的方向努努嘴，"反正你闲着也是闲着，陪哥玩玩？"

姑娘立刻拉下脸来，拉开车门就要下去。

"我给钱。"

姑娘停住了动作，把迈出车门的腿收回来，转头打量着鲁金堂。犹豫了一下，她拢拢头发："600。"

鲁金堂点点头："没问题。"

姑娘面无表情："去哪儿？"

"不去哪儿。"鲁金堂拉开车门，"后座上得了，多刺激。"

姑娘却嫌弃地皱皱眉头："那就一次啊，戴套，直接做，做完拉倒。"

鲁金堂打开后车门："你放心，哥很快的。"

姑娘也不情愿地下车，坐上后排座位："先说好啊，我不做……"

话没说完，姑娘就恐惧地睁大了眼睛——鲁金堂一手握着弹簧刀，一手搂住她的脖子。

"妹子，借俩钱花花。"

姑娘推开他，向后缩去，死死地盯着他手里的弹簧刀："我没钱……"

"你刚做完买卖回来,骗谁呢?"

鲁金堂把视线投向她随身的挎包,抬手夺过来,把包里的东西倾倒在后座上——只有400多块钱和手机、口红、化妆盒、纸巾、充电宝几样东西。

鲁金堂大失所望:"就这么点儿?"

"我出来的时候,身上就一点零钱。"姑娘的声音里带着哭腔,"客人又给了400——你都拿去吧,别伤害我。"

鲁金堂瞪起眼睛:"你一次400?为啥管我要600?"

姑娘既害怕又尴尬:"人家好歹开了个房啊,你这算什么?"

鲁金堂把手机和钞票塞进衣袋里,想了想道:"你刚才说那个扫码,是咋回事?"

姑娘有些惊讶:"就是……我微信里还有些钱,也可以转给你。"

"怎么转?"

"转到你微信里啊。"姑娘显得莫名其妙,"你没有吗?"

鲁金堂沉默了一会儿,心中又沮丧又恼怒。姑娘见他不说话,小心翼翼地说道:"哥,钱都给你了,你放我走,行不行?"

紧接着,她又补充了一句:"我肯定不报警。"

鲁金堂倒是不担心这个。这小婊子要是敢报警,她自己也脱不了干系。只是他等了一个多小时,才抢了这么点钱,实在是心有不甘。他又在姑娘身上打量了一番,伸出手去:

"项链。"

姑娘犹豫了一下,咬咬牙,把脖子上细细的金项链摘了下来。

"这回行了吧,放我走吧。"

鲁金堂阴着脸,抬手去开车门。无意间,他发现一个男子正骑着自行车，从几十米开外慢悠悠地晃过来。

鲁金堂立刻拽过那个姑娘，尽量让两个人的身体伏低。姑娘不明就里，一边呼救一边拼命挣扎起来。鲁金堂不得不去捂住她的嘴，手上也越发用力。

显然，那个骑自行车的男子也看到路边这辆没有熄火、还在不断晃动的出租车。他向四周张望一番，拐过车把，小心翼翼地向出租车驶来。

隔着玻璃，鲁金堂看着慢慢靠近的男子，心中也越来越紧张。他把姑娘的头夹在腋下，放下车窗，冲男子大声骂道："看你妈，滚！"

骑车男子被吓了一跳，赶紧调整方向，猛蹬几下，很快就消失在黑暗中。

鲁金堂刚刚松了一口气，冷不防姑娘从他怀里挣脱开来，扑向后车窗。

"救命啊，大哥，救命……"

鲁金堂大惊，急忙伸手捂住她的嘴。仿佛是本能一般，手里的弹簧刀直接向她的肚子上捅刺过去。

一下，两下，三下……

不知道过了多久，鲁金堂回过神来的时候，怀里的姑娘已经不动了。同时，他感到自己手上黏黏的，沾满了散发出甜腥气的液体。

他推开姑娘，后者软绵绵地侧躺在后座上，上身的粉色短袖衫上，血迹正在迅速蔓延开来。鲁金堂颤抖着从衣袋里拿出烟，点燃，静静地吸完。随即，他拉开车门下车，在车灯形成的光圈中默默地站了一会儿，又弯腰钻进车里，抓着姑娘的脚踝，把她拖了出来。

姑娘的尸身颇重，鲁金堂费了不少气力才把她横抱在怀里，一步步向路边走去。短短几米的距离，鲁金堂走得艰难无比。好不容易靠近路边的时候，他已经体力耗尽，腰背都无法挺直，女尸的屁股都蹭到了路面上。

颤巍巍地挪到路边,鲁金堂也再也坚持不住,手一松,女尸顺着斜坡滚到了旱沟里。鲁金堂大口喘息着,又看了看四周,正要上车的时候,忽然听到身后传来了呻吟声。

鲁金堂一惊,借着车灯望向旱沟里——那个姑娘居然还在动,似乎要爬起来。

鲁金堂慌了,快步返回车里,从后座上拿起那把沾满血迹的弹簧刀,小跑到路边,跳进旱沟里。

姑娘果真还活着,正发出饮泣般的呻吟声,无力地踢动着双腿。鲁金堂抿着嘴,默默地看着她。最后,他上前一步,抓起姑娘的头发,用力提起来,把弹簧刀放在她的脖子上,用力割下去。

他不想听到鲜血喷溅出来的声音,手脚并用地爬上路基,钻进出租车里,快速驶离。

开出几公里后,鲁金堂把车停在一个没有路灯的地方,开始在车内进行检视。后座上有几处血迹。他用纸巾擦拭一番,只是让血迹不那么显眼而已。随即,他脱下上身血迹斑斑的短袖衫,换上挎包里的长袖秋衣。用纸巾把弹簧刀擦拭干净之后,他又用车里剩下的半瓶水洗洗手,再次驾车离去。

每开出一段距离,鲁金堂就把车里的东西向车窗外抛去。很快,塑封小纸片、手机、口红、化妆盒等都被他一一扔在路边。血衣和弹簧刀先后抛掉之后,鲁金堂看见了市区的灯光。

时至午夜,路上的人车越发稀少。鲁金堂面无表情地驾车飞驰,心中却在暗自盘算着。

400多块现金。一条金项链。无论如何也支撑不了他接下来几天的花销,看来天亮之后必须卖掉这辆车了。他杀了人,本地自然不安全,最好是在外地出手。至于今晚,能搞多少钱就搞多少钱。

所以，当他看到路边有两个年轻人挥手的时候，毫不犹豫地转动方向盘，靠了过去。

两个乘客上了车，一个染着一头黄毛的坐在副驾驶座上，另一个留着平头的则上了后座。鲁金堂打开计价器，问道："老弟，去哪里？"

黄毛指指前方："去大坡村。"

鲁金堂皱皱眉头："老弟，那地方我不熟，你给指个路呗。"

"先直行，然后右转。"黄毛的脸色显得苍白，"沿着青年大街一直开，上高速。"

鲁金堂点点头。这趟活儿看起来能搞点钱，顺路就开到邻市，把车卖了再说。他脚下用力，出租车在空旷的道路上飞驰起来。

两个乘客似乎都不是很健谈的样子，鲁金堂也无心闲聊。驾驶室里始终保持着一片沉默。按照黄毛的指示，半小时后，出租车驶上了高速公路。鲁金堂将时速保持在120公里左右，心情稍稍放松。

"老弟，从哪个出口下高速，你提前告诉我。"

"大哥，你先靠边停一下呗。"后座的平头突然开口说道，"我肚子疼，要憋不住了。"

鲁金堂一愣："能忍一会儿不？前面有个服务区。"

"不行，不行。"平头的语气焦躁起来，"实在是挺不住了。"

鲁金堂暗骂一句，降低车速，慢慢向右边的应急车道靠拢。

刚停好车，平头立刻拉开车门下车。鲁金堂从衣袋里拿出烟，正要点燃，腰部忽然传来一阵痛感。他下意识地低下头，发现黄毛正用一把匕首顶在他的腰间。

他还没反应过来，驾驶座一侧的车门就被拉开了——平头探进半个身子，拉住他的胳膊向车下拽去。

黄毛看上去既紧张又凶狠："下车！"

鲁金堂晕头转向地被拉下车。平头的手上也有刀子，立刻顶在他的肚子上。黄毛则在扶手箱里一顿乱翻，随后也下了车。

漆黑一片的公路上，两个人把鲁金堂夹在中间。平头用刀逼住他，黄毛在他身上粗暴地翻找着。很快，那400多块钱被黄毛攥在了手里。

"就他妈这点儿钱？"

鲁金堂一言不发，点点头。

平头提醒道："我看后座上还有个挎包。"

黄毛摆摆头："你去看看。"

平头应了一声，钻进出租车的后座。黄毛还不甘心，继续在鲁金堂身上摸来摸去，最后，他的手从鲁金堂的裤袋里抽出来，手心里多了一条金项链。

黄毛看了看还在出租车里忙活的平头，把项链揣进了自己的衣袋。

平头很快从车里出来，语气颇有些气急败坏："妈的，包里啥都没有，就几件破衣服。"

黄毛让平头看住鲁金堂，自己绕着出租车走了几圈，在轮胎上踢了几脚，又掀开发动机盖看了看。

鲁金堂做出一副可怜兮兮的模样："老弟，我就这点儿钱，拿了钱你们就走吧，我不报警，你们放心。"

黄毛放好发动机盖，一脸犹疑，似乎在琢磨着什么。平头也显得既紧张又焦躁，眼巴巴地看着他，等着他发话。

黄毛仿佛下定了决心，走过来，低声命令道："你把衣服脱了。"

鲁金堂愣住了："什么？"

"把衣服脱了！"黄毛上前一步，把刀尖戳在鲁金堂的鼻子上，"快点！"

鲁金堂不敢再反抗，乖乖地把秋衣和长裤脱掉，全身上下只剩下一条内裤和鞋子。

"内裤,还有鞋!"黄毛依旧不满意,"都脱了。"

鲁金堂的心中升起一种不祥的预感:"老弟,你这是……"

黄毛索性自己动手,扑上去手拽脚蹬。很快,鲁金堂的身上除了一双袜子,不着片缕。

平头把鲁金堂的衣服捡起来,胡乱塞进那个人造革挎包里。随即,黄毛指指旁边高高的路基:"过去蹲着,双手抱头,敢站起来就扎死你。"

鲁金堂乖乖地照做。刚刚蹲下,他就看到黄毛和平头飞快地钻进出租车,转眼间,出租车就驶离应急车道,飞驰而去。

鲁金堂站起来,裸露在外的皮肤感受到晚风中的一丝凉意。

妈的,刚抢了别人,自己却被这两个小子抢了。

他看着渐渐消失的出租车尾灯,忽然有点想笑。

## 袁小峰 明丽

一进门,袁小峰就感到扑面而来的热气。他甩掉头盔,擦了擦满头满脸的汗水,嘀咕道:"这都几点了,怎么还这么热啊?"

明丽沿着狭窄的过道从他身边挤过去,没好气地说道:"这都闷了一天了,能不热吗?"

她把一个快餐盒放进微波炉里:"还有点黄焖鸡米饭,给你热一下?"

袁小峰把外卖骑手的制服脱掉,随口应付了一句,就钻进了卫生间里。

痛痛快快地冲了一个凉之后,袁小峰一边擦着头发,一边打开冰箱,取出一罐冰镇啤酒,喝了一大口。冰凉的液体下肚,他感到舒服了很多。拿起手机,捏着啤酒罐,袁小峰跨到床上,把凌乱的被褥推到一边,躺下来玩游戏。

这间拥挤逼仄的出租房里暂时陷入安静，敞开的窗户里，没有一丝凉风吹进来，隐约能听到嘈杂的音乐和醉汉们的大声谈笑。除此之外，只有墙角那架又破又旧的风扇传出的吱嘎声。

袁小峰在游戏里"死"了几次，等待重新开下一局的工夫，他起身去餐桌上拿烟，却看到明丽正坐在桌前化妆。

"你还要出去啊？"

"有个饭局去参加一下。"明丽仔细地描着眼线，细密的汗水正从额头上流下来，眼线笔不停地打滑，"你把风扇搬过来，对着我，不要摇头。"

袁小峰把烟叼在嘴里，照做。想了想，他忍不住又问道："谁组织的饭局啊，都这么晚了。"

风把明丽的头发吹起来，粘在她同样汗津津的肩膀上。女人用一张纸巾频频擦拭着汗水，依旧顽强地在脸上涂抹着。

"问你话呢？谁请你去的啊？"

"一起打工的小姐妹。"明丽头也不回，"说了你也不认识。"

袁小峰抓抓头发，从椅背上拿起毛巾，在明丽裸露的肩头擦着。

"这么晚了，就别去了吧？"

"都答应人家了，不去不合适。"明丽已经化完妆，走到简易衣柜前挑选着衣服，"再说，饭局上有几个有钱人，顺利的话，能卖出几张会员卡。"

袁小峰把毛巾扔在餐桌上，猛抽了几口烟："你啊，你这是钻钱眼里了。"

"不然呢！"

明丽猛地扭过头来，音量也骤然提高。

"靠你送餐，靠我在洗浴中心做迎宾小姐吗？"她飞快地套上一件粉红色短袖衫，"你爸的腿怎么办？我弟弟上学的钱怎么办？"

袁小峰不再说话了，坐在床边闷头抽烟，不时瞟向屋角那顶晒得褪色的头盔和皱成一团的骑手制服。

明丽打扮停当，又坐回餐桌前，从一个罐子里拿出一条金项链。她在镜子里看到一脸颓唐的袁小峰，心下有些不忍。

"哎，过来帮我戴上。"

袁小峰乖乖地走过来，帮她把项链戴在脖子上。

明丽对着镜子左右打量了一番："好看吗？"

袁小峰勉强挤出一个笑容："好看。"

明丽站起来，转过身，在袁小峰脸上亲了一下。

"你别忘了吃饭，我不会太晚回来，乖乖在家等我。"

袁小峰闷闷地嗯了一声。明丽拎起挎包，蹬上高跟凉鞋，款款出门。

房间里只剩下袁小峰一个人。手机不停地发出提示音，想必是队友在呼叫自己上线。然而，袁小峰却一点兴致都没有了。

他重新躺回到床上，瞪大双眼看着天花板，看着那些细密的裂纹、渗水后形成的污渍，还有围绕着电灯飞舞的蚊虫。

发了一会儿呆，他揉了揉肚子，爬起来，走向小厨房，把餐盒从微波炉里拿出来。

那份黄焖鸡米饭尚有些余温，袁小峰却食不甘味。勉强吃了几口之后，他起身拉开冰箱，又拿出一罐冰镇啤酒。

刚刚扣住拉环，他就听到自己的电话响了。

20分钟后，他在楼下的烧烤摊和二华碰头。二华是他的同乡，年长他一岁，在一家修车行做小工。在这座城市里，二华是袁小峰为数不多的朋友之一。

今天晚上，二华显得心事重重。两个人点了一些烤串和啤酒之后，二华就一个劲儿地喝酒，很少开口说话。袁小峰心里纳闷，问道："怎么了？跟娜娜吵架了？"

"没有。"二华勉强挤出一个笑容，"我俩挺好的。"

袁小峰心说挺好才怪。二华那个虚荣又势利的女朋友，早就嫌弃二华既没本事又没钱。在袁小峰看来，他们早点分手倒好，二华也不用过得捉襟见肘，连盒好烟都舍不得买。

很快，两个人喝光了半打啤酒。二华的脸涨红起来。他从袁小峰的烟盒里抽出一支烟，吸了半支，试探着问道："小峰，最近手头宽裕吗？"

袁小峰不答话，从衣袋里掏出几张百元钞票拍在桌子上："这个月就剩这么多。"

二华叹了口气，抓了抓满是铁屑和油泥的黄色头发。

"怎么又借钱？"袁小峰喝了一口啤酒，"娜娜的信用卡又刷爆了？"

"那倒不是。"二华一脸愁容，"娜娜明天过生日。我想送她一份拿得出手的礼物。可是，我上次开客户的车带她出去兜风，不小心磕掉一块漆，老板扣了我工资。"

"你也太孝顺了吧。"袁小峰一脸讥笑的表情，"简直比对你妈还好。"

"你还说我？"二华很不服气，"你不也是像伺候娘娘一样供着明丽吗？"

他眨眨眼睛："对了，你怎么没把明丽也带来？"

"她有饭局。"袁小峰含糊其辞，"一个小姐妹请客。"

"这么晚还没回来？"二华嘿嘿一笑，"你小子可要当心头顶一片大草原啊。"

"滚你的。"袁小峰皱起眉头，"她也是为了能多卖出几张会员卡。"

"唉，明丽真是懂事。"二华撇撇嘴，"娜娜要是也像她这样就好了。"

袁小峰不说话了。他家有一个患腿疾的爸爸，明丽家有一个上大学的弟弟。医药费和学费都要靠他俩想办法解决。可是，无论他们如何努力，这两个大坑却总也填不满。

他端起酒瓶，一口气喝掉小半瓶。如果他有钱，明丽也就不必大半夜的还要去陪人家喝酒。

这时，烧烤摊旁边的马路上传来一阵发动机的轰鸣声——一辆通体黑色的跑车缓缓驶过——副驾驶座上的姑娘长发飘飘，肤白如雪。

二华直勾勾地看着那辆跑车，满脸鄙夷的神色："福特野马，40万。如果不是为了泡妞，傻子才买它。"

袁小峰咬了一口大蒜："别吃不着葡萄说葡萄酸了。"

"唉，世界上这么多有钱人，怎么就轮不到咱们呢？"二华一副愤世嫉俗的模样，"什么时候，咱哥俩也发笔横财。"

袁小峰笑笑："咱们这种人，还是老老实实认命吧。"

"我他妈不服气啊。"二华沉默了几秒钟，忽然低声说道，"哎，小峰，要不要一起做点大事？"

袁小峰有些莫名其妙："什么大事？"

二华向他挤挤眼睛，表情诡秘："你知不知道我老板是做什么的？"

"你老板？"袁小峰更加摸不着头脑，"开修车行的呗。"

"这只是表面现象。"二华凑近他，音量压得更低，"他还可以改车的。"

袁小峰瞪了他一眼："这有什么奇怪的？"

"你知道他改的都是什么车吗？"二华急了，"都是赃车！"

"嗯？"袁小峰吃了一惊，"什么意思？"

"这么说吧，一辆白色奥迪Q5到我们店里，不出三天，这辆车就能改头换面，在哈尔滨上路了。"二华面露自得之色，"带全套行车文件，你服不服？"

袁小峰想了想："这车是……"

"不是偷的就是抢的。"二华挥挥手，又喝了一口酒，"老板不跟我们说这个，我们只管干活就行。"

袁小峰还有些疑惑："这种车，有人买吗？"

"有的是啊！它便宜啊！至少对折！那些做买卖的，欠别人钱的……他们买来抵债用的。"二华兴奋起来，忽然一拍桌子，"要钱没有，要车有一辆，你要不要——肯定要啊。"

袁小峰犹豫了一下："你跟我说这些干吗？"

二华看看四周，冲袁小峰努努嘴："这些改装技术，什么改色啊，改发动机号啊，做牌照啊，哥们都会，要不，咱俩一起搞搞这个？"

"去你个蛋的！"袁小峰骂道，"去哪里搞车？去偷吗？你会吗？"

"偷不着，咱可以去抢他娘的。"二华目光灼灼，"车到手就开到我们店里，两天之内，肯定让原车主都认不出来。"

袁小峰瞪大眼睛："你疯了吧你！"

"不然呢？"二华摊开双手，"靠你送外卖，我当小工，咱俩啥时候能发财？让明丽和娜娜一直跟我们过这样的日子吗？"

袁小峰低下头，不作声了。

"搞一辆车，怎么也能卖个三四万，你送外卖得送多少份才能挣出来？"二华盯着他，"趁着哥们现在还有这条件，过了这个村，可就没这个店了。"

袁小峰还是不说话，连抽了两支烟。随即，他把烟头一丢，仰头把瓶里的啤酒喝光。再面对二华的时候，他的眼睛里布满血丝。

"干!"

二华学着他的样子把酒喝光,重重地把瓶子顿在桌子上。

"干就干!什么时候干?"

"就今晚。"袁小峰似乎怕酒精带来的勇气会很快消失,几乎是咬牙切齿般说道,"立刻!马上!"

抢私家车明显不现实——连人家的车都进不去,怎么抢?

抢网约车?订单会显示太多个人信息,分分钟会被警察抓到。

选项只剩一个——出租车。

然而,这件事并不像他们想象的那般容易。上了一辆出租车之后,尽管司机的体格并不出众,但是扶手箱里的长柄螺丝刀还是让袁小峰和二华面面相觑——刚在五元店里买的水果刀看起来很没有威慑力。

特别是副驾驶座上方那个大大的摄像头,令二人彻底打消了动手的想法。出租车开到郊区后,二人付了车费,只能悻悻地下车。

二人臊眉耷眼地站在路边,气氛尴尬又令人泄气。

连抽了几支烟之后,二华讷讷地开口:"那个摄像头是干吗的?"

"我他妈哪儿知道。"袁小峰没好气地答道,"以前打车的时候也没注意那玩意儿。"

"妈的,没搞头了。"二华扔掉烟头,"把脸拍得清清楚楚,还抢个毛啊。"

"操!"袁小峰骂道,"主意是你出的,你他妈倒怂了?"

"那你说怎么办?"二华一脸颓唐的模样,"要不算了吧。"

"算了?"袁小峰吼起来,"你把老子的心思挑起来,现在要算了?我他妈花了70多的车费!"

他把脚下的一根树枝踢飞:"不行,今晚上我必须把损失找补回来。"

二华不作声，表情很难看。

"你刚才吹牛逼的那股劲儿哪去了？"袁小峰依旧毫不客气，"只是痛快痛快嘴吗？"

二华也火了："干就干！靠，我怕什么！"

"下一辆车，只要没有摄像头，咱们就抢他娘的！"袁小峰指指一片寂静的郊区公路，"谁怂谁就是孙子！"

话音未落，两道车灯射出的光出现在远方，距离他们越来越近。

同样的夜色。同样的星空。笔直又空旷的高速路。一辆上绿下白的出租车。

二华握着方向盘，目视前方，紧张和兴奋的感觉似乎还没过去，脸上的肌肉微微颤抖着。

"怎么样？"

"就他妈400多块钱！"袁小峰坐在后座上，腿上放着那个人造革挎包，"还有几件破衣服。"

他想了想，倾身向前，忽然感到左手下的座椅上潮乎乎的。

"这辆车怎么样？"袁小峰一边看着自己的手掌，一边问道，"大概值多少钱？"

"是辆旧车，开起来也不太舒服。"二华试着加大油门，"老款捷达，保值率还可以，开到行里我再好好看看。"

"行吧——操！"

"怎么了？"

"这后座上是⋯⋯"袁小峰皱皱眉头，"血？"

二华嘎嘎地笑起来："上一个乘客来大姨妈了吧？"

"妈的,晦气!"袁小峰有些懊恼,"接下来怎么办?"

"今晚我加个班,先改个色。"二华看上去倒是信心满满,"搞个差不多,就去找买家。你放心,不管能卖多少钱,咱俩都一人一半。"

袁小峰沉默了一会儿:"那个司机怎么办?"

"没事。"二华一脸自得的模样,"他光着屁股,就算拦车的话,哪个敢停车啊?等他能报警了,这车早就变样了——怎么样,哥们聪明吧?"

眼看高速出口就在前方,袁小峰略略放下心来,正要催促二华再快点,就发现出口处一片红光闪烁,似乎停了不少车。

"什么情况?"

二华也注意到了前方的异常情况,伸长脖子看了几秒钟,忽然脸色大变。

"我操,有警车!"

袁小峰顿时慌了手脚:"妈的,是堵我们的?"

"不知道啊。"二华连踩刹车,向路边靠拢,"不会这么快吧?"

眼看着离出口越来越近,能清晰地看到有制服警察正在引导车流,逐个检查着。

二华的声音都颤抖了:"怎么办?"

"还能怎么办?"袁小峰也六神无主,一咬牙,"跑。"

二华一转方向盘,加大油门开到路边。几乎是同时,几个制服警察发现了这辆离开车队的出租车,飞快地跑了过来。

还没把车停稳,二华就解开安全带,跳出了驾驶室,翻过路边的围栏,向路基下的树林里跑去。袁小峰来不及细想,也跟着他跑了过去。

逃出几十米后,他才发现手里居然还攥着那个人造革皮包。他暗骂一声,远远地把挎包抛出去,继续向密林里奔逃。

树林里一片漆黑。二华早就不知道跑到哪里去了。袁小峰辨不清眼前的方向，只能闷头瞎跑。不知道跑了多远，那片树林也被他甩在了身后，面前出现了一条公路。

袁小峰不敢停留，继续发足狂奔。很快，他发现公路尽头衔接着一座新桥。精疲力竭的他顺势滑下路基，躲在岸边的桥墩后面。

汗湿的后背贴在冰冷的水泥壁上很不舒服，不过，袁小峰已经顾不得那些。他竭力平复着急促的呼吸，同时，竖起耳朵聆听着公路上的动静。黑暗中一片寂静。他想象中的纷乱的脚步声、刺眼的手电光并没有出现。

他稍稍心安，又在桥墩后躲了十几分钟，确认警察没有追过来之后，才小心翼翼地钻了出来。

回到公路上，夜风正凉。袁小峰哆嗦了一阵，刚刚回过神来，衣袋里的电话就响起来。

他吓了一跳，摸出手机一看，是二华的来电。袁小峰犹豫了几秒钟，按下了接听键。

"喂？"

"我操！谢天谢地！"二华听上去如释重负，"你没事吧？"

"我没事。"袁小峰也松了口气，"你也跑了？"

"是啊。"

"你现在在哪里？"

"我他妈也不知道，在一条公路上，还挺长的。"听筒里传来呼呼的风声，"你呢？"

"我在一座桥边。"

"桥？"二华停顿了几秒钟，"啊，我看到了。妈的，咱俩沿着相反的方向跑的。我去找你……"

"别！"袁小峰急忙阻止他，"咱俩分头回去吧。这几天先别见面，发个微信报个平安就得了。"

"行吧。"二华的语气中满是懊恼,"这他妈叫什么事啊,忙活了大半宿,啥也没捞着。"

袁小峰不想再聊这个,直接挂断了电话。

沿着桥面走了几十分钟之后,袁小峰终于看到了一辆空驶的出租车。他迫不及待地拦停它,吩咐司机把车开往出租屋附近的一家网吧。

下车后,袁小峰左右张望一番,确认没有异常情况,他蹲在路边抽了两支烟,编好了自己晚归的理由,慢悠悠地晃回出租屋。

然而,他绞尽脑汁编造的谎话并没有派上用场——明丽还没回家。

袁小峰心里纳闷,摸出手机拨打明丽的电话号码,却被提示暂时无法接通。他更加疑惑,明丽晚归的时候不是没有,但是她通常不会凌晨两点多还不回家,而且会时时保持手机畅通。

他不甘心,又反复拨打了几次,依旧联系不上明丽。

袁小峰无奈,只能先去洗掉自己的一身臭汗。躺回床上,他立刻感到全身上下都酸痛无比,似乎每一根骨头、每一块肌肉都换了位置。

他妈的,这一夜,真是惊心动魄。

想到这些,担忧暂时压住了对明丽的惦念。然而,袁小峰并没有在这种情绪中沉浸过久,很快,他就沉沉睡去。

再醒来时,已经是天光大亮。房间里宛若蒸笼,闷热无比。袁小峰头昏脑胀地爬起来,坐在床边琢磨了一会儿。昨晚发生的事情渐渐占据脑海。焦虑和恐惧如同兜头淋下的冷水,让他立刻清醒过来。

随即,他就意识到,明丽依旧不在家。

袁小峰点燃一支烟,边吸边在出租屋里绕了一圈。衣柜里的衣服没有被动过。洗手间的面盆里没有水迹。甚至门口的拖鞋都依原样摆放着——

种种迹象表明，明丽压根没回来过。

他有些慌了，再次尝试着给明丽打电话。然而，那冰冷的提示音依旧：您所拨打的号码暂时无法接通。

袁小峰没有耐心再等。他摁熄烟头，起身套上短袖衫，伸手去拿裤子的时候，他忽然发现后兜的位置上有一片褐色的污渍。

他一下子想起了左手指间粘腻的感觉。

明丽今天没来上班。袁小峰不死心，又问起昨天晚上是谁请客吃饭，同样没有得到确切的答复。

他在洗浴中心门口坐了一个多小时，起身返回出租屋。

两个人的储蓄卡还好端端地塞在床垫下面。明丽的个人物品也都在，连内衣裤都没少一件。看起来，明丽离家出走的可能性并不大。

或者是，她昨晚喝醉了酒，正在某处酣睡。

或者是，她对他昨天的态度不满，故意躲起来让他着急。

或者是，她出了某种意外，正处于昏迷不醒的状态。

或者是，老家出了什么事情，她来不及打招呼就匆匆赶回去。

整整一个下午，袁小峰都在推演着各种可能性，在房间里走来走去，不停地拨打明丽的电话，留意倾听走廊里传来的任何声音。

临近傍晚的时候，他失去了最后一丝耐心，准备再出门寻找。刚穿好鞋子，门就被敲响了。

袁小峰又是激动又是恼怒，飞跑过去打开门——门外站着的却是二华和他的女朋友娜娜。

娜娜一脸嗔怪地推开他，径直走进来："明丽怎么回事啊，电话也打不通。"

二华跟着她走进来，对袁小峰挤挤眼睛。

"怎么，你要出去？"

"是啊。"

袁小峰没有心思跟他们胡扯，忙着拿手机、烟和打火机。

"嗐，我今天过生日。"娜娜大大咧咧地坐在床边，"还想找你们俩一起吃个饭呢。"

"对不住了。"袁小峰勉强挤出个笑脸，"祝你生日快乐啊。明丽昨晚上没回来，现在也联系不上，我得出去找找她。"

二华一脸坏笑，"八成是看不上你小子，把你甩了。"

袁小峰还没来得及发作，娜娜先开口了："别胡说，你穷成那个德行，我都没看不起你。小峰，你别着急……"

袁小峰把视线转向娜娜，目光却落在她的锁骨处，眼睛一下子瞪大了。

娜娜还在絮絮叨叨，冷不防袁小峰突然冲过来，一把拽住她脖子上的金项链。

"你这项链从哪里来的？"

"这是二华送给我的生日礼物啊。"娜娜被吓了一跳，立刻用力推开袁小峰，"你干吗啊？脖子都让你勒疼了！"

袁小峰立刻转向二华："二华，这项链是怎么回事？"

二华一时间有些手足无措。他看着目眦欲裂的袁小峰，慌得说不出话来。

"那不是……我前几天……"

"你他妈胡说！"袁小峰揪住二华的衣领，"这是……"

二华急了，向娜娜挥挥手："你先下楼等我，我和小峰说点事。"

娜娜莫名其妙地看了看撕扯在一起的两个男人，嘀咕了几句，不情愿地关上门出去了。

焦阳

二华松了一口气，语气也软了下去："我说实话，这条项链是昨晚上抢的。我这不是急着给娜娜买个生日礼物吗，就没告诉你……独吞了。"

袁小峰立刻逼问道："吊坠上是不是有Y和M两个字母？"

"是啊。"二华彻底懵了，"我不知道是什么意思，就骗娜娜说是月明牌的。"

袁小峰大叫一声，重重地跌坐在床上，双手抱头。

"那是我送给明丽的！"

"啊？"二华大吃一惊，"不会吧。明丽的项链怎么会在那个司机身上。"

袁小峰掏出手机："不行，明丽一定是出事了。我得报警……"

刚按下两个数字，他的手机就被二华劈手夺去。

"小峰，你要是报警……"二华的脸色已经惨白如纸，"咱俩抢车的事情，可就盖不住了。"

"可是……明丽昨晚上没回来……"袁小峰急得语无伦次，"她的项链怎么会在那个出租车上……她一定是……"

"你冷静点，冷静点！"二华死死攥着袁小峰的手机，"也许……也许明丽是把项链落在出租车上也说不定啊。"

"那她人呢？"袁小峰吼起来，"到现在都联系不上她！"

"项链丢了，不敢回家啊。"二华拼命安抚他，"怕你责怪她，是不是？你说是不是有这种可能？"

袁小峰沉默了几秒钟，摇摇头："不可能，一条项链而已，她不可能连班都不上了。"

他起身去抢二华手里的手机："我必须得报警，她肯定是出事了。"

二华闪身躲开："小峰！你想把咱俩都送进去吗？"

两个人还在撕扯，电视机里正在播报本地新闻的主持人忽然变了声调。

"现在插播一条认尸通告。"主持人的表情和声音同样严肃,"今日凌晨,在我市西三环附近发现一具无名女尸,死者年龄在25岁至35岁之间,身高1.64米,黑色中长发,身穿……"

袁小峰和二华都停下了手上的动作,扭过头,怔怔地看着电视机。几秒钟后,屏幕上出现了血迹斑斑的粉色短袖衫、蓝色牛仔裤和银灰色高跟凉鞋。

袁小峰的脑子里一片空白,喉结上下滚动了几下,发出一声哀嚎。

二华也被吓呆了,嘴里喃喃自语:"怎么会这样……这不可能啊……"

他转向袁小峰:"小峰,你看仔细,这是明丽的衣服吗?"

"没错,她的衣服我认识。"袁小峰看起来彻底傻掉了,"那双高跟鞋还是……"

二华还不死心:"也许是凑巧穿了一样的衣服呢……"

袁小峰推开他:"不行,我得去公安局看看。"

二华拦住他:"小峰,要不再等等……"

"我等什么!"袁小峰歇斯底里地吼道,"我得去看看是不是她!"

二华软了下去,近乎哀求般嘱咐道:"那你千万别提项链的事啊,否则咱俩都完了。"

袁小峰一言不发,抢过自己的手机,夺门而出。

是她。

熟悉的长发。熟悉的肌肤。熟悉的涂成蓝色的脚趾甲。熟悉的位于腰侧的红痣。

陌生的,是那苍白的脸和触目惊心的刀伤。

嘶吼之后是痛哭。要把心肺都从喉咙里喷出来的痛哭。

待袁小峰哭声渐止,双手抱着肩膀,默立于墙壁旁的警察开口了。

"她叫什么?"

"明丽。"袁小峰瘫坐在地上,视线所及之处皆是一片模糊,"她叫明丽。"

"你是她什么人?"

"我是她男朋友。"

"在一起多久了?"

"快两年了。"

警察叹了一口气,走过来拉起袁小峰:"走吧,跟我去做个笔录。"

袁小峰一边抽噎,一边跟跟跄跄地跟着警察向门外走。刚走到门口,迎面又遇到三个人。

一个30多岁的男子被两个制服警察夹在中间。人看上去斯斯文文,表情却惊恐万状。

"你们带我来这里干什么?"男子还在试图挣扎,"我都说了跟我没关系……"

"你看看是不是这个人?"其中一个制服警察语气强硬,"当天晚上跟你进了同一间房那个……"

男子的两条腿竭力撑住地面,拼命向后退着:"你们不能强迫我……"

"你不是翻供吗,你不是不认嫖娼吗?"制服警察毫不客气,"来,你给我解释一下,你们俩在房间里干吗了?"

袁小峰突然瞪大眼睛看向男子,又看看那具盖着白布的尸体。

"我认,我认。"男子的脸色惨白,"嫖娼我认,但是我真没杀她。"

袁小峰怔在原地。男子的话他似乎都听懂了,又似乎完全不明白。

那个警察拽起他的胳膊,向门外拖去:"走吧。"

姓名。职业。现住址。电话号码。籍贯。家庭情况。

袁小峰机械地一一作答,警察都详细地记录下来。思考了一会儿,警察又开口问道:

"她平时经常会晚上出去吗?"

"有时候会,不是经常出去。"

"她跟你说出去干吗?"

"饭局、聚会、唱歌什么的。"

"大概几点回来?"

"11点之前吧。"袁小峰想了想,"一般不会超过11点。"

"她怎么去的?"警察眯起眼睛看着他,"会有人接她吗?"

袁小峰沉默了几秒钟:"不知道。"

"嗯。"警察的脸上看不到什么表情,"她有没有比较熟悉的,那种,经常会坐车的……"

袁小峰脱口而出:"出租车司机?"

警察的眼睛亮了一下:"什么出租车司机?"

"就是……"袁小峰怔怔地看着他,"出门嘛,打车啊——没有。"

警察的眼皮垂下来,迅速恢复了常态:"她平时和什么人来往比较多?"

袁小峰不说话,直勾勾地看着警察。

警察抬起头:"她平时……"

"警官,"袁小峰的声音低哑,"刚才那个人是什么意思?"

警察的表情平静依旧:"你想问什么?"

"我女朋友……明丽做了小姐?"

警察又把手放在了电脑键盘上。

"这个不归我管。"

袁小峰失魂落魄地回到出租屋里,一直坐在床边,抱着头,盯着脚下那一小块地板。

他不敢看向室内其他地方。明丽在这里留下了太多的印迹。门口的拖鞋、桌上的香水瓶、搭在椅背上的睡裙,甚至床单上的长发,都在提醒他——她已经不在了。

偏偏那无处不在的气味,丝丝缕缕地钻进他的鼻孔。

他不能想象明丽会以如此惨烈的方式离开他,更让他难以接受的是,明丽背着他,出卖身体给其他男人。

为什么?

当然是为了钱。

而钱,就像是横亘在他们中间的一座无法跨越的大山。

这一坐就是一夜。天色微明的时候,袁小峰裤袋里的手机响了起来。他摸出手机,是明丽妈妈打来的电话。想来警察已经通知了明丽的家人。他不敢接听,也不知道该如何面对明丽妈妈的悲痛、质问甚至是责骂。挂断电话之后,他关掉了手机,站起身来。

他走到卫生间里,用冷水洗了把脸,转身去拿毛巾的时候,忽然在镜子里看到了自己的裤子后兜。

牛仔布上,有一块隐隐约约的褐色污渍。

他突然想到了一件事。

白天的山林看上去和夜晚大相径庭。袁小峰站在矮坡下,头顶炎炎烈日,心下一片茫然。他尝试着钻进山林,竭力寻找当晚行走过的路线。然而,似乎每一片泥土、每一棵树、每一根草都一模一样。他四处乱转了足足半个小时,终于放弃。

背靠着一块石头坐下,他拿出烟,点燃,边吸边听着高速公路上传来的轰鸣声。一支烟吸完,他打定了主意,朝路基的方向走去。

这段距离比他想象中要漫长得多。袁小峰也很惊讶自己在那一晚居然跑了那么远。好不容易爬到路基边,他蹲下来,一边喘息,一边默默地估算着到收费口的距离。随即,他又向后走出几十米,沿着斜坡慢慢下去。

"情景再现"起了一些作用。当晚的情形渐渐在袁小峰脑海里浮现。他加快脚步,同时向两侧张望着。

几分钟后,他猛地收住脚步,心脏也狂跳起来。

一个黑色人造革提包静静地躺在十几米开外的草丛中。

袁小峰扑过去,抓起背包,把里面的东西统统倒出来。

皱成一团的短袖衫。秋裤。夹克衫。长裤。帆布鞋。内裤。

没有任何可以证明那个司机身份的东西。

袁小峰不死心,又在衣服里摸捏着。忽然,他眼前一亮,在夹克衫的内袋里找到了一张纸条。

纸条似乎是从一个笔记本上撕下来的,边缘粗糙,上面写着一行字。

吉阳市前进大街83号,金门小区43号楼503。

### 张明

吉水河是一条贯穿整个吉阳市的河流。从南至北,绵延50余公里。冬季是吉水河的枯水期,河水仿佛年迈的老妪,形容枯槁,干瘪瘦弱。盛夏时节,吉水河会像得了神仙法子一般,变成正当壮年的少妇,腰身浑圆,丰腴饱满。

吉水河沿岸是吉阳市的黄金地段。临河建设的楼盘林立。有了楼，就有了人，就有了景观。每当夜幕降临，吉水河两岸满是前来遛弯、约会、游玩的各色人等。这般热闹景象往往会持续到很晚才渐渐消散。午夜时分，吉水河恢复了它的常态，不动声色，奔涌不息。

在某一处河段，路边的公交站迎来了今天的末班车。一男一女从车上下来，慢慢地向河边走去。

女的白发苍苍，身形佝偻，步履艰难。男的40岁左右，矮小枯瘦，好奇地东张西望，嘴里含混不清地念叨着什么。

两个人相互搀扶着走到河边，找到一张长椅坐下。老妇怔怔地看着漆黑如墨的河水，神色悲戚。男子则哈欠连天，不时挥手驱散聚拢过来的蚊虫，显得颇不耐烦。良久，老妇把手伸进衣袋，掏出两个冷包子，递给男子一个。

男子顿时欢喜起来，接过包子大口啃咬。老妇却吃得很慢，似乎每次咀嚼都会消耗不少气力。很快，冷包子下肚，男子却仍不满足，转脸去看老妇手里那大半个包子。老妇笑了笑，把包子递给他。男子毫不客气地接过来，三口两口就吞进肚子里。

老妇看着他，目光柔和，又抬手在他的头上摸了摸，站起身来。

男子一边吮着手指上的油汁，一边任由老妇牵着他的手，一步步踏过河边的茅草，穿过芦苇，直至迈进河水中。

转眼间，河水就漫过了男子的小腿。他吓了一跳，本能地向后退去。老妇却紧紧地拉住他的手，直勾勾地看着眼前的河水，嘴里不停地念叨着：

"一会儿就好……很快就过去了……儿啊，跟妈走……咱娘俩不遭罪了，享福去……"

男子的表情犹疑，跟着老妇走向河水深处。很快，水没到了两个人的胸口,水势也越来越快。尽管他们的行走越来越艰难,老妇却毫不犹豫,拉着儿子一步步走下去。

行至水流湍急之处,两个人连站稳都很困难。河水已经漫过老妇的嘴边。她喘息着,试探着又向前迈了一步,脚下一空,整个人沉进了水里。

男子也被拽了个趔趄,半个脑袋没入水中,冰凉的河水立刻灌进喉咙里。他惊恐起来,一边咳嗽着,一边挣脱老妇,拼命挥舞着手臂。

老妇的手在水面上徒劳地抓挠着,试图再次拉住儿子。然而,她已经被水流裹挟,无法再控制自己的身体。那稀疏的白发在河面上漂浮着,转眼就不见了。


夜色深沉。吉阳市救助管理站一片寂静。受助区的房间均已熄灯。敞开的窗户里,不时传来此起彼伏的鼾声。忽然,二楼某个房间的木门被悄无声息地打开,鲁金堂的脸出现在门后的阴影中。

他向左右看看,蹑手蹑脚地走向开放走廊的栏杆处,向楼下望去。救助管理站的各个区域都空无一人,唯有接待区的大厅里还亮着灯。透过玻璃门,鲁金堂看到一个身形魁梧的男子正坐在椅子上摆弄着手机。从背影来看,应该是综合服务部的副主任李明志。

鲁金堂缩回身子,贴着墙壁在走廊里慢慢地摸向下一个房间。透过窗户,他能看到在房间里的两张床上躺卧的被救助者,依稀辨得他们身上都穿着救助站提供的衣服,此外再无别物。鲁金堂顿时没了兴趣,继续向前摸去。

走到第四个房间的窗前,鲁金堂静静地站了一会儿,随即就试探着攀上窗台,灵巧地翻了进去。

落地之后,鲁金堂立刻闻到一阵浓烈的脚臭味。他蹲下身子,呼吸缓慢而悠长。很快,他就适应了室内的光线。床上那个人的轮廓也渐渐在黑暗中凸显出来。鲁金堂的注意力却不在他身上,而是床头柜上的那个双肩包。

他慢慢地挪过去,一边留意着床上那个人的动静,一边轻轻地把双肩包拿下来。摸索了几下,他摸到了拉链,轻轻拉开。几不可闻的哧啦声在室内响起。这时,那个人翻了个身,响亮地咂咂嘴巴。鲁金堂立刻停下动作,屏住呼吸。然而,对方嘟囔了几句梦话之后,鼾声又起。

鲁金堂放下心来,把手伸进双肩包里,小心地摸索着。凭着指尖的触觉,他摸到了卷在一起的袜子、塑胶水瓶、不锈钢饭勺、剪了口的废车票、毛线帽子、卷了边的旧书……

这个穷光蛋似乎没有任何值钱的东西。鲁金堂想了想,又在那本旧书上捏了捏,心下一动,用手指轻轻拨动着书页——熟悉的触感从指尖传来。

他攥住那几张夹在书里的钞票,抽出手来。借助昏暗的光线,他静静地数着手里的钱,大概有100多块。鲁金堂把钱塞进裤袋里,拉好背包,小心地放回原处。

鲁金堂轻手轻脚地出了门,转身向自己的房间走去。刚迈出几步,就听到身后传来一阵脚步声。紧接着,他的全身都被手电光罩住,一声断喝随即响起:

"谁?"

鲁金堂缓缓转过身,脸上已经换了一副茫然的表情。

李明志大步走过来,上下打量着鲁金堂:"你不是207房间的……那个谁吗?"

他认得面前这个一脸痴呆相的家伙,却不知道对方的名字。两天前的深夜,高速公路交警接到群众的报警,说有一个浑身赤裸的男人蹲在高速公路边。警察到了现场之后,发现这家伙一问三不知,连句完整的话都说不出来。无奈之下，警察只能把他先送到救助管理站。

进站之后，他始终一言不发，对所有问话都面无表情，沉默以对。因为无法搞清他的真实身份，只能先以"无名氏"代之。不过，虽然他看上去精神有问题，吃起饭来倒是虎虎生风。吃饱了就睡，睡醒了就躺在床上发呆。李明志在救助站里见过不少精神病人，好在他不吵不闹，也就听之任之。

"不睡觉起来瞎溜达什么？"李明志呵斥道，"我看你就是白天睡多了！"

说罢，他不由分说，拽起"那个谁"的胳膊，径直拖到207房间门口，一把推了进去。

"赶紧睡觉！再出来我就不客气了！"

"那个谁"乖乖地脱鞋上床，拉过被子盖在身上。

李明志关上房门，转过身，看到一辆警车正缓缓驶进救助管理站的院子。他急忙下楼，返回接待大厅，刚在椅子上坐定，就看到两个满面倦色的警察带着一个全身湿透的男子走进来。

"你好。"为首的警察从衣袋里拿出警察证递给李明志，"我是卫红桥派出所的。"

李明志打开警察证："吴桥。"

"没错。"吴桥向身后随手指了指，"这是我的同事——您怎么称呼？"

"李明志，综合服务部的。"李明志又向那个正在筛糠的男子努努嘴，"这位是？"

"我们接到群众报警，在吉水河边上发现了他，应该是刚从河里爬上来。"吴桥叹了口气，抬手在自己的脑袋旁边画了几圈，"估计是这里有问题。在他身上没发现任何能证明身份的东西，只能先送到你们这里了。"

李明志点点头，上下打量着男子："穿得还挺利索，应该有家人照顾，不是流浪的。"

"我们也觉得是这样，可能是走失的。"吴桥附和道，"救助站先照顾几天，回头我们再查一查，找到家人了就送他回去。"

"行。"李明志痛快地答应，"我先带他办手续。"

"那我们先撤。"吴桥拿出一张名片放在桌子上，"咱们随时联系。"

李明志送两位警察上车，回到接待大厅后，发现男子正拿着自己的水杯咕嘟嘟地喝着，一份当作宵夜的鸡蛋饼也被他吃了大半。

李明志心下不快，没好气地说道："妈的，在河里还没喝够啊？"

他伸手去拉男子："走，先带你去把湿衣服换下来。"

男子却闪身躲开，抓起鸡蛋饼飞快地塞进嘴里，一边吃一边警惕地看着李明志。李明志无心跟他纠缠，又冲上去抓他。不料这男子看上去痴痴傻傻，动作倒是蛮灵活。李明志绕着桌子追了他几圈，竟得不了手。

他心头火起，直接跳到桌子上，向男子扑去。没想到脚底一滑，整个人重重地摔了下来。在男子的拍手傻笑声中，李明志狼狈不堪地爬起来，同时发现自己的手机躺在脚边，屏幕已经四分五裂。

李明志顿时怒不可遏。他从桌子底下摸出一根橡胶棍，抬手指向男子："你再笑！"

男子被吓住了，立刻收敛了笑容，身体也蜷缩起来。李明志大步上前，一把拽住他的衣领，把他拖出了接待大厅。

穿过院子，李明志径直把男子拖到食堂的外墙拐角处。这里没有灯光，又是视频监控的死角。平日里救助站若有不服管理的被救助人员，他都会把人带到这里"管理"一番。

李明志把男子揉到墙角，挥起橡胶棍，劈头盖脸地打了下去。男子哀嚎起来。李明志边打边小声喝骂道："还敢叫？再叫！"

男子躺在地上，双手抱头，惨叫连连。李明志还不解气，抬脚踢向男子的后脑。砰的一声闷响之后，男子的前额撞在墙壁上，突然没了声音。双臂无力地松弛下来，整个身体开始抽搐。

李明志余怒未消，又骂道："你他妈别装啊，给我起来！"

男子抽搐了一阵之后，喉咙里咯咯作响，渐渐地不再动了。李明志心里一惊，用脚踢了踢男子的身子："哎，快起来！"

男子依旧毫无动静。李明志登时方寸大乱，正要弯腰去探探男子的鼻息，冷不防身边有一个人影蹿了过去。

李明志被吓得灵魂出窍，定睛一看，居然是207的"那个谁"。

"你……你怎么又出来了……快回去！"

"那个谁"却毫不理睬，径直走到男子身边，抬手摸了摸他的脖子，又附身在男子的胸口处听了听。随即，他转过头，面无表情地看着李明志，清晰地吐出两个字。

"死了。"

失手打死了人。一个不会说话的傻子开了口。李明志不知道这两件事究竟哪一个更可怕。他的脑子里已经一片空白，只是怔怔地看着"那个谁"，一时间竟无法动弹。

"那个谁"却显得冷静又机敏，低声吩咐道："去把车开过来，再带两把铁锹。"

李明志稍稍回过神来："你到底……是什么人？"

"那个谁"却反问道："你到底想不想解决这件事？"

李明志愣了几秒钟，一跺脚，转身跑开。

十几分钟后，一辆喷涂着"吉阳市城市救助管理站"字样的面包车驶出院子，歪歪扭扭地向郊区开去。

　　足足开出去几公里，李明志才能勉强握好方向盘。他偷偷瞄向坐在副驾驶座上的"那个谁"。后者面沉如水，不时向车窗外张望着。李明志满脑子里都是问号，又有大祸临头的绝望感。后备箱里那具随车颠簸的尸体更是让他一阵紧似一阵地心悸。

　　面包车渐渐驶离主路，开上郊区的土路。这里连路灯也没有，唯一的光源来自面包车的前车灯。又颠簸了半个多小时之后，"那个谁"突然开口说道："停车。"

　　李明志吓了一跳，本能地踩下刹车，怔怔地看着被车灯照亮的一片荒地。"那个谁"轻巧地跳下车，向四周看了看，解开裤子撒了泡尿。随即，他敲敲车窗："下来吧。"

　　"哪个谁"拎着铁锹，李明志扛着尸体跟在其后，向荒地深处又走了几百米。"那个谁"选中了一块地方，扔给李明志一把铁锹，让他开始挖坑。

　　李明志已经失去了思考的能力，只好照做。土质松软，沙石也不太多。一个土坑很快就初见规模。"那个谁"先是蹲在一旁抽烟，之后也抄起铁锹下到坑里。两个人沉默不语，手脚不停，几十分钟后，足以容纳一个人的尸坑已经挖好。

　　李明志累得气喘吁吁，却不敢耽搁，爬出土坑后就去拽尸体的脚。"那个谁"却让他不要动，自己上前把死人身上的衣裤都脱下来，脱到内裤的时候，他"咦"了一声，随即就在内裤上摸捏了几把。李明志凑过去看，发现内裤里面缝了一个暗兜。"那个谁"从暗兜里掏出一张50元的钞票和一张湿透的纸条。他把钞票塞进口袋，点亮打火机，眯起眼睛看向纸条。

　　我儿张明，若走失，请送至旺水路28号一单元102号，这50元是酬谢。

"那个谁"想了想，把纸条也塞进口袋，又把衣裤抱起来，踢了踢一丝不挂的尸身。

"埋了吧。"

尸体被抛入坑中，泥土回填，平整了地面之后，李明志还不放心，又挖了些野草，折了几根树枝放在上面。做完这一切，他和"那个谁"回到车上，李明志擦擦汗，恭恭敬敬地递了一支烟给对方。

"老哥，不知道你是何方神圣。"李明志向他拱拱手，"今天晚上谢谢了。"

"那个谁"平静地咂着烟，目视前方："李主任，别光谢谢啊。"

李明志一愣："在站里，你放心，有我照顾你。赶明儿你老哥想去哪里……"

"那个谁"打断了他的话："5万块，拿钱我就走人。这辈子你都见不到我。今晚的事儿就当没发生。"

李明志虽然早有心理准备，但是这个数字还是超过了他的预期。

"老哥，这不是个小数目，你得容我几天……"

"两天。"对方的语气更加坚决，"我见不到钱……"

他举起手上的衣裤："那咱就得见公安了。"


第二天一早，在吉水河下游十几公里的地方，有晨练者发现一具漂浮在河水中的女尸。接警后，警方迅速组织专业打捞人员予以处置。经查，女性死者的死因为缺氧窒息和酸中毒。在死者的衣袋里发现身份证一张和用塑料袋包裹的遗书一份。死者名叫许淑兰，女，71岁，本地户籍。遗书中称，许淑兰的丈夫张东生于2004年去世，二人曾育有一子，名叫张明，自幼患有脑瘫，生活不能自理。多年来，许淑兰独自带着张明生活,现居住在旺水路28号一单元102号。今年年初,许淑兰确诊为胰腺癌晚期,时日无多。因担心自己离世后张明无人照顾,遂与其子一同投河自尽,望政府有关部门代为处理二人后事云云。调取吉水河沿岸的视频监控后发现,许淑兰当晚的确携其子在某河段步入河水中。但是其子张明挣脱母亲,独自一人上岸,约40分钟后由公安人员带离现场。案件被定性为自杀,并已安排人员查找张明的下落。

"嗯,这事我知道。"吴桥在键盘上敲击着,眼睛须臾不离开显示器,"这个张明应该就是我送到救助站那个。"

辅警王大国搔搔头发:"所里的意思是把人送回去,后续的事情交给社区。"

"行。"吴桥继续全神贯注地处理手头的工作。几秒钟后,他意识到王大国还站在原地。

"还有事?"

王大国试探着问道:"那,咱俩什么时候去救助站?"

"哎呀,这事你找个人陪你一起去就得了。"吴桥有些不耐烦,"我都忙成这样了,你没看见?"

"那行。"王大国急忙向门口走去,"我从第二联勤组找个人啊。"

"随便随便。"

吴桥挥挥手,再放下时却重重地拍在桌面上。

"妈的。"吴桥仿佛在自言自语,"当时搜一圈就好了,没准能把老太太救回来。"

"那个谁"无处不在。

李明志第二天就把用报纸包好的两万块钱交给了他。这家伙不知道从哪里搞来一只绿色的帆布挎包,仔细地清点好数目之后,把钱塞进了挎包里。李明志低声下气地请求他就此放自己一马。"那个谁"舒舒服服地躺在单人床上,把挎包塞在枕头底下,伸出两根手指:

"顶多再给你两天。"他似笑非笑地看着李明志,"拿到钱我就走。"

李明志的牙齿咬得咯咯作响:"你是要我的命。"

他笑得更加惬意:"那你就给那个傻子偿命去呗。"

说罢,他就转过身,闭上眼睛,不再理会李明志。

李明志把他的入站手续翻来覆去地看了好几遍,仍然不知道这家伙的来历。但是,他的冷酷、决绝和狠辣令李明志不敢小觑。很显然,他不是一个普普通通的流浪汉,更不是所谓智力残疾者。至于他为什么会在深夜里一丝不挂地出现在高速公路上,李明志不知道,也没有兴趣去深究。他只想让这个瘟神赶快消失,越快越好。

然而,不管李明志何时、何地、在做什么,都会感到那双不怀好意的眼睛盯在自己身后。而且,每每他惊慌地环视四周的时候,总会看到"那个谁"就在附近,意味深长地看着他。

在食堂里。在球场上。在拐角处。在窗外。

他的姿态、神情,甚至是嚼着馒头的嘴巴,似乎都在无声地念叨着同一句话:

你杀了人。我知道。

最让他忍受不了的是,"那个谁"似乎觉得自己的态度还不够鲜明,居然穿上了那套从死人身上扒下来的衣服。

李明志几乎要崩溃了。他在儿童活动区的秋千架旁边抓住"那个谁"的胳膊,低声喝问道:

"你他妈到底要干什么?"

"提醒你嘛。""那个谁"丝毫没有反抗的意思,脸上依旧挂着微笑,"李主任那么忙,我怕你忘了钱的事。"

"明天!明天!"李明志咬牙切齿,"我他妈还得跟你说几次?"

"你记得就好。"对方轻轻地甩开他,"别激动。让人看出来不好。"

李明志的胸脯剧烈地起伏着,转身就走。刚迈出两步,他的心脏却立刻失去了活力——一个穿着制服的警察正向秋千架走过来。

他立刻看向"那个谁",后者也看着那个警察,神态中居然也有一丝恐惧。

"你是李明志主任吧?"

李明志回过身,从颤抖的嘴唇中间挤出一个字:"嗯。"

"我是卫红桥派出所的,我姓王。"

"嗯。"李明志感到自己的腿也开始颤抖了,"有什么事?"

"前两天,我的同事曾经送来一个从河里上来的走失人员。"王大国翻看着手里的资料,"叫张明的,有这个人吧?"

"嗯。"李明志几乎要瘫软下去,"他……"

"是这样,这个张明的妈妈要带着他一起自杀,结果老太太死了,他游上了岸。"

李明志把"自己跑了"这句话生生咽了回去,怔怔地看着王大国:"然后呢?"

"我们来核对一下身份,如果确实是他,我们送他回家。"

李明志的心脏又重新恢复了跳动,甚至还做出了关切的表情:"那他……谁来照顾他?"

"社区吧,或者别的社会福利机构什么的。"王大国叹了口气,"他现在算是孤家寡人了。"

李明志嗯了一声，脑子里忽然浮现出"那个谁"脸上的恐惧表情。他下意识地看向"那个谁"，发现后者也在听着警察的陈述，神情还颇为关注。

"那……李主任，你带我们去见见那个张明？"

"哦？好。"

李明志只犹豫了一秒钟，就把手指向了"那个谁"："他就是。"

话一出口，李明志自己都被吓了一跳。然而，"那个谁"并没有否认，而是换了一幅懵懂的表情，呆呆地看着警察。

"哦。"王大国打量着他，"你叫张明？"

可怜的"脑瘫病人"并没有回答他，怔了几秒钟之后，从衣袋里掏出一张纸条递给面前的警察。

王大国看着那张变得皱皱巴巴的纸条，点了点头。

"你还真是张明啊。"

他挥挥手："跟我们走吧。李主任，办好手续，我们就送他回家。"

李明志还站在原地，似乎还没搞懂眼前的这一幕。直到他们走出10米开外，他才跟跟跄跄地跟上去。

"那个谁"老老实实地跟在警察身后，看也没看他一眼。

一路上，"脑瘫患者"张明都一言不发，静静地看着车窗外。他的胸前始终挂着一个绿色的帆布挎包，用双手死死地捂着。同行的警察打趣他："救助站给了什么好东西啊，让我看看。"

他作势要去拿张明的挎包，却被后者推开，直勾勾地瞪着他。王大国觉得他好笑又可怜，心里长叹不已。

一个多小时后，警车停在了旺水社区办公室门口。王大国向社区秦书记说明了来意，又把在许淑兰身上发现的遗物交给了她。

所谓遗物，只是一串钥匙和十几块零钱而已。

年过半百的秦书记也是唏嘘连连，再三表态会发挥组织的作用，照顾好张明。王大国又代为传达了派出所的意见：许淑兰老人的丧葬费由派出所和社区共同承担，后续事宜由社区代为处理。秦书记满口答应。王大国二人临行时，秦书记又叫来一个工作人员。

"这样，我们社区刚刚申请了微信公众号。"秦书记吩咐工作人员用手机拍照，"咱们合个影，我们发个报道，可以引发社会更广泛的关注，也算我们今年的工作成绩。"

王大国向同行的另一个警察拱拱手："怎么样，兄弟，露脸的机会给哥哥吧，没准转正的时候用得上。"

随即，王大国在左，秦书记在右，中间夹着佝偻着身体，面无表情的张明。

手机照相机咔嚓一响。

半小时后，秦书记带着两个工作人员陪同张明回到了旺水路28号一单元102号。用钥匙打开门锁，一股混合着霉味的气息扑面而来。褪色的地板革上已经积了薄薄的一层浮灰。夕阳透过开裂的木制玻璃窗照进室内，无数细微的颗粒在光柱中飘舞着。秦书记环视四周，视线一一扫过那些陈旧、简陋的家具，不由得连声感叹。

"张明啊，我们之前对你家的关怀和帮助还是很不够的。"她把钥匙放在一张老式五斗橱上，"你放心，我这就安排人给你送米面油来，起码保障你的正常生活。"

张明站在门厅里，静静地打量着面前这间陌生的屋子，一言不发。

"我们这几天就处理好你妈妈的身后事，有组织参与，你放心，肯定体体面面。"秦书记热情地安排着，"要不，我带你再去看老太太一眼？

简单地告个别？"

张明依旧捂着胸前的挎包，慢慢地走到一张布面沙发前面，小心地坐了下去。

"明天吧，明天我带你去殡仪馆，给你妈妈磕个头……"

"脑瘫患者"突然大叫起来，双手用力地拍打着沙发，连连踢向地面。

嘶哑的吼叫声打破了室内的寂静。秦书记等人被吓了一跳，急忙安慰道："我知道你难过，张明，你冷静点……"

劝慰毫无效果。"脑瘫患者"索性坐到地上打起滚来。

秦书记又惊又怕，赶快向门口退去："那行，那行，你先休息吧。回头我们再来看你。"

一行人逃也似的冲出去，咣当一声关好了门。张明又足足喊叫了半分钟才停下来。他斜靠在沙发上，看着紧锁的墨绿色房门，嘿嘿地笑起来。

深夜的ICU病房里一片寂静。十几张病床排列在病房两侧，都被自天花板上的滑轨垂下的厚重布帘遮挡着，宛若一个个小小的弧形监房。陪护的患者家属们早早地躺在租来的折叠床上，或忐忑或疲惫地进入梦乡。病房内只有细微的鼾声和偶尔响起的呻吟声。对那些处于人生艰难阶段的人而言，生命只能暂时关押在此，默默地等待着刑满释放或者大限将至。

此时此刻，陈卓觉得自己就是一个囚徒。他的狱友，是还在昏迷中的妻子。

他还是很难想象病床上的那个人是杨盼。被剃光的头发，头颅上令人心悸的伤疤，肿胀的脸庞，被呼吸机撑开的嘴巴，以及插满身体的、粗细不一的管子。

他静静地注视着她,右手插在裤袋里,一遍遍摩挲着那部手机。屏幕上的钢化膜已经碎成一片蛛网。某个碎片翘起来,形成锋利的锐角。陈卓用指尖反复按压其上,享受着渐次传导至全身的刺痛。他是如此地沉迷于这种奇妙的触觉,有时候,竟会忘记自己为什么会在这里。陈卓似乎找到了可以挨过这漫漫长夜的小游戏。然而,指间传来一丝震动,同时又听到一声提示音——手机的电量已经低于20%。

他无奈地把手机拿出来,连接好充电器,插进墙壁上的插座里。这似乎很没必要。但是,陈卓固执地让这部手机时刻保持着待机状态。仿佛只要它还能用,他就保有探知所有秘密的主动权。对于他而言,这是一种姿态。居高临下,予取予求。可笑的是,他不知道该把这种姿态展示给谁。

身后的布帘忽然被拉开,紧接着,一股浓烈的酒气在这"监房"里横冲直撞。陈卓下意识地回过身,看到披头散发的黄莉莉正站在床尾,两只圆睁的眼睛直勾勾地看着病床上的杨盼。

随即,她就看到了陈卓手中的手机。一瞬间,她摆出了一个飞身抢夺的动作。然而,陈卓毫不客气地抓住她的肩膀,把她推了出去。黄莉莉勉强站稳,又把视线投向陈卓,却依旧一言不发。两个人默默地对峙了几分钟。黄莉莉忽然又抬起手来,陈卓本能地要抵挡,却发现她拽住了他的衣袖,拖着他走出布帘遮挡的范围。

陈卓心下生疑,又不便发声询问。很快,他意识到黄莉莉正在把自己拖向靠窗的那张病床,心中更加惊惧。

随着布帘拉开又合拢,王野原的脸上重新被灰暗笼罩。他的模样和杨盼差不多。同样的光头,同样的肿胀,同样的粗细管子。黄莉莉站在昏迷不醒的丈夫面前,拢了拢头发,甚至向他露出了一个笑容。

陈卓不想看见王野原,也不知道黄莉莉为什么要把自己拉到这里,转身欲走。黄莉莉低声喝道:"等一下。"

说罢,她就掀起裙子,脱下内裤,趴伏在丈夫的病床前。

"来,搞我。"

陈卓的脑子里轰地一下,从牙缝里挤出几个字:"你疯了?"

"不,我没疯。你不恨你老婆吗?"黄莉莉的语速飞快,吐字清晰,"我恨他。搞我。就在他面前搞。让他看看别人是怎么搞他老婆的。"

陈卓站着没动。黄莉莉转过头来,双眼闪闪发光。

"不喜欢这个姿势?"她麻利地翻过身,坐在床沿上,分开双腿,"这样呢?"

陈卓垂下眼睛,转身向布帘外走去。

"你敢!"黄莉莉的声音变得尖利,"搞我!现在!不然我就喊你强奸!"

"你省省吧。"

陈卓毫不犹豫地走出去,又把布帘拉好。然而,歇斯底里的叫嚷声并没有出现。几分钟后,压抑的抽泣声从布帘内传出。她哭了很久,直到多功能心电监护仪鸣叫起来。

凌晨2点42分,王野原经抢救无效死亡。杨盼第二次被下达病危通知书。


警方对案发地点附近的道路进行了全面、彻底的搜索。两天后,相关物证被陆续搜集上来。其中,一部摔碎并被碾压过的手机被证实为死者明丽所有;在一管口红上也验出了人类DNA,可与死者明丽做同一认定。更重要的是,在距离案发地点约7公里的地方发现了一张塑封过的二维码。经鉴定,这是一张收款码,收款人的名字叫徐江涛。

徐江涛,男,44岁,本市户籍,已婚,无业。徐江涛到案后,起初对二维码一事百般抵赖,顾左右而言他,后承认自己驾驶套牌车非法运营的事情。被问及车辆去向,徐江涛称案发前一日车辆被盗。因被盗套牌车为报废车辆,价值不高,且一旦查明自己非法运营,将会遭受行政处罚,故没有报警。

根据徐江涛的供述,警方查明那辆套牌出租车的被盗地点在吉阳市火车站附近的一家小旅馆外。徐江涛供称,因自己去小旅馆上厕所,车辆没有熄火,所以才被盗走。陈卓意识到徐江涛与小旅馆的经营者应该过往甚密。经过深挖,徐江涛终于承认自己与"喜福客栈"的经营人高敏联手进行"仙人跳"的犯罪事实。同时,徐江涛指证自己的套牌出租车就是被当天一位"仙人跳"的受害人盗走。

"喜福客栈"并没有与公安机关联网的旅客住宿查询系统。据高敏回忆,当时并没有对那位旅客做身份登记,只是依稀记得对方姓鲁。而"仙人跳"的参与者之一刘大忠虽然将其身份证夺走,但随即就丢弃,不知所踪。

小旅馆的视频监控显示,这是个黑瘦、矮小的中年男子,衣着颇为寒酸。在办理入住手续的过程中,他始终低着头,似乎有意躲避摄像头的拍摄。更令陈卓感到异常的是,他身上的黑色挎包里,隐约可见一件秋衣的袖子。炎炎夏日,他为什么要携带和当季明显不符的衣物呢?

更令陈卓感到疑惑的是,高速交警提供的线索显示,从套牌出租车上逃离的是两个人,而盗走这辆车的只有一个人。那么,在这几个小时之间,究竟发生了什么?

无论如何,这个鲁姓男子的作案嫌疑在上升。当务之急,是找到他的下落。技术部门从监控录像里截取了几张男子的面部照片,下发至各公安分局及派出所。

一大早,刚刚值过夜班的吴桥哈欠连天地从食堂走出来,一边试图从牙缝里剔出韭菜,一边点燃一支烟。辅警王大国坐在他对面的椅子上,看着手机嘿嘿直乐。

吴桥觉得好笑,揶揄道:"看啥呢,把你小子乐成这样?"

王大国把手机屏幕转向他:"吴哥,前两天你不是让我送人回家吗?人家社区的公众号还专门发了个报道。"

吴桥漫不经心地扫了一眼。照片中,王大国在左,另一个胖胖的中年妇女在右,中间是一个挎着绿色帆布包、矮小、黑瘦的中年男子,半低着头,眼神躲闪。

吴桥有些糊涂了:"送人回家?这人是谁啊?"

"嗨!这才几天的事啊,你就不记得了?"王大国撇撇嘴,指指中间的黑瘦男子,"一个老太太,带着儿子跳河自杀那个。老太太淹死了,儿子被你送到救助站了。"

吴桥瞪大了眼睛,一把夺过他的手机,放大图片端详着。

王大国还在得意洋洋:"吴哥,你说这算不算上了新闻报道?对咱哥们将来转正会有加分吧?回头我……"

"加个屁!"吴桥盯着手机屏幕,"这压根儿不是我送去的那个人啊。"

"啊?那不可能啊。"王大国急忙凑过来,"吴哥,你再好好看看。"

"衣服、裤子都对得上。"吴桥的脸色变得很难看,"脸完全不是一个人。"

"他把纸条给我看的啊。"王大国也糊涂了,"上面写着我儿张明,如有走失,送到旺水路啥啥啥的。"

吴桥没说话,把手机抛还给王大国。

"这他妈不就奇了怪了吗?"王大国拼命回忆着,"我找到了那个叫李明志的什么主任，他指给我看的啊。而且，如果他不是那个张明，为啥老老实实跟我走了啊？"

吴桥抓起车钥匙，噌地一下站起来，踢了王大国一脚。

"走，跟我去一趟。"

"那个谁"莫名其妙地变成了"张明"，而且他完全没有辩驳，这大大地出乎了李明志的意料。两天来，他反复琢磨着这件事，渐渐意识到"那个谁"似乎非常需要一个新的身份——老母亲已然去世，他可以堂而皇之地顶替"张明"回到所谓家里。

同时，这也验证了李明志之前的猜想："那个谁"是个极度危险的家伙。

不过，"张明"再没有找上门来，尚未支付的3万块"封口费"似乎也省了下来。李明志在度过了魂不守舍的两天之后，心里渐渐安定下来。这场巨大的危机仿佛已经以一种离奇的方式走到了结局。

因此，对于吴桥和王大国的突然来访，李明志表现得极其慌乱。

没有寒暄，没有客套，吴桥直接要求李明志提供"张明"的入站登记表。李明志结结巴巴地解释了半天，大意是"张明"被送至救助站时已是深夜，没有及时进行登记，两天后即出站回家，所以手续并不完善，还为救助站的管理存在漏洞表示歉意云云。

吴桥不再跟他废话，从王大国的手机里找出那张合照，直截了当地问道："中间那个人是谁？"

李明志的脸色变得灰白，依旧一口咬定那就是张明。

"胡说八道！"吴桥彻底不耐烦了，"这根本就不是我送来那个人！"

李明志嗫嚅了半天，忽然"哦哦哦"地叫起来。

"我想起来了,这也是我们站里的一个被救助者,脑子有问题。"李明志拍拍额头,"我估计是他偷穿了张明的衣服。我嘛,眼神不好使,搞错了。"

吴桥仍不罢休:"那他叫什么?"

李明志兀自嘴硬:"不知道。我都说了他脑子有问题,说不清楚自己的身份。"

吴桥立刻追问道:"他是怎么来的?自行入站?你们接来的?还是警察送来的?"

李明志摇摇头:"不知道。我需要回去查查登记表。"

"那这个张明呢?"

"自己跑了吧?"李明志已经汗如雨下,"我们这里有的是不告而别的人。"

吴桥死死地盯着他的眼睛:"刚才你还一问三不知,这会儿就这么确定了?"

李明志直挺挺地站着,一句话也说不出来。

"我今天必须见到张明。"吴桥挥挥手,"去把你们领导叫来。"

李明志艰难地吐出几个字:"我再去找找他,也许还在站里。"

他刚要迈步离开,却听见王大国喊道:

"你先别走!"

吴桥不明就里,发现王大国看着警务通手机,表情讶异。

"怎么了?"

王大国把手机递给他:"吴哥,你看,市局下发的协查通告。"

协查通告的图片中,虽然只能看到鲁姓男子的侧脸,但是和那个"张明"竟有几分相似。

"大国,你摁住他。"吴桥指指李明志,同时看向协查通告中的联系人：陈卓。

门响三声之后,又足足等了几秒钟,袁小峰才听到一个女声在门内回应:

"谁啊?"

"外卖。"袁小峰看到门镜一暗,立刻举起餐盒挡住自己的脸,"送餐的。"

防盗门打开一条缝,半张警惕的脸露了出来。

"送餐?"女人上下打量着袁小峰,"我没点餐啊。"

"嗯?"袁小峰踮起脚,竭力向室内张望着,"你这里不是金门小区43号楼503吗?"

布艺沙发。对面是电视柜,正在播放一部古装电视剧。靠近门口的是一张方形餐桌。一个十几岁模样的女孩正趴在桌面上写作业。

"地址没错。"女人有些好奇地打量着袁小峰手里的餐盒,"可是我们家没点餐啊。"

"会不会是孩子点的?"

女人转过头:"瑶瑶,你点外卖了吗?"

女孩摇头否认。

"那就奇怪了。"袁小峰皱皱眉头,"或者是你老公点的?你老公叫什么?"

女人又恢复了警惕:"下单的人叫什么?"

"姓袁。"

"那不对。"女人说罢就关上门,"我家不姓袁。"

袁小峰在门口站了几秒钟,悄悄地把匕首掖进后腰,拎着餐盒下楼,找到一个树荫下,把制服和头盔脱掉,塞进随身的挎包里。

这是一个半开放小区，位置偏僻，居民楼大多陈旧不堪。时值正午，骄阳之下，院子里罕有居民出入。袁小峰躲在树后，席地而坐，打开那个餐盒，舀起尚有余温的土豆牛肉饭，一勺勺送进嘴里。刚吃了几口，眼泪就扑簌簌掉下来。

他已经在这里转悠了一天，一边寻找那个出租车司机，一边试图把这件事捋清楚。

当天晚上，明丽上了那辆上白下绿的出租车，被那个黑瘦、矮小的司机杀害，项链也被抢走。明丽的血流在了后座上。之后，这辆车被袁小峰和二华劫持。司机被扔在了高速公路上。他们在高速出口处弃车而逃。明丽的项链被二华私吞，司机下落不明，他的背包里，有一张写有地址的字条。

这几天，袁小峰始终在拼命回忆那个司机的样子，直到把他脸上的每一丝沟壑都深深地刻在自己的脑子里。他和二华一同商议抢车步骤的时候，不约而同地回避了杀人灭口的可能性。的确，无论是他还是二华都没有胆子下手杀人。然而，此时此刻的袁小峰多么希望自己把刀子狠狠地刺进那个司机的身体里。

至于明丽那天晚上外出的原因，袁小峰不愿意去想。他甚至不想去搞清楚睡了自己女朋友的那个男人是谁。搞清楚又能怎样呢？明丽另一个见不得人的身份，除了证明他是一个彻头彻尾的窝囊废、需要女朋友去卖身筹钱的失败者之外，再没有任何意义。

明丽从事的皮肉生意，并没有让袁小峰感到恼火或者羞耻。相反，他感到更多的是内疚与自责。如果他能再多读点书，考上大学；如果他能在理发店多学点本事，能自立门户；如果他能在那个房产中介踏踏实实干下去，多赚点提成；如果他能多送几单外卖，而不是回家打游戏、刷短视频……明丽也许就不会为钱愁成那样，不会去出卖身体。

自然，也就不会被人割了喉，扔在路边的旱沟里。

可惜的是，如果终究只是如果，事实仍然是事实。明丽屈辱地死去了。袁小峰则将会一直被这种内疚和自责折磨下去。唯一能让他解脱的办法，就是为明丽做点什么。

报仇。亲手抓住那个该死的出租车司机，然后一刀刀碎割了他。除此之外，袁小峰没有别的选择。

他扔掉饭盒，点燃一支烟，静静地坐在树荫里，在后腰上那把匕首的冰凉触感中，盯着43号楼。

这一坐，就是整整一个下午。傍晚时分，院子里的行人多了起来。有出去买菜的主妇，有下班回家的住户，也有带着孩子下楼玩耍的老人。袁小峰的视线在每一个男子的脸上扫过。别说相貌一致的，连身型相似的都没看到。

他并不气馁。那张出现在挎包里的纸条一定是有意义的。凶手和43号楼503室肯定存在着某种关联。只要耐心地等下去，他就一定会出现。

每当有人走向43号楼，袁小峰就会起身跟上去，尾随对方进入楼道，上楼。然而，他们的最终去向都不是503室。晚上7点多的时候，又一个中年男人进入院子里。他停好电动车，拎起一个帆布袋，摘下头盔，又在头发上胡乱抓挠了几把，抬脚向43号楼走去。

袁小峰站起身，悄悄地跟了上去。中年男人看上去很疲惫，脚步拖沓，小腿和脚上都有洗不掉的黑色痕迹。他慢慢地爬上5楼，从衣袋里拿出钥匙去开锁。袁小峰从他身后挤过去，径直上了6楼。

站在缓台上，袁小峰屏气凝神，听到中年男人说了一声"我回来了"，随即就传来关门的声音。

楼道里恢复寂静之后，袁小峰轻手轻脚地走到503室门口，把耳朵贴在门板上，试图捕捉室内的每一丝动静。

女人似乎在和男人交谈,却听不清具体内容。袁小峰听了一会儿,起身下楼。

他不是那个出租车司机。相比之下,他要高得多,也壮实得多。

袁小峰回到那棵树下。天色已晚,越来越暗的光线让他有了更可靠的隐蔽空间。他感到又困又累,空落落的肚子也在拖着他走向体能耗尽的极限。但是,他不想离开。他不想回到那个狭小逼仄的出租房里。屋子里的每一样东西都会让他想起明丽,都会把他拽进痛悔和内疚的深渊中。他情愿就守在这里,守着一丝渺茫的希望。尽管这听上去毫无意义,但是,这是袁小峰目前唯一能做的事情。

夜晚还是不可阻拦地到来。43号楼的灯光渐次亮起来,伴随着从一个个窗口飘散出的炒菜的香气,袁小峰更觉得悲凉不已。想来,自家的出租房的窗户应该是一片漆黑。曾经在里面吵闹、亲热的两个人,都回不去了。他把下巴顶在膝盖上,身体轻轻晃动,眼前的灯光却越来越模糊。

忽然,他感到衣袋里的手机震动了一下。有一条新微信。

袁小峰保持着刚才的姿势不变。良久,他才叹了一口气,伸手摸出手机。

是二华。信息是一张图片。

还没来得及放大,袁小峰的眼睛就瞪圆了。

图片里有三个人,中间那个分明就是那个出租车司机!

袁小峰愣了几秒钟,反应过来之后立刻拨打二华的电话号码。甫一接通,他劈头就问道:

"图片从哪里来的?"

"你看着是不是他?"二华压低了声音,"我觉得可像了。"

"衣服不太一样,但是看脸就是他。"袁小峰语气急切,"快说,这图片是怎么回事?"

"你别着急啊,我慢慢跟你说。"二华放缓语速,"是这么回事,本地前两天出了个新闻,有个老太太,抚养一个傻儿子。老太太得了绝症,带着儿子跳河自杀。结果她淹死了,傻儿子自己游上岸了。后来,警察把他送回家了。"

袁小峰吼起来:"你挑重点说!"

"好像是有个公众号报道了这件事,结果就有不少人转载了,应该是呼吁大家捐款吧。我也是在一个微信群看到的。我打开一看,这不就是那小子吗?我有点不确定,就发给你看看。"

"把那篇文章发给我。"

"行,行,我这就发给你。"二华咽了口唾沫,"小峰,你去公安局的时候,没把咱俩的事……"

袁小峰直接挂断了电话。

很快,二华把那篇公众号文章发给了袁小峰。文章写得颇为煽情,用大段篇幅描述老妇如何含辛茹苦养大这个患有脑瘫的儿子。因担心自己患有绝症即将离世,再也无法照料儿子,不得已携子跳河赴死。袁小峰草草浏览一遍,除了得知他叫"张明"之外,并没有获得更有用的信息。最后,他把视线投向公众号发布者。

旺水社区一家亲。

他不知道这个出租车司机为什么会摇身一变成了"张明",但是他很清楚这个凶手绝对不是脑瘫患者。而且,此刻他应该就在这个旺水社区。

袁小峰收起手机,发动电动车,疾驰而去。

鲁金堂醒来的时候,一时竟不知道自己身在何处。看着从窗帘缝隙透进来的阳光,他又躺了十几分钟,翻身起床。

卧室里有一张老式铁床,旁边放着一张单人床,想必就是那母子俩日常休息的地方。"回家"的第一天,他就从容地把这套房子翻找了一遍。

不出所料，这是个贫困家庭。几乎没有任何值钱的东西。更令他恼火的是，这套破房子居然还是个廉租房，无法转手卖出去。所以，对鲁金堂而言，这里除了能当个暂时的落脚地之外，并没有任何价值。而且，作为一个需要社区帮扶的"脑瘫患者"，他不敢随意出门。虽然那个胖胖的中年女人昨天送来了大米和油，但是他也不打算起火做饭，只能在深夜里偷偷地溜出去，走出这片街区后买些吃食。

鲁金堂晃到客厅，从茶几上拿起烟，点燃一支，又走到厨房，烧了一壶热水。随即，他拆开一桶方便面，注水泡软，又打开一盒午餐肉罐头，大口吃起来。

吃过饭，他窝在沙发上抽烟发呆。不知过了多久，他看看电视上方悬挂的石英钟，已经快上午10点了。

过去几天发生的事情，常常会让他有一种不真实感。原本打算来到吉阳市，办了事就走。可是这一连串的变故让他不得不滞留下来。不过，事情一定要办，退路也要想好。李明志还没支付的"封口费"也必须拿到手。唯一需要考虑的是办事之前还是办事之后再上门。

鲁金堂想着，又起身在屋子里转了一圈。这套房子虽然破旧，但是，能榨干的地方还是不要放过。从陈设来看，能值些钱的大概就是电视机和冰箱。他想起昨晚溜出去购物的时候，看到几条街外有一个二手家电收购店。这两样东西虽说卖不了几个钱，好歹也算有点收获。

他穿好衣服，起身把电视机从柜子上搬下来，草草擦拭一番，又用胶带把电视机的遥控器粘在背面，扛下了楼。

大概是因为天气炎热，社区里没什么人走动。鲁金堂用电视机遮住脸，一步步向那家二手家电收购店走去。虽然电视机成色尚新，店主给出的价格却很低。鲁金堂无心跟他讨价还价，拿到350块钱之后，又约定下午来取那台冰箱。

太阳越升越高,气温随之攀升。鲁金堂走在太阳底下,满头满脸都是汗水。他拐进一家便利店,买了一包烟和一瓶冰镇可乐。一口气喝掉大半瓶之后,他一边吸烟一边走向旺水社区。在街口,他又进了一家彩票店,转了一圈又出来,继续向前走,心里已经确定有人在跟踪他。

袁小峰找到旺水社区的时候已经是深夜,社区办公室的工作人员早已下班回家。他不知道那个"张明"住在哪里,只好在附近的几个半开放小区里来回转悠,指望能够和他来个不期而遇。然而,一直逛到后半夜,"张明"还是没有出现。又困又饿的他只好在某个小区的花坛边和衣而卧,一遍遍看着那篇公众号文章。天快亮的时候,袁小峰才勉强睡了一小会儿。

8点刚过,袁小峰就按照旺水社区外的告示牌上的电话号码找到了秦书记,声称自己看了张明母子的遭遇后深受感动,想为独居的张明捐款捐物。秦书记表达谢意后,提供了张明的住址。

旺水路28号一单元102号。

当袁小峰看到那个扛着电视机出来的黑瘦男子时,心脏几乎要从喉咙里跳出来。但是,男子的半张脸都被电视机挡住,他无法确定对方就是那个出租车司机。稳妥起见,袁小峰跟在他身后,一直走到某个二手家电收购店。直到他捏着几张钞票再次走出来,袁小峰的嘴里已经干燥得沙沙作响。

就是他。

男子的脚步不疾不徐,似乎悠然自得,居然还喝着冰可乐逛彩票店。在几近正午的骄阳下,男子的身体在地上投下短短的影子。袁小峰跟在他身后,握着腰里的刀柄,已经开始想象把刀子捅进那瘦削的脊背的感觉。

男子走进了旺水路28号一单元，袁小峰抢上几步，赶在单元门合拢时冲了进去。在猛烈的日光下待了太久，突然闯入光线昏暗的地方，袁小峰立刻感到眼前一黑。然而，还没等他适应过来，就感到被重物狠狠地砸在了头上。

眼前的景物诡异地扭曲起来。袁小峰拔出匕首，嘴里啊啊叫着，跟跄着向前方胡乱捅刺着。周围的一切仿佛都在快速向后退着。男子诧异的声音也遥不可及。

"妈的，怎么是你？"

鲜血从头顶流下来，糊住了袁小峰的一只眼睛。他努力睁大另一只，拼命冲向男子。男子闪过，扔下砖头去争抢他手中的匕首。饥饿和长时间缺乏睡眠带来的体力不足很快在袁小峰身上显现出来。撕扯了几个回合之后，袁小峰的手脚已经像石化一般变得沉重无比。终于，匕首脱手而去。袁小峰的双臂挥舞起来，似乎抓住了男子的一只胳膊。没有丝毫犹豫，袁小峰张口咬下去。几乎是同时，他感到一个冰凉的东西刺进自己的身体里。

一下，又一下……

**宋大春**

夏日的午后，小城的街头人迹寥寥。高温让一切都干燥无比，似乎稍加触碰就会粉碎。不远处"大福金店"的招牌上反射出夺目的光芒，令人怀疑那几个字随时都会融化成金灿灿的液体。

鲁金堂坐在路边的一辆无牌照的银灰色面包车里，看着招牌上的金字，一时竟有些恍惚——那玩意儿是不是金子做的？

"进去之后就5分钟，抢到多少算多少。下手要重、要狠，争取一锤打碎柜子。"鲁金富看到弟弟心不在焉的样子，一巴掌拍在他的脑袋上，

"你他妈琢磨啥呢？"

"嗯，嗯。"鲁金堂急忙点头，"5分钟，一锤子。"

"算了，你弄住那个保安。我来抢。"鲁金富从帆布袋里拿出一把锯短了枪管和枪托的五连发猎枪，"保安要是炸毛，干他狗日的。"

"放心。"鲁金堂接过猎枪，哗啦一声推弹上膛，"不服就打。"

鲁金富又转向驾驶座，拍拍司机的肩膀："大春，你重复一遍你的任务。"

"开到那个手机店门口，你们下车。"宋大春死死地攥着方向盘，指节已经发白，"5分钟后，看你们出来了，就过去接应。"

"车牌子呢？"

"卸下来了。"宋大春转过头，向后排车座下努努嘴，"你放心。"

"行。"鲁金富又嘱咐了一句，"车门别关，我们上了就走。"

"好。"

"干吧。"鲁金富深吸一口气，把毛线帽从额头拉下来，只露出两只眼睛和嘴巴，"以后能不能吃香喝辣，就看这一把了。"

鲁金堂也用毛线帽遮住脸，握着枪的手微微发抖。

"出发。"

宋大春发动面包车，径直开到手机店门口。鲁金富兄弟俩拉开车门下车，快步向十几米开外的金店走去。

宋大春没有熄火，直勾勾地看着他们走进金店。几秒钟后，他听到金店里传来呵斥声和尖叫声，以及玻璃碎裂的声音。他的肩膀不住地颤抖着，车内开到最大风量的空调丝毫不能降低温度，成绺的汗水从他的头发里钻出来，很快就濡湿了身上的短袖衫。

他很害怕，不住地看着手上的电子表。5分钟好像5个小时那样漫长。

两个声音在脑子里不停地争吵着。

为啥要干这个呢？又不是吃不上饭。

你愿意每天下苦力，让老婆孩子捡菜市场的菜帮吃？

熬一熬总会过去嘛。孩子都上小学了，长大成人就是一转眼的事。

然后呢？上中学、上大学的钱你拿得起？

总能想出办法……

你就想让孩子跟你一样窝窝囊囊过一辈子？

两个声音仿佛在某条神经的两端，一边争吵一边把它拉得越来越紧。

突然，一阵刺耳的警铃声从金店里传出来。

它们不吵了，只是同时发力。

那根绷紧的神经啪地一声断掉了。

宋大春的脑子里一片空白，本能地松开刹车，猛踩油门，飞驰而去。

入夜。宋大春家一片愁云惨雾。女人边哭边为他收拾衣物。女儿抽噎着，怯生生地站在饭桌旁，看着抱头坐在床边的父亲。

恐惧？悔恨？

不。宋大春只觉得好笑。没有关闭的车门，让后排座下的车牌被甩了出去。他的仓皇而逃，反而让自己的罪行板上钉钉。

女人走过来，指指头顶上已经陈旧开裂的吊柜，吸着鼻子说道："去把毛裤拿下来，你这一去不知道要多久，没准用得上。"

宋大春犹豫了一下，讷讷说道："要不再等等吧，也许警察没发现……"

"你当警察都是傻子吗？满大街都是视频监控，你能跑得了吗？"女人突然爆发了，"我早就不让你跟那哥俩来往，你如果能听我的话，至于到今天这种地步吗？"

宋大春不说话了，把头埋得更深。

"你今晚就去自首,回头警察上门来抓你,就什么都来不及了。"女人的声音里虽然带着哭腔,却十分坚定,"你放心,判5年我等你5年,判10年我等你10年。"

宋大春抬起头,眼眶中盈满泪水:"要不,咱们一起跑吧……"

"跑?跑到哪里去?"女人提高了音量,"我能跟你跑,瑶瑶呢?她也跟你逃亡一辈子?"

宋大春把脸埋在手掌里,呜呜地哭起来。

女人把收拾好的行李卷揉到他怀里,用力把他拽起来,向门口推去。

"去自首,现在就去。警察问什么就答什么,实话实说。政府还是讲道理的。咱没拿枪也没抢金子,就开了个车,不怕!"

宋大春被推出门外。女人把房门反锁,背靠着门板滑坐在地上,放声大哭。

凌晨时分,在本市的一片棚户区外,几辆警车悄然集结。其中一辆警车上,宋大春戴着手铐,低着头坐在后排座位上。

一个全副武装的警察凑过来,低声问道:"再跟你确认一遍,从这条路进去,左边第2排,第5家,对不对?"

宋大春点头:"对。旁边是小卖店。"

"有没有后门?"

"没有。"

"一共两个人,对吧?"

"对。"

"一把枪?"

"我就看见一把。"

"子弹呢?"

"不知道。"

警察直视着他的眼睛:"撒谎是什么后果,你清楚吧?"

"清楚,清楚。"宋大春连连点头,"我说的都是实话。"

"行了。"

制服警察下了车,会同其余十几名警察,悄无声息地沿着小路潜入棚户区中。

宋大春怔怔地看着那片沉寂于黑暗中的低矮房屋,看着那群警察渐渐融入无边的夜色里。

不知过了多久,枪声响起来了。

大福金店抢劫案在案发14个小时后即告破。犯罪嫌疑人宋大春自首,如实供述了伙同鲁金富、鲁金堂结伙抢劫的犯罪事实,并协助警方抓捕另外两名犯罪嫌疑人。在抓捕过程中,鲁金富持枪拒捕,被当场击毙。鲁金堂投降。被抢金饰全部追回。

案件很快侦查终结,移送检察机关起诉。几个月后,法院依法开庭审理鲁金堂、宋大春抢劫案。鲁金堂因抢劫罪被判处有期徒刑7年。宋大春因系从犯,并有自首、立功等情节,被判处有期徒刑两年6个月。

宋大春对这一过程的记忆始终是模糊的。唯一记得的是,在法庭上,鲁金堂始终盯着自己的那双眼睛。

袁小峰突然醒过来。

泛黄的天棚上,一架吊扇正在飞速旋转着。他费了好一番工夫才能转动眼球,看到自己正被一片白色包围着。床边的输液架上挂着大小不等的几个袋子,被细细的管子连接在自己的手腕上。

他感到口渴,似乎舌头已经变成了一截干木头。他试着挪动身体,立刻被腰上的剧痛制止，不由得发出一声呻吟。

一个背对着病床默立的男人立刻转过身来，迅速把一部屏幕碎裂的手机塞进衣袋里，快步走到他身边。

"醒了？"

袁小峰认出他是给他做过笔录的警察，艰难地咂咂嘴巴："我……"

"我叫陈卓，我们在公安局见过。"警察拿出证件在袁小峰面前晃了晃，"能聊几句吗？"

停顿了几秒钟，陈卓不等他回话就开口问道："你为什么会在那里？"

袁小峰的眼球迟滞地转动了几下："哪里？"

"旺水路28号！"陈卓的脸色阴沉，"你当时就倒在楼道里，身上中了4刀。如果不是我们把你送到医院，你的命就没了！"

"哦。"袁小峰的声音虚弱，"谢谢啊。"

"你还没回答我的问题。"

袁小峰沉默了一会儿："送餐，碰到坏人了。"

"送什么餐？"陈卓追问道，"现场除了你，什么都没有。"

袁小峰转过头，不说话了。

陈卓摸出手机，操作一番之后，把屏幕转向他。

"你是不是去找他？"

袁小峰看过去，立刻觉得心跳加速——是那张合影。

"他呢？"

"没找到。"陈卓干脆利落地回答他，"我刚才说了，现场就找到你了。是不是他捅的？"

袁小峰的脸上看不出表情，慢慢地闭上眼睛。

"你为什么去找他？"陈卓却不打算放过他，"那天晚上，明丽是不是上了他的车？"

沉默。

"你是不是一早就知道他跟这件案子有关？"陈卓提高了音量，"当时你为什么不说出来？"

沉默。

"那天晚上，你是不是也上过那辆车？"

依旧是沉默。

陈卓叹了口气："如果你知道什么，最好现在就告诉我。如果你不去惊动他，我们这会儿应该已经抓到他了。"

袁小峰始终闭着眼睛："我什么时候可以出院？"

"出院？除非你不要命了。"陈卓凑近他，"袁小峰，你老老实实地把事情的原委告诉我。否则，明丽就白死了。"

袁小峰唰地一下睁开眼睛："我不会让她白死的。"

"你有什么资格说这种话？"陈卓死死地盯着他，"打个遭遇战还被捅成这个德行。这事必须得靠我们。你越嘴硬，凶手就离我们越远。"

袁小峰的呼吸急促起来，最后开始猛烈地咳嗽。

陈卓静静地看着他咳到蜷缩起来的身体："明丽……这辈子过得很不容易，你不能让她这么不明不白地死了。"

"她不是！她没有！"袁小峰歇斯底里地吼起来，"她不是去……"

"我跟你说过了，这个不归我管。"

"那也不要对她父母说！"袁小峰面目狰狞，语气中却有哀求的味道，"她不是……"

"好。"陈卓深吸了一口气，"你到底知道什么，一五一十地告诉我。"

袁小峰却好似被抽去了全身的气力一般，瘫倒在病床上，目光重归呆滞。

"我什么都不知道。"

陈卓大为光火,正要发作,就听见病房的门被推开了。

吴桥站在门口,冲他挥挥手:"老陈,出来聊几句。"

陈卓低声骂了一句脏话,大步走出门去。

吴桥双手叉腰,身上的蓝色制服已经被汗水濡湿了一大半,脸上的表情很不好看。

"救助站那边的同事刚刚给我打过电话,李明志全撂了。"

等他把情况介绍完,陈卓的眼睛从圆睁直到眯成一条缝。

"妈的,这个假张明看来不一般啊。"

"没错。"吴桥摸摸下巴,"一个外地人,跑到咱们吉阳,又搞出这么多事,目的是什么呢?"

"老吴,你记不记得……"陈卓边想边说,"这个假张明的挎包里,好像还带着秋衣。"

"记得。"吴桥琢磨了一会儿,"他会不会是刚放出来的?"

陈卓拔腿就走:"我这就找人去查查看。"

人像对比的结果很快就出来了。鲁金堂,男,44岁,已婚离异,因抢劫罪被判处有期徒刑7年。几天前刚刚刑满释放。同案犯宋大春被判处有期徒刑两年6个月,出狱后即携妻带女从原住地迁出至吉阳市,目前在某厂矿企业工作。

鲁金堂把翻倒的餐桌摆好。热气腾腾的米饭和辣椒炒肉、清蒸鱼泼洒在地上,散发出阵阵香气。鲁金堂想了想,拿起一个不锈钢饭盆,用勺子拨起一些饭菜,坐在餐桌旁慢慢地吃了起来。

久违的家常饭菜的味道令他食欲大开，大半盆饭菜被他吃得一干二净。随即，他把饭盆放在一边，点燃一支烟，斜起眼睛看着并排坐在墙边、手脚都被胶带缠住的母女二人。

"嫂子，手艺还是那么好啊。"

女人头发蓬乱，汗水和泪水混合在脸上。她的嘴唇翕动着，声音颤抖："你是谁？"

"唉。"鲁金堂叹了口气，"你不可能不记得我。开庭的时候，我都看见你了。"

他叼着烟，晃到母女二人面前，蹲下去，定定地盯着女人。

女人恐惧地扭过头去："大哥，我真的不认识你。你想拿什么就拿，卧室抽屉里有一点钱，拿了你就走吧，我不报警。"

鲁金堂笑了笑，又把视线转移到女孩脸上。女孩注意到他的目光，顿时呼吸急促起来，开始小声抽泣。

"瑶瑶？"鲁金堂伸出一只手，在女孩头上摸了摸，"都长这么大了。"

女孩拼命闪躲着，哭声更大。

鲁金堂从衣袋里摸出匕首，竖起食指放在嘴唇上，示意那女孩噤声。

女人忍不住了："金堂，有话好说，别碰我女儿！求求你……"

鲁金堂懒洋洋地站起来："不装傻了？你看，这不就省事多了？"

他坐回到餐桌旁，翘起二郎腿："冤有头，债有主。嫂子，不逼我，我就不会动你们——大春在哪儿？"

女人咬咬嘴唇："他出门了，大概得……"

鲁金堂打断她的话："在矿上吧？"

女人瞪大了眼睛，一句话也说不出来。

鲁金堂从电视柜上拿起两部手机，低声问道："哪个是你的？"

"黑……黑色那个。"

鲁金堂拿起手机，摆弄一番："密码是多少？"

"123456。"

鲁金堂解锁手机，打开通讯录，选中标记为"老公"的电话号码。随即，他走过去，把手机贴近女人的脸，另一只手握着匕首，顶在女孩的脖子上。

女孩发出一声痛叫。

"给大春打电话，让他回来。"鲁金堂一字一顿地说道，"如果你敢多说一句废话，就怪不得我了。"

女人的眼眶里盈满泪水，拼命点头。

鲁金堂按下通话键，把手机放在女人嘴边。

铃声响过几遍之后，那个熟悉的声音传过来。

"喂？"

"上班呢？"

"是啊，有事？"

"没事，问你几点回来，顺路带点菜。"

"带什么？"

"韭菜、大蒜，还有番茄酱。"

"知道了。我今天夜班，明天早上回家。"

"好。"

鲁金堂按下挂断键，长出了一口气。

"明天早上回家？"

"嗯。"女人哽咽着点头。

"行。"鲁金堂一脸轻松，"时候不早了，嫂子，先委屈你和孩子，就这么休息吧。"

"金堂，"女人哭出声来，"这些年，我和大春攒了些钱，你能不能看在……"

鲁金堂不等她说完，抬手关掉了灯。

宋大春呆呆地坐在爆破器材库值班室的桌子后面，依旧保持着抬手通话的姿势。良久，他放下僵硬的手臂，额头上布满了汗水。

4年前，刑满出狱后，他马上卖掉房子，带着全家搬到吉阳市，在一个远方亲戚的介绍下，从一个普通矿工做起，一直干到爆破器材库管理员。他买了一个小房子，女儿一天天长大，生活好不容易归于平静，那双紧盯着自己的眼睛却又近在咫尺。

那一天终于来了。

"番茄酱"是他和妻子约定好的暗号。全家人都不爱吃番茄酱，所以，一旦鲁金堂追杀至此，这就成为彼此提醒的暗语。尽管早有准备，但是接到妻子的电话后，宋大春还是懵了。

妻子的语气如常，这似乎意味着她和女儿都暂时无虞。鲁金堂要报复的是自己，希望他懂得祸不及家人的道理，不要对她们痛下杀手。

怎么办？

报警吗？他深知鲁金堂的为人，也知道两个人之间的仇怨有多深。如果鲁金堂狗急跳墙，自己的妻女就性命难保；就算妻女万幸得以保命，鲁金堂能判多少年呢？只要他还活着，全家就得不停地逃亡。可是，逃到哪天才是个头呢？女儿已经上了中学，成绩还不错，难道也让孩子在逃亡中度过一生吗？

宋大春来不及后悔，尽管他已经在悔恨中度过了无数个日夜。当初在答应帮鲁氏兄弟开车的那一瞬间，他就已经背负了这辈子都无法偿清的债。

无论如何,都要做个了断。他不能再让一家人都卷入这件事里了。

宋大春打定主意,起身去了导通室,再出来的时候,他的手里已经捏着几根电雷管。没有犹豫,他一头钻进炸药库里,反手锁上了门。

**焦阳**

四轮送药车在走廊里哗啦啦地推行。护士推开一扇病房的门,低头看着小车上的药瓶,仔细核对药名。

"袁小峰。"

无人回应。护士下意识地抬起头,发现那个因刀伤入院的患者已经不见踪影。

拥挤的电梯里,还穿着外卖员制服的袁小峰看起来并不起眼。制服上的斑斑血迹已经变成褐色。电梯停靠在一楼,乘员一涌而出。裹挟在人群中的袁小峰被挤得东倒西歪,他好不容易挪出电梯,扶着墙喘了好一阵粗气之后才勉强站稳,慢慢地向医院门口走去。

没有人注意到这个面色苍白,步履维艰的外卖员。他走到医院外,蹲在地上休息了一下,又从一个卖花的摊贩手里买了一大束百合花。

随即,他用手机扫开路边的一辆自行车,摇摇晃晃地骑上去。

半小时后,袁小峰骑行到金门小区附近,在一家五金店里买了一把刀身细长的水果刀,继续骑行至金门小区43号楼下。他下了车,一步步挪到曾经藏身的那片树荫下,沉重地坐了下去。他伸直双腿,把水果刀插进花束底部,只留出刀柄在外面。然后,他靠在树干上,一动不动地看着眼前的楼体。日光透过繁密的枝叶,在他身上形成斑驳的亮点。气温在渐渐攀升,袁小峰却感觉不到任何一丝暖意。他只是抱着那束洁白的百合花,静静地坐着,看着。

陈卓轻轻拂去卷宗复印件上的灰尘，按下升窗键，把漫天的黑色粉尘挡在了车外。小武捧着笔记本，一字一句地汇报着。

"我们带徐江涛做了辨认，他说那个鲁金堂就是偷车的人。而且，案发前两天，鲁金堂刚刚出狱，没有回老家，直接买了张火车票来了吉阳。指模已经传过来了，杨利民正在做比对。"

陈卓嘴上答应着，心思全在手里的卷宗复印件上。

这时，吴桥拉开车门跳了上来，呸呸地吐着嘴里的煤灰。

"宋大春的确在这里工作，已经是爆炸器材库的管理员了。"

陈卓抬起头："人呢？"

"从昨晚开始就下落不明，手机关机。"吴桥搔搔头发，"我让安全科的人清点了一下库存，少了六根电雷管和两公斤硝铵炸药。"

陈卓骂了一句："这他妈要出大事啊。"

吴桥撇撇嘴："你觉得这两件事有联系？"

"宋大春当年是鲁金堂的同案犯。"陈卓拍了拍手上的卷宗复印件，"他和鲁金富、鲁金堂兄弟俩合谋抢劫金店。警报一响，他先跑了。事后还自首，协助警方抓捕鲁氏兄弟，鲁金堂的哥哥持枪拒捕，被当场击毙。结果宋大春被判了两年6个月，鲁金堂被判了7年。"

小武眨眨眼睛："这哥们忒不仗义了。"

吴桥笑笑："这算得上血海深仇了。"

"没错。"陈卓点点头，"杀了人都不跑，目的就是宋大春。"

"这个宋大春偷了炸药和雷管……"吴桥沉吟了一下，"想来也是为了对付鲁金堂的。"

"他俩应该已经接触上了。"陈卓想了想，"想办法搞清楚宋大春的现住址。"

突然，远处的矿山上传来一声沉闷的巨响。三个人都吓了一跳，扭过头去看着那缕冒起的浓烟。

吴桥冷冷地说道:"开矿。"

陈卓沉默了几秒钟,示意小武发动汽车。


米饭。煎鸡蛋。芹菜炒肉。

鲁金堂吃得呼噜作响,心满意足。饭毕,他抹抹嘴巴,点燃一支烟,看看依旧靠在墙边坐着的母女二人。女人一夜未眠。女孩则靠在妈妈身上,在半梦半醒间不住地抽噎着。

鲁金堂抽完一支烟,舒舒服服地伸了个懒腰。

"嫂子,我知道你和孩子都饿了。"他看看墙上的挂表,"坚持一下,就快了。"

女人只是呆呆地看着屋角,一言不发。

突然,女人的手机响起来,她被吓得一激灵,视线重新聚焦。鲁金堂拿起手机,扫了一眼屏幕上的"老公",放在女人的嘴边。

"嫂子,规矩你懂,我不用多说吧。"

女人点点头。

鲁金堂按下接听键。

听筒里先是沉默了几秒钟,随即,宋大春的声音传出来。

"喂?"

女人吸吸鼻子:"喂。"

"你和孩子都没事吧?"

女人又要哭出声来,勉强答道:"没事。"

"他在旁边?"

"嗯。"

"让他听电话。"

女人的身体抖了一下，转脸看向鲁金堂。

鲁金堂犹豫了一下，拿过手机放在耳侧。

听筒里又是沉默，紧接着，是一声长长的叹息。

"金堂？"

"嗯。"

"什么时候出来的？"

鲁金堂笑笑："前几天。"

"你怎么知道我住在这里？"

"大春，我在监狱里蹲了7年，交到的朋友比你多。"

"我知道你想干什么。"宋大春顿了一下，"当年是我对不起你和金富，和我老婆孩子无关，你放了她们。"

"大春，见不到你，咱就别聊这个了吧。"

"见是一定要见的。否则你不甘心，我也不踏实。"

"那你回来吧，我在家里等你。这次就别报警了，你说呢？"

"嗯，我不会报警，你放心。"宋大春深吸一口气，"别在我家里，闹出太大动静，对谁都不好。我在吉阳大桥等你，你来吧。"

鲁金堂皱起眉头："吉阳大桥？"

"对，离我家不远。打个车，十几分钟就到。"

鲁金堂想了想："好。"

通话结束。

鲁金堂坐在餐桌旁，犹豫了一会儿。随即，他抬起头，向女人笑了笑。

"嫂子，我出去和大春聊一聊。"

女人瞪大恐惧的眼睛，一动也不敢动。

鲁金堂的视线在母女二人身上来回游移。最后，他看了看女孩，走上前去，用匕首割断她脚上的胶带。

"不过，瑶瑶得跟我去。"

女人一愣，立刻拼命摇头。

"不行，不行。"她扑倒在女儿身上，"金堂，你不能把我女儿带走，不行……"

女孩也竭力向妈妈身后躲着，双腿不停地踢腾着，爆发出大声的哭叫。

"不许哭！"

女人大喊起来："瑶瑶，快跑！救命啊，救命！"

鲁金堂的额头上见了汗，五官也扭曲起来。这时，女孩连滚带爬地向门口扑去。鲁金堂见势不妙，抓住她的一只脚拖了回来。两个人正在撕扯，鲁金堂突然感到大腿上一阵剧痛。他低头一看，女人正埋着头，死死地咬住他。

顿时，鲁金堂杀心大起。他挥起匕首，在女人的后背上连刺几刀。女人吃痛，惨叫几声之后翻滚到一旁。鲁金堂在大腿上揉了几下，一把揪起女孩的头发，面目狰狞。

"再叫我就杀了你，听到没有！"

女孩被吓傻了，怔怔地看着妈妈后背上不断涌出的鲜血，既不会说话也不会动了。

鲁金堂站起来，连拖带拽地把女孩带出门去。在走廊里，他又解开女孩的双手，把她身上残余的胶带草草撕掉，用刀顶在她的后背上。

"老老实实听话，不然我就捅死你。"

女孩短促地呼吸着，全身僵直，被他挟持着一步步走下楼去。

刚出了单元门，鲁金堂就拽住了女孩，紧张地向四处扫视着。很快，他注意到了那棵大树下坐着的外卖员。

他的心跳开始加快——尽管有头盔遮挡了外卖员的脸,但是他看上去很像那个抢了自己,又跟踪行刺的人。

鲁金堂拽着女孩,默默地和外卖员对峙着。然而,对方捧着一大束花,一动不动地坐在树下看着自己。

半分钟后,鲁金堂再也没有耐心,一步步向楼外走去。外卖员保持着伸腿而坐的姿势,毫无反应。

鲁金堂一直盯着他,拽着女孩一直走到小区外面的马路上。

他没看到外卖员身下的泥土已经被血液浸透,更没看到一只苍蝇正灵巧地爬过他不肯合上的眼皮。

陈卓刚一下车,杨利民就匆匆迎上来,语气中满是埋怨:"你怎么才来?"

"没想到你们这么快就把地址搞清楚了。"陈卓快步向金门小区里走去,立刻就看到了法医老郑正蹲在一棵树下。他的面前,是一个身穿外卖员制服的坐姿男子。

"什么情况?"

杨利民长叹一声:"袁小峰。"

陈卓霍然转身,直直地盯着杨利民。

"人已经死了。"杨利民心知肚明,"带着刀来的,什么都没做就死了——又一个想不通的。"

陈卓低下头,沉默了几秒钟。

"43号楼503?"

"嗯。"杨利民点点头,"目前看没动静,宋大春也没回来。兄弟们去调监控了。情况不明朗,我们不敢贸然下手。"

"不等了。"陈卓挥挥手,"上楼。"

陈卓、吴桥在前，小武、杨利民和老郑在后，悄无声息地摸上了43号楼5楼。刚迈上缓台，老郑突然吸吸鼻子。

"他妈的。"

陈卓转过身："怎么了？"

老郑抬手指指503室的门："去敲门。"

小武抢上几步，抬手在铁门上叩了几下，室内毫无回应。

老郑的脸色已经变了："利民，开锁，我闻到血腥味了。"

杨利民应了一声，上前观察了一下门锁，麻利地掏出一个小皮夹子，抽出两根细细的铁丝插进锁孔里，搅弄一番，门锁咔哒一声开了。

陈卓拉开门，浓重的甜腥气息扑面而来。他拔出枪，在门口朝室内张望了一下，立刻看到了俯卧在客厅里的女人。

他低喝一声："老吴，老郑。"

吴桥也拔出枪，和陈卓一前一后贴着墙边冲进室内。老郑则直奔地上的女人而去。

陈卓和吴桥在室内搜索一圈，再没有第二个人。两个人收枪入套，回到客厅，看到老郑正在吩咐小武打急救电话。

"人还活着。"老郑按压住女人背部的伤口，"至少4刀，大量失血。"

女人稍稍清醒过来，发出痛楚的呻吟声。

陈卓跪下来，看着女人惨白如纸的脸："谁干的？宋大春呢？"

"鲁金堂……"女人的嘴角不住地涌出血沫，声音也断断续续，"吉阳大桥……他去找我老公了……带着我女儿……"

陈卓站起来，眉头紧锁，喃喃自语道："吉阳大桥……吉阳大桥。"

杨利民推了推他的肩膀："你去吧，这里交给我们。"

陈卓拔腿就走，冷不防杨利民又在背后叫住他。

"卓儿,要冷静,不要硬拼。"杨利民举起一根手指,脸上的表情意味深长,"家里还有一口人等你呢。"

拉起警报的吉普车在强烈的日光下向吉阳大桥飞驰。小武紧握方向盘,目视前方,神色紧张。陈卓和吴桥同样脸色铁青,检查着枪支和其他装备。

"小武,叫特勤来支援,让应急管理那边派排爆专家。"陈卓把枪插回枪套,"还有,找人封锁住吉阳大桥。"

小武应了一声,抬手戴上蓝牙耳机。

忽然,陈卓的手机响起来。他看了一眼屏幕,是医院打来的。

"喂?"

"是杨盼的家属吗?"

"我是她的丈夫。"

"我是急症科的刘主任,你要有心理准备。患者还处在深度昏迷中,血压在持续下降,多器官开始出现衰竭。"

陈卓紧紧地握着手机,感到自己的声音都走了样:"我知道了。"

"我感觉到……"刘主任犹豫了一下,"患者的求生欲望不强。再这样下去的话,我觉得她挺不过今天晚上。你们现在过来吧。"

"嗯。"陈卓艰难地说道,"我处理完工作就过去。我岳父、岳母就在ICU门口,病情有变化的话,您先跟他们交代一下。谢谢您。"

说罢,他就挂断了电话,扭头望向窗外。强光炫目。世事依旧。

片刻,陈卓听到吴桥在他身后试探着问道:"老陈,要不你先去忙家里的事?"

陈卓头也不回地答道:"不用。"

远远的,吉水河已经出现在视野中。

宋大春静静地站在桥栏杆旁边，俯视着桥下奔流不息的河水。灼灼烈日之下，河水泛起耀眼的白色，仿佛有无数条金线被编织进河水中，看上去华贵无比。他忽然意识到，尽管经常会看到吉水河，却从没想过它从何处发源，又会流淌到何处。想来，它总会有个去处的，无论是一条更加丰沛的大河，还是深不可测的海洋。

人也会有个去处的。他很后悔自己没有早点思考这个问题，总是在回避或者觉得晦气。然而，这个终点就在眼前了，所谓"去处"似乎也很明显了。

做这个决定的时候，宋大春没有丝毫的犹豫。相反，在等鲁金堂到来的这十几分钟里，他却想了很多。不是回忆过去，也不是追悔莫及。他想的更多的是老婆和女儿。积蓄还有一些。尽量不伤及无辜，或许可以不用赔什么钱。女儿再过几年就能上大学了。娘俩省着点过的话，应该能撑到女儿参加工作。他这个父亲没能带给女儿什么好的生活，他带给女儿的只有颠沛流离。早走一步是好事，和那个阴魂不散的魔鬼一起炸成一团血雾，炸成不分彼此的肉块，一了百了。挺好。

瑶瑶啊，瑶瑶。

宋大春忽然哭起来。他急忙擦掉眼泪。自己在这种酷热天气里还穿着长袖工服，本来就够显眼的了，不要再吸引别人的注意了。

模糊的双眼刚刚恢复清晰，女儿就仿佛从天而降一般出现在几米开外。紧接着，宋大春就看到了躲在女儿身后的鲁金堂。

女儿上身挺直，脖颈后仰，一只手背在身后，满脸都是震惊和恐惧的表情。

宋大春先是一愣，随即就怒不可遏。

"鲁金堂！"他上前一步，"把瑶瑶放开！"

"大春，你已经把我整怕了。"鲁金堂从女孩背后探出半张脸，"不带着瑶瑶,我怎么能保证你不玩阴的呢?"

"你现在看到了?就我一个人。"宋大春张开双臂,"你把孩子放了!"

"去你妈的!"鲁金堂向前后看看,"你当我傻吗?"

"那你说怎么办?你想干什么?"宋大春大吼起来,"你放开瑶瑶,让我做什么都行!"

"跪下!"鲁金堂喝道,"磕头!说金富大哥我错了,我对不起你!"

宋大春扑通一声双膝跪地,如捣蒜般把头磕向地面:"金富大哥我错了,我对不起你!金富大哥我错了,我对不起你……"

如是几下之后,宋大春的额头已经渗出血来。他挺直上半身,盯着鲁金堂说道:"够不够?"

"够?不够!"鲁金堂目光灼灼,"我哥中了六枪!你说够不够!"

宋大春的胸口急剧地起伏着。突然,他从口袋里掏出一把电笔,狠狠地戳向自己的肩膀,又猛地拔出来。

鲁金堂听到自己的牙齿咯吱作响,他看着宋大春肩膀上冒出的鲜血,额头青筋暴起。

"1!"

宋大春喘息着,又把电笔插进小腹又拔出。

"爸爸……"女孩又哭叫起来,"爸爸,不要……"

"2!"


吉普车刚刚开到桥头,陈卓就看见几个路人匆匆跑来,边跑边向桥面上张望着。他的心一沉,吩咐小武停车,自己拉开车门跳了下去。

刚跑出十几米,他就放缓了脚步——正在对峙的三个人,就在不远处。

陈卓拔出枪，弯下腰，小跑过去。

此时，鲁金堂也听到了警报声。他转过身，立刻看到了双手握枪，正跑向自己的陈卓。

他急忙勒住女孩的脖子，把匕首移到她的脖子上，嘶声喝道："不要过来！"

陈卓举枪瞄准他，余光瞥到满身是血的宋大春晃晃悠悠地站起来，又把枪口移向他。

"宋大春！你不要胡来！"陈卓注意到他的长袖工服下鼓鼓囊囊，心下一沉，"我们来处理这件事，你退后！"

鲁金堂喊起来："谁也不许走！宋大春，你敢走我就捅死瑶瑶！"

吴桥跑到陈卓身边，也拔出枪来，低声对陈卓说道："你瞄鲁金堂，宋大春交给我，找准机会就开枪。"

"不行。"陈卓的枪口始终对准宋大春，须臾不敢放松，"你看宋大春的右手。"

吴桥定睛看去，工服的袖子盖住了宋大春的半只手，但是能看到他的右拳始终握着，拇指似乎按住了什么东西。

"妈的，好像是负触发起爆器啊。"吴桥的心一凉，"松开就他妈炸了。"

越来越多的警察出现在吉阳大桥上，行人被迅速带离，桥的两端都被封锁，几名狙击手趴伏在桥面上，准星都对准了鲁金堂和宋大春。排爆手正向这边张望着，迅速套上防爆服。

烈日已经升到了头顶。空荡荡的桥面上反射着强烈的日光，热气不断蒸腾着。在场的几个人个个汗流浃背。陈卓脸上的汗水流进了眼睛里。他不得不拼命睁大双眼，手心也湿滑得几乎握不住枪柄。

鲁金堂背靠着栏杆,手中的匕首始终顶在女孩的脖子上。刀尖刺破了女孩的皮肤,细细的鲜血流了下来。

宋大春向前迈出一步,声音中带了哭腔:"金堂,你放了孩子。咱俩的事,咱俩了结……"

"放你妈的屁!"鲁金堂吼道,"你他妈报警!那就谁也别想活!"

宋大春摊开手,哭喊起来:"我真的没有啊!"

"你还骗我!"

"他真的没有。"陈卓向前一步,"鲁金堂,你都干了什么,你自己清楚。"

鲁金堂的呼吸变得越发粗重,手上越发用力。剧痛之下,女孩的身体扭动起来,发出连声惨呼。

"你,还有宋大春,都不要胡来。"陈卓小心地靠近,"有什么要求就说出来,咱们慢慢商量。"

"我的要求?"鲁金堂皱起鼻子,露出一口黑黄的牙齿,"我要他死!"

宋大春忽然跪了下来,举起双手,哭声更大:"警察,我投降,你们救救我女儿……"

他的左手张开,右手紧握,手腕露出来,数根细细的电线清晰可见。

鲁金堂看着他的手腕,眼睛一下子瞪大了。紧接着,他发出一声野兽般的吼叫:

"一起死吧!"

话音未落,他就拽起女孩,挥起匕首,向宋大春扑去。

电光石火之间,陈卓丢下手枪,猛地推开身边的吴桥,纵身一跃,一把拽住了女孩的小腿。

尖叫声。惨呼声。匕首刺入身体的钝响。狙击枪响。

鲁金堂身中数弹,却不停手,连连刺中宋大春,另一只手抓向他的右手。

女孩软绵绵地瘫倒下来。陈卓拦腰抱住她,没有任何犹豫,径直扑向桥栏杆,翻滚下去。

失重感。耳边传来呼呼的风声。眼前波光粼粼的河水急速扑来。

在他们坠入河水之前,听到上方几米处传来震耳欲聋的爆炸声。

其实这跟所谓职责没有关系。也不是不想活了。活着多好。利民说得对,袁小峰的确想不通。他现在也不用去想通了。

可是,我想通了吗?

陈卓看到自己的身体被裹挟在大团的水泡中缓缓下沉,也看到那部屏幕碎裂的手机打着旋儿静静地坠向河底。他刚想伸出手去抓住它,就感到有一股力量拽住自己的手臂提上去。

他睁开眼睛,看到的是头缠着绷带的吴桥,以及他上方不断退后的条形管灯。

"醒了,醒了。"吴桥松了一口气,"医生,慢点,慢点。"

陈卓很想问问那个女孩怎么样了,却张不开嘴。很快,他被送进了一间病房,眼前似乎闪过了很多面孔,有小武的,有利民和老郑的,还有岳父、岳母的。

直到他看见那些由软布帘形成的"监房",他才意识到这是ICU病房。

他忽然想到了什么,轻声呼唤着:"护士,护士。"

"怎么了?"

"带我去三床旁边。"

他听见护士和医生在小声商量着。随即,病床被调转方向,再次被推动。陈卓感到头晕目眩,缓缓闭上了眼睛。

"陈警官。"似乎是刘主任的声音,"你太太的情况,我认为你不适合……"

陈卓勉强睁开眼睛,发现杨盼就躺在自己身边的床上。奇怪的是,他发现妻子的头发又长了出来,浮肿的面庞也恢复如初,那些管子也不见了——杨盼仿佛在午睡一般,恬静又安详。

想不想得通,又能怎么样呢?

陈卓听见自己的喉咙里挤出低微的声音:"那个手机掉在吉水河里了。"

越来越慵懒的感觉渐渐遍布陈卓的全身:"快点醒过来吧,咱俩好好过日子。"

一行泪水出现在杨盼的眼角,沿着脸颊缓缓流下来。

"咦,血氧上来了?"刘主任的声音又传来,"心跳也……护士,护士!"

陈卓竭力抬起头,看见心电监护仪上,那条几乎平直的曲线又出现了大幅度的波动。

他疲惫地闭上眼睛。

多好。

# 智齿

斩哥低头看着自己的胸口,完全湿透的蓝色制服上,有一个烧焦的小洞,大片的红色正迅速蔓延开来。

人事科科长反复看着派遣证上的照片，又上下打量着任凯。

"这是你本人吗？"

"是，没错。"任凯马上挺直腰板，同时用力按了按左脸颊，似乎想把那一大块肿胀按下去。

"哦。"科长笑笑，"怎么肿得这么厉害？"

"长智齿。"任凯愁眉苦脸地说。

"智齿？"

"哦，就是立事牙。"

科长哈哈笑起来："小孩啊，还没立事呢。"他把派遣证马马虎虎地折起来，塞进抽屉里。然后起身对任凯说："跟我来。"

出门右转，第三个房间，门口的牌子上写着"治安三中队"。科长门也不敲就走进去，跟着进去的任凯却吓了一大跳。好家伙，十几个警察挤在屋子里，几乎人手一支烟，气氛凝重得像进了灵堂。房间前面的演示台旁站着一个大块头，估计是中队长。幻灯机播放的图片在他的脸上留下斑驳的影像，看上去颇为狰狞。科长简单地说了句"新来的，给你们了"，就示意任凯进去。任凯正在琢磨怎么来个开场白的时候,大块头不耐烦地一挥手:"进来吧。"

任凯急忙沿着墙边走进房间,挑了个角落坐下来。然后直愣愣地看着大块头,脑子里一片空白。足有半分钟之后,他才意识到大块头正在讲解案情,赶快拿出本子开始记录。

从年初开始,本市连续发生数起单身女性遇害事件。被害人的年龄在19岁至37岁之间,职业各异,有大学生、公司职员、中学教师,也有性工作者。从案发时间来看,全都是深夜。从尸检情况来看,被害人死因均为被钝器击打头部后所致的颅脑损伤,头皮的裂伤表明凶器前端似乎带有钩刺状物体。而且,被害人均遭遇性侵,无一例外。综合以上案情,警方初步认定此系列案件为同一人所为,并向各警区下达了协查通知。

中队长把协查通知的复印件发到每个警察手里,特别叮嘱夜间巡逻的警察,一旦发现可疑人员要严加盘查。交代完毕,中队长一挥手:"散会!"

巡警们纷纷起身离去。任凯犹豫了一下,走到演示台前,看着粗手粗脚整理文件的中队长,一时竟不敢开口。倒是中队长先说话了:"新来的?"

"嗯。"

"叫什么?"

"任凯。"

"多大了?"

"23。"

"哦。"中队长心不在焉地听完,转头冲走廊里大吼一声,"阿展,你来带他。"

走廊里尽是鱼贯而出的巡警,没有人回头,也没有人搭话。

任凯回头想问问谁是阿展,却看见中队长那张不耐烦的脸。

"还愣着干吗,走吧。"

"哦……是。"任凯慌忙转身,中队长又"哎"了一声。

"最近事情太多,也太杂。"他的脸色稍微缓和了一些,"回头给你开个欢迎会。"

任凯不知道该不该客套一下,又急着想出去追那个所谓阿展,挤出个古怪表情后就匆忙跑了出去。

院子里的警车一辆辆发动,神色疲惫的巡警们接连离去。在卷起的沙尘和呛人的尾气中,任凯有些不知所措。每个人看上去都很焦虑,他不知道哪个是阿展,也不敢贸然开口询问,更不知该问谁。刚才跑出来的时候,匆匆瞥了一眼走廊里的人员去向栏,似乎没有姓展或者名字里带展字的。正想回去问问中队长,一辆警车冲他按响了喇叭。

任凯没有多想,按住帽子跑了过去。

车里是一个年长的警察,表情并不友善。任凯一边手忙脚乱地往身上套安全带,一边问道:"您是……"

话没说完,警车噌的一下蹿了出去。

警员任凯,编号118637,警察职业生涯的第一天,开始了。

治安三中队的辖区是本市的城乡接合部,随处可见破旧的三层小楼和低矮的平房。8月酷热的天气里,这里并没有因为高温而丧失活力,四处都显得生机勃勃。街边的洗头房、按摩室、电子游戏室和台球厅里都播放着俗滥的流行歌曲;肉摊老板一边赶苍蝇,一边把一扇排骨劈成小块;几个浓妆艳抹的女人坐在一家KTV门口,边嗑瓜子,边大声吵架。路面坑坑洼洼的,警车经过会带起细细的沙粒。一群赤膊的小孩子在马路中间嬉笑着跑过。一个拾荒者盯着路中央的一个空矿泉水瓶,目光专注。

37摄氏度的高温让人有一种错觉,似乎一切都在变干、变脆,稍加碰触,就会咔嚓一声碎成粉末。电视台预报未来几天本市会有暴雨,可是这该死的雨,至今还没有来。

身边的搭档似乎是个沉默寡言的人,离开分局近一个小时,他一句话都没有说。任凯很想找个话题,可是无从开口,只好无聊地拨弄着枪套上的搭扣。

除了内裤、袜子和脚上的皮鞋,身上的一切都是新的。手持电台、伸缩式警棍、强光手电、急救包——处处透着新鲜。然而最让人激动的,还是腰间那把92式转轮手枪。任凯很想拔出枪来摆弄一番,这沉甸甸的,闪动幽蓝光泽的铁家伙,举起来,扣动扳机的一刹那肯定很爽。可是在同事面前这么做未免显得太不稳重。任凯只能在腰间摸摸,过过干瘾。

"别乱动。"冷不防地,身边的搭档开口了,"小心走火伤着自己。"

任凯吓了一跳,马上缩回手,坐正。几秒钟后,他微微侧过头,第一次认真打量自己的搭档。

他大概在40岁上下,方脸,面部棱角分明,脸颊上沟壑纵生。没戴帽子,头发短硬,让人不由得联想起刺猬。也许是注意到任凯的目光,他转过头来。

"叫什么?"语气和眼神一样冷冰冰。

"任凯。"

"你的脸怎么了?"

"长智齿,哦,立事牙。"

任凯听到搭档的嘴角发出清晰的一声"嗤!"莫名其妙地,他开始对自己肿胀的脸感到惭愧。

"为什么做警察?"

"嗯?"任凯没想到他会问这样的问题,"我想帮助别人——除暴安良！"

搭档大声笑了一下，丝毫听不出有善意。

"有外号吗？"

"外号？"任凯有些糊涂了，"要外号干什么？"

"我们这里都是称呼外号的，不叫名字。"

"没……没有。"

"自己想一个吧。好听点的。要不指不定他们会叫你什么。"

任凯点点头，犹豫了一下，小心翼翼地问道："那你……怎么称呼？"

他没有马上回答，而是减慢车速，缓缓地从一间游戏室门口驶过，他的目光始终没有离开那些在游戏室里吸烟、尖叫的少年，似乎在找什么人。

重新加速后，他才开口说道："叫我展哥吧。"

"嗯，展哥。"任凯停了几秒钟，忍不住又问道，"你姓展？"

他笑笑，做了个向下劈的手势："这个'斩'。"

斩哥。任凯缩回去坐好。这名字，真他妈暴力。

斩哥是个无趣的搭档。警车转入一条更加破败的小街时，任凯这样想道。

今天是任凯第一天执勤，他完全不知道自己该做什么。斩哥被中队长安排来带他，可是看起来斩哥并没有把这件事放在心上。他在找某个人，或者在调查某件案子。但是他似乎并不想让任凯插手，甚至不想让他知道。

想到这些，任凯暗暗有些恼火，开口问道："斩哥，我们今天做些什么？"

斩哥的目光从一伙在街头聚集的少年身上收回,扫了任凯一眼,突然开口问道:"你老爸是做什么的?"

"什么?"

"我问你老爸是做什么的?"

"哦。"任凯有些莫名其妙,"老师。中学老师。"

斩哥哼了一声:"怪不得。"他猛地踩了一脚刹车,把车停在路边,然后指指马路对面的一家小超市。

"去给我买一包点五中南海,一瓶矿泉水。"

任凯看了他三秒钟之后,垂下眼睛,拉开车门走了出去。

在超市里掏钱包的时候,他恨恨地想,如果我老爸是政法委书记,你敢让我给你买烟吗?

刚从收银员手里接过烟和矿泉水,任凯就听到了橡胶轮胎与地面摩擦的巨大声响。他冲出门口,看到警车原地调头,向西疾驶而去。

有情况!任凯急得大喊:"斩哥,等等!"可是警车丝毫没有等候他的意思,拐个弯就不见了。任凯看看四周,别说出租车,连个三轮车都没有,只有一个拾荒者直勾勾地盯着他手里的矿泉水。

"靠!"任凯把矿泉水扔给拾荒者,用手按住帽子,拔腿就追。

刚拐过这个路口,任凯就看见了警车。斩哥并没有开远,而是在路上"扭秧歌",车头一蹿一蹿的,一个少年在前面一边不停躲闪,一边破口大骂。斩哥似乎并不急于抓住少年,反而很享受戏耍他的过程。

任凯气喘吁吁地跑过去,半蹲下身子,拔出手枪,瞄准少年喊道:"趴下,双手抱头!"

少年吓了一跳,愣在原地。警车也在距他不到一米的地方猛地停住了。斩哥摇下车窗,皱起眉头看着任凯,似乎在埋怨他破坏了自己的游戏。

"你干什么？把枪收起来！"

随后，他指指后座，对少年喝道："王桃，上来！"

任凯坐在副驾驶座上，一声不吭地擦汗，满心忿恨。斩哥上下打量着他，问道："我要的东西呢？"

任凯从裤袋里摸出烟，头也不回地丢过去。斩哥抽出一支根点上，转头问王桃："你跑什么？"

王桃一开口，任凯才意识到这是个女孩子，惊讶之余，也转过头看着她。说老实话，除了嗓音尖细，发育不良，脏兮兮的王桃一点也没有女孩的样子。

"我不知道，什么都不知道！"

斩哥吸了一口烟道："前天在经纬路，一个外地人被骗了一部手机。谁干的？"

王桃把头扭向窗外："不知道。"

斩哥把烟头丢出去，转身探向车后，一巴掌打在王桃的脸上。王桃被打得摔倒在后座上，随即就手脚乱蹬，拼命向后躲。

响亮的耳光声也让一直在生闷气的任凯醒过神来，本能地哎了一声，伸手去拉斩哥扬起的手。

斩哥甩开任凯，伸手指着王桃的脸："谁干的？"

"不知道！不知道！"瘦小的王桃把自己缩在后座的角落里，满眼恐惧地盯着斩哥的手指。

斩哥伸手去抓她的头发，王桃宛如贴在后座上一般，试探了几次竟抓不到。斩哥骂了一句，起身钻出警车，伸手抽出警棍，啪的一声甩开。王桃脏兮兮的脸霎时变得灰白，拼命拉住锁死的车门把手。

"开车门！"斩哥指指驾驶区，命令任凯。

"别开！"王桃尖叫着扑到前面，扳住任凯的肩膀。

智齿

任凯拨开王桃的手,深吸口气,竭力用平静地语气说道:"斩哥……"

"开车门!"

突然加重的语气让任凯没办法拒绝,他狠狠地按了一下开门钮。斩哥拉开车门,探身进去抓王桃,还没等他挨到王桃的身子,王桃就大声叫起来:"陈四兄弟干的!"

斩哥停住手,看了王桃几秒钟:"还有谁?"

"还有……还有老肥。"

斩哥站起身,把警棍缩短,插进腰带里,眼皮也不抬地说道:"下车,滚!"

王桃连滚带爬地下车,跑到距离斩哥足有三米的地方,怯怯地哀求:"千万别说是我告诉你的,老肥会打死我的。"

斩哥唔了一声,上车,重重地关上车门。王桃却上前拉住反光镜:"斩哥,钱呢?"

斩哥面无表情地发动汽车,猝不及防的王桃被拖了一个趔趄,随即就破口大骂。警车驶远,任凯从反光镜里看着王桃,掀起的沙尘中,她显得越发瘦小。

足足开出一公里后,任凯才开口说话:"她是干吗的?"

"谁?"

"王桃。"

"哦,"斩哥心不在焉地驾车转过一条街,"我的线人。"

过了半天,任凯才小声说:"不是有线人费吗?"

斩哥瞟了任凯一眼:"怎么,你心疼她?"

"不是。"任凯急忙否认,"我就是觉得……不用那么狠吧,这小姑娘年龄也不大……"

斩哥哼了一声:"小姑娘?她十岁就出来混了。伤害、盗窃、诈骗、敲诈勒索、容留妇女卖淫……什么没干过?光是我就抓过她七次!"

任凯吃惊地瞪大眼睛:"不会吧?!"

"不会?"斩哥突然一脚急刹车,任凯上身猛地前倾,立刻感到安全带勒得胸口发疼。

"你看看这条街。"斩哥向窗外努努嘴。

它看起来和刚刚经过的那些破败的街道毫无二致,到处是低矮的平房,神色各异的人群,满地的垃圾和嘈杂的音响。

"这个辖区是这座城市里最乱的地方。全市的骗子、妓女、酒鬼、小偷都跑到这儿来了。"斩哥点燃一支烟,狠狠地吸着,"跟他们客气?在这里出没的,有一个好人吗?都是人渣!"

他把头转向任凯:"如果你老爸是当官的,早就把你分配到市局坐办公室去了,还会在这,鬼天气里跑来跟这些垃圾打交道吗?"

任凯直直地盯着那些光着上身,剃着光头,围着一张台球桌大呼小叫的年轻人,一句话也说不出来。

斩哥扔掉烟头,忽然笑笑:"你跑得还挺快嘛,就叫你兔子好了。"

"兔子?"任凯还没回过神来,斩哥已经操起了无线电,"各位兄弟,如果有人看见陈四兄弟和老肥,给我牢牢按住!"

省公安厅已经将系列强奸、杀人案列为督办案件,要求市局加大侦办力度,一个月内必须破案。分局长去市局开会,回来后阴着脸做了工作安排。夜间巡逻的警力增加两倍,各部门的工作压力骤然加大。

整个中队似乎在一夜之间都知道了任凯的外号,上到中队长下到打字员都直呼他为兔子。同时他也或多或少地了解到其他同事的外号,猴子、魔兽、烟嘴什么的。相对来说,斩哥还算好听的。

入警第一天就得到一个外号，任凯不知道这算不算一个收获，其实他也没时间去思考这些。作为队里年龄最小的成员（用中队长的话来说：年富力强），任凯的夜间巡逻任务最多，每次执行完任务，他只想一头栽倒在床上，永远醒不过来。毫无疑问，身为搭档的斩哥也得跟着他白天黑夜连轴转。奇怪的是，斩哥很少抱怨这件事。更多的时候，他都在狠狠地吸烟，仔细打量每一个遇到的人。任凯时常盯着那张隐藏在烟雾后面的脸，猜想是什么让这老鬼如此精神。

天还是那么热，牙还是那么疼，跟斩哥搭档的日子还是这么难熬。悲剧还是不期而至。

今日凌晨，在北区万海街的一条小巷子里，又一名单身女子遇害。作案手法与前几起如出一辙，先强奸，后杀人。

任凯和斩哥到达现场的时候，天色已微明，先期赶到的兄弟们已经把现场封锁。任凯和斩哥的任务是走访附近居民，查找线索。斩哥没有急于离开，坐在车里远远地看着现场。法医和现场鉴识人员正围绕尸体忙碌着，越来越亮的晨光中，女尸被抬起的青白色手臂似乎有了血色。然而大家都清楚，它们再不能挥动，再不能拥抱了。

良久，斩哥扔掉烟头，猛然发动警车。

虽然是清晨，但是现场附近随处可见被警方盘问的居民。斩哥摸出手机，拨通了一个号码。

"C4，我是斩哥，现场照片给我一份……对，马上就要。"

斩哥挂断电话后，任凯发现他并没有走访附近居民的意思，而是把车越开越远，忍不住开口问道："斩哥，我们这是去哪儿？"

斩哥哼了一声："走访他们有个屁用？他们就是看到了也不会告诉你。"

警车急转，驶上一条更宽的街。

"这是大水桶的地盘,出了事,自然要找他问。"

警车在一家修车行门前停下。门口"昼夜换胎"的灯箱还亮着,肮脏凌乱的车间里却空无一人。斩哥看看二楼,高声喊道:"大水桶,大水桶!"

喊了几声,二楼紧闭的房门里面毫无声息。斩哥小声骂了一句,抬脚踹向身边的一台奥迪A4。报警器刺耳地鸣叫起来,几乎是同时,那扇门打开了,一个肥胖的女人睡眼惺忪地跑出来。

"干吗干吗?"女人的声音很凶,似乎要压过报警器的鸣叫,"大清早的,还让不让人睡了?"

"大水桶呢?"

"不知道不知道,昨晚没回来。"

"打电话叫他回来。"斩哥面无表情,声音却不容反驳。

也许是斩哥的样子吓住了女人,尽管她的嘴里不干不净地嘟哝着,还是拿出手机拨了个电话。

"赶快滚回来!"电话一接通她就吼起来,"有警察找你!"说完,她就转身进屋,嘭的一声关紧了房门。

熬了一夜,任凯感到牙疼得越发难忍。他拉开门下车,对斩哥说:"我去买瓶水。"想了想,又问他:"给你带包烟?"

斩哥盯着车间里凌乱的工具若有所思,听到任凯的话,头也没回:"点五中南海。"

街角有家24小时营业的便利店,门口有个警察,正在盘问一个拎着几瓶啤酒、胳膊上有文身的年轻人。经过他身边的时候,任凯认出那是和他同期入警的新人,被分在别的辖区,就点头打了个招呼。

新警也认出了任凯,点头致意后,盘问的声音却骤然加大:"什么都没看见？身份证拿出来！"

任凯暗笑一下。迫不及待地展现警察权威是每个新警察的通病，自己不也是做好随时拔枪的准备了吗？

把冰冻的矿泉水贴在肿胀发热的脸颊上，任凯顿时觉得舒服了不少。他把烟揣进裤兜，起身向修车行走去。刚转过街角，就听见身后传来清脆的玻璃碎裂的声音。他下意识地回头一看，文身的年轻人又把一瓶啤酒重重地摔在那新警的脚下，随即，他把手指塞进嘴里，长长地打了一声呼哨。

新警被吓得跳起来，笔记本和圆珠笔也掉在地上，全没了刚才盛气凌人的模样。他在腰间摸索着打开枪套，左手抖抖索索地指着年轻人："你……你想干什么？"

仿佛是一瞬间，十几个人从旁边的网吧里跑出来，聚在年轻人的身后。年轻人更加嚣张，瞪着眼睛，梗着脖子，又把一瓶啤酒摔在新警的脚下。

新警跳着脚退后，面前的十几个人嬉笑着，叫嚷着，一步步逼近。

汗珠从新警的脸上流下来，他擦了一把，声音颤抖："站住！退后……否则我不客气了！"

"靠！砸啤酒犯法啊？我自己花钱买的！"年轻人指着自己的额头挑衅，"开枪打我啊！死警察！"

任凯看不下去了，抬脚要去帮忙，肩膀却被人拉住了。回头一看，斩哥不知什么时候站在了自己身后。

"去叫人。"斩哥冲警车努努嘴，"车里有副白手套，给我拿来。"

任凯呼叫了支援，又把手套递给斩哥。斩哥边戴手套边指示任凯留在车边不要动。

那新警都快哭出来了，手按在枪柄上，就是不敢拔出来。

"各位老大，各位老大！"斩哥快步走过去，双手夸张地举起来，"都是误会，都是误会啊。"

他把那新警拉到身后："这是新来的，不熟悉这里，冒犯了各位老大，多包涵啊。"

人群开始噢噢地起哄，有人不怀好意地唱起来："你新新新新新来的吧……"

任凯咬紧了牙，靠，你他妈对王桃那么狠，对这帮小混混像孙子似的。

文身的年轻人嗤地一笑，指着斩哥的脸说道："算你这老鬼识相，下次看好你的人！"

"一定一定。"斩哥满脸堆笑，用力推推那新警，"听到没有，以后机灵点儿。"

眼泪终于从新警的脸上流下来，他死死地盯着斩哥，嘴唇颤抖着，一句话都说不出来。

很快，三辆警车赶到了现场，奇怪的是，同事们下了车，却不上前帮忙，三三两两地斜靠在警车上，静静地看着斩哥。

任凯暗骂一句，掏出警棍准备上前，却被外号叫烟嘴的同事一把拉住。他向任凯竖起一根手指，左右晃晃，示意他不要动。

斩哥还在冲那些小混混们点头哈腰，文身的年轻人一脸得意，接过斩哥递来的一支烟，边吸边抖着腿："老鬼，这些啤酒怎么办？让这狗崽子赔给我！"

"我来，我来。"斩哥在裤兜里摸索着，"老大们随便喝啊。"

任凯正觉得窝囊，烟嘴却拔出了警棍，又推推任凯："兔子，准备干活。"而刚才还懒懒散散的警察们，此刻也都悄然摸出了警械。

很快，斩哥从兜里掏出了一张百元大钞，捏在手里递了过去。文身的年轻人一脸不屑地接过来，脸色却立刻变了。

他意识到钱里夹着东西,把百元大钞拿掉,手里却捏着一把打开的弹簧刀。

年轻人有些蒙,抬头看看斩哥。刚才还满面堆笑的斩哥,此刻却一脸冰冷。

"掏刀?"斩哥拔出警棍,啪的一声甩开,"把刀扔下,双手抱头!"

年轻人醒悟过来:"我操!你阴我!"

话音未落,斩哥手里的警棍已经劈头盖脸地打下来。

霎时,警笛大作,任凯身边的同事们一拥而上,冲向那些被突然的变故吓傻了的小混混们。

文身的年轻人倒在地上痛苦地呻吟,满脸是血。斩哥又狠狠地抽了几棍,喘着粗气对那新警说:"铐起来!"

新警的眼泪还挂在脸上,响亮地应了一声:"是。"

斩哥笑笑:"铐紧点!"

新警咬着牙,把年轻人的手塞进手铐,狠狠地压了下去。又是一声惨叫。

任凯目瞪口呆地看着同事们把那些四散奔逃的年轻人逐个铐起来,押进警车。斩哥摘下帽子走过来,并不看任凯,而是面向车边一个戴眼镜的警察。

"C4,照片呢?"

C4把一个牛皮纸袋扔给斩哥,有些抱怨:"这么急干吗?明天就下发到各部门了。"

斩哥没有搭话,钻进车里看照片。这时,一个满脸油汗的胖子凑到车前,小心翼翼地问道:"斩哥,你找我?"

斩哥坐着没动:"大水桶,最近有陌生人来你地盘上吗?"

"没有吧,"大水桶作冥思苦想状,"应该没有。"

斩哥盯着他看了几秒钟,又开口问道:"你认识的人里,有谁用铁棍或者铁钩做事?"

"不是吧!"大水桶夸张地叫起来,"这年头谁还用那个啊?又不是梁山好汉!出来混,起码要有把刀嘛。"

说到刀,大水桶似乎想起了什么,脸上也换了谄媚的笑容。他俯下身子,小声说:"斩哥,小虎不懂事,放他一马吧。"

"谁是小虎?"

"就是刚才……拿刀那个。"

"再说吧。"斩哥发动警车,同时示意任凯上来,冲车外的大水桶丢下一句,"你把这个拿铁钩的人找出来,我可以考虑放人。"

天色渐渐亮起来,街上的人也越来越多。整个城市正在慢慢醒来。此时早已过了交班的时间,可是斩哥看起来毫无倦意。他把那个牛皮纸袋甩在任凯身上:"好好看看。"

血腥的现场图片让彻夜未眠的任凯有些作呕,看了几张就看不下去了。斩哥察觉到他的不适,笑笑,提示他注意看被害人的伤口。

"凶器也许是撬杠或者铁钩之类的东西。"

任凯想了想,忽然明白斩哥为什么对修车行的工具那么感兴趣。

"你认为是大水桶的人干的?"

"最初我有这种怀疑,不过现在看起来可能性不大。"斩哥慢悠悠地说,"那群王八蛋应该不会蠢到拿车行里的家伙去杀人,否则早就被发现了。再说,如果他们要玩女人,这几条街上有的是,犯不着去杀人。"

任凯忍着恶心又看了几张照片,忽然有了一个想法。

"如果凶手又变态,又没钱呢?"

一丝微笑出现在斩哥嘴角,他猛地一打方向盘:"我们去找王桃。"

按照斩哥的说法，找人渣，得依靠人渣，因为人渣和人渣总是在一起的。任凯虽说不太喜欢"人渣"的说法，但是看斩哥同意他的思路，也不免有点小兴奋。

他们在一条小巷子里堵住了王桃。说堵，是因为骑着一辆山地车的王桃一看见斩哥，就掉转车头玩命地蹬。两个轮子毕竟跑不过四个轮子，王桃还没骑出一百米，就被斩哥的车别倒在路边。

"不是我偷的，捡的……真的是我捡的……"

斩哥扫了一眼那辆半旧不新的山地车，直截了当地问道："最近有外人来'干活'吗？"

王桃见斩哥没有追究山地车来历的意思，稍稍松了口气，从地上爬起来，拍打着身上的灰尘："没有。"

斩哥盯着她看了一会儿，又开口问道："今天早上的杀人案，你知道多少？"

"靠！"王桃彻底放下心来，"斩哥，我是小人物，这么大的事，我上哪儿弄消息去？"

"去给我问！"

"行啊。"王桃一伸手，"钱。"

斩哥阴着脸没作声，王桃缩回手："没钱还打听个屁！"说完，晃晃悠悠地扶起山地车要走，斩哥上前一步，对准王桃的屁股用力踹了一脚。王桃稀里哗啦地摔在山地车上，手掌立刻见了血。

王桃急了，破口大骂。斩哥眯起眼睛看着她，猛地把手伸到腰间。任凯以为斩哥又要掏警棍，急忙伸手阻止他，王桃也吓得立刻噤声。不料斩哥拿出来的，却是一副手铐。

斩哥几步上前，把手铐铐在王桃的左手上，拖着她向前走。王桃死命地挣扎踢打，然而瘦弱的她在斩哥手里像一只小鸡一样无能为力。巷子里有一个大垃圾箱，斩哥把手铐穿过垃圾箱的把手，又把王桃的右手铐住。和王桃相比，那只垃圾箱显得硕大无朋。王桃半吊在上面，稍一扭动就疼得龇牙咧嘴。

"斩哥……我错了……你饶了我吧。"

斩哥看都不看王桃一眼，喘着粗气示意任凯上车。任凯有些犹豫，看着不住哀求的王桃和脸色铁青的斩哥，进退两难。

王桃意识到斩哥要把自己丢在这里，声嘶力竭地大叫起来。任凯舔舔嘴唇，开口说道："斩哥……"斩哥不答话，而是发动了汽车。任凯无奈地看看王桃，一咬牙，拉开车门钻了上去。

一路上斩哥都没有说话，只是不停地吸烟。封闭的车厢内很快就烟雾缭绕。任凯摇下车窗，暗自希望斩哥能照顾下自己的感受。可是他依然故我。窗外的热浪扑面而来，任凯权衡了一下，决定还是摇上车窗，并把空调开到最大，默默地看着窗外发呆。

开到一家便利店门前，斩哥把车停下了。任凯看看仪表盘上空空的烟盒，暗自叹了口气，伸手去掏钱包。可是斩哥一言不发地下了车，直奔便利店旁的一家花店而去。还没等任凯搞清楚是怎么回事，斩哥已经捧着一大束花走了出来，似乎早有预约。

警车再次发动，却是朝着更远的城郊方向，半小时后，停在了本市唯一一座墓园门口。斩哥看也不看任凯一眼，一副"什么都不要问"的姿态。低声说了句"等我一会儿"，他就拿起花束，直奔墓园深处走去。

这"一会儿"，就是足足两个小时。也许是因为高温，今天前来拜祭亲友的人很少。闲极无聊的时候，任凯开始暗自猜想斩哥究竟去拜祭什么人。拿着花束进墓园，肯定不是为了查案，而能让斩哥心甘情愿地在烈日下蹲两个小时的，一定是斩哥的至亲。

想到这些，任凯的心就有些软。他很困，很饿，牙很疼，但他还是不想在此刻去催促斩哥——尽管他一点也不喜欢这个搭档。

跟着斩哥已经有些日子了，有时想想，实在不知道究竟跟他学了什么。在一身暴戾之气的斩哥身边，自己举手投足都像个傻子一样。任凯开始怀疑自己当初的选择——做警察就是这样吗？他没有帮到任何人，每天跟着斩哥做的，都是一些拿不上台面的事情。

正在任凯心烦意乱的时候，斩哥出来了。他低垂着头，手上有泥，裤子上也满是灰尘草屑。坐在驾驶座上，斩哥没有理会任凯充满探询的眼神，长出了一口气，低声说："回去吧。"

回到局里交接完毕后，任凯简单吃了点东西，感觉牙齿越发疼痛难忍。躺在宿舍的床上，倦意渐渐袭来。蒙眬中，各种怪异的画面依次在眼前闪过。当王桃痛苦不堪的脸跳入脑海时，任凯稍微精神了一些。算起来，她已经被铐在那里超过三个小时了。任凯知道窗外正是烈日当空，便开始琢磨要不要私自去把王桃放走，想着想着，却睡了过去。

感觉只睡了几分钟，但是被同事叫起来的时候，任凯发现窗外已是夕阳西斜。局里通知紧急集合。任凯匆忙穿好制服就赶到会议室，却发现斩哥已经坐在那里抽烟了。他身上穿的还是白天的衣服，看起来并没回家。任凯跟他打了个招呼，斩哥不知在琢磨什么，唔了一声就不再开口了。

会议内容是关于早上发生的强奸杀人案。市局已经决定将此案与之前发生的几起案件并案调查，同时物证部门也初步断定涉案凶器为二齿铁钩。市局再次要求加大侦办力度，一旦发现可疑人员务必严加盘查。

散会之后，任凯去枪房领了枪，开始值夜勤。上了警车，任凯想了想，小心翼翼地问道："斩哥，要不要去把王桃放了？"斩哥斜睨了他一眼："怎么？你心疼她？"

任凯有些压不住火了："斩哥，你铐了她一天，会出事的！"

"出个屁事！"斩哥冷冷地说，"出事了也好，这种人渣，死一个少一个！"

话虽这么说，警车开出分局后，还是向着那条巷子驶去。任凯松了口气，对刚才的生硬语气也有点后悔，就有一搭没一搭地跟斩哥说着闲话。斩哥一直没吭声，顶多回应个"哦"或者"嗯"。开到那条巷子口，任凯探头看看，巷子里一片漆黑，什么也看不见。斩哥扔掉烟头，仿佛自言自语般说道："铐了一天，看这人渣还敢不敢顶嘴。"说罢，伸手打开了车前灯。几乎是同时，任凯"啊"了一声——

垃圾箱旁空空如也。王桃不见了。

任凯跳下车，打开强光手电，在巷子里来回扫视了几遍，确认无人后，心里沉了下来。斩哥倒是一副不着急的样子，晃到垃圾箱旁，上下查看了一番，指指垃圾箱把手上脱落的焊点说："被撬下来的。"

任凯问："怎么办？"

斩哥没回话，挥挥手示意任凯上车。开出去很长一段路，斩哥还是一言不发。任凯也不敢开口，从斩哥脸颊上不断纠结的肌肉来看，斩哥很生气。在一个路口停车的时候，斩哥点上一支烟，居然笑了笑："这王八蛋长本事了。"

"你觉得是谁干的？"

"管他谁干的。"斩哥吐出一口烟，"不管是谁干的，他和王桃都有麻烦了。"

"那怎么办？"

"先不管她。"斩哥发动警车，"手铐是防拨的，王桃自己打不开。这一区，也没有人敢帮她开手铐。戴着手铐，她跑不了……先去找大水桶。"

大水桶是个很滑头的人，絮絮叨叨地说了一通废话，就是不往正题上引儿,还一个劲儿地要斩哥放了小虎。斩哥听了几句就没了耐心,直截了当地说要查大水桶改装和销售赃车的事。大水桶这才怕了,吞吞吐吐地说已经派人去查了,本地近期的确来了几个外人,但都是过路神仙,而且都是小毛贼,没胆子杀人。斩哥的脸上看不出失望的表情,似乎对这一结果早有预见。临走的时候,大水桶又提起小虎的事,斩哥心不在焉地应付着。上了车,突然问大水桶:"看见王桃没有?"

大水桶被问得猝不及防:"没有。怎么了?"

斩哥没理他,挥挥手让他滚蛋。

警车开到一家便利店门口停下,斩哥又让任凯去买一包烟,泡一碗方便面。任凯有些不情愿,但是想到他可能一整天都没吃东西,便让营业员加了两只卤蛋。虽然已是深夜,天气仍然酷热难当。等待营业员加热方便面的工夫,任凯一口气喝光了一瓶冰矿泉水。出门找垃圾箱的时候,不知从哪里闪出一个拾荒者,直勾勾地盯着他手里的空瓶子。任凯见过这目光,也认出他正是上次在便利店门口遇到的拾荒者。任凯把瓶子递给他,拾荒者动作麻利地把瓶子塞进背后的蛇皮袋,冲任凯咧嘴一笑露出一口黄牙。

斩哥坐在车里,正在一张纸上涂涂抹抹,他接过热气腾腾的碗面,毫不客气地大吃起来。任凯随手拿起那张纸,发现是一张本区的地图,上面有几个红色签字笔画出的圈。

"这是什么?"任凯指着那些红圈问道。

"这几起案件的案发地。"斩哥咽下一大口面,"能看出什么?"

任凯拿着地图翻来覆去看了半天也没看出个门道,斩哥噗的一声笑,用叉子指指两个红圈:"看看这里,你不觉得距离有点太近了吗?"

不错,这两个案发地相距只有一条街,直线距离不超过200米。可是，这能说明什么？

斩哥吃完了面，随手把面碗丢出车窗，又点燃一支烟，狠狠地吸了一大口。

"作案时间接近，作案地点集中，犯罪的随意性很强。"斩哥搔搔头发，"这跟查实的连环杀人犯都不同。"

看着目瞪口呆的任凯，斩哥忽然揶揄道："大学生，说说吧，在学校里老师是怎么讲的？"

任凯的脸腾地红了。看到他的窘相，斩哥很开心，哈哈笑着发动了警车。

"这王八蛋不是本地常住人口，而且——"斩哥猛踩一脚油门，"他压根儿就没想躲着咱们。"

按照斩哥的说法，凶手应该在案发前才来本市谋生，从他丝毫没打算逃避侦查的做法来看，此人的精神或者智力可能有点问题，这也决定了他不可能从事高收入职业，换句话来讲，他应该很穷。任凯有些小小的兴奋，因为斩哥的推断也符合了他关于凶手"又变态，又没钱"的猜想。

任凯急不可待地操起手台，打算把这个发现汇报给局里，却被斩哥拦住了。

"你以为公安厅那些专家都是吃闲饭的？人家很快就会推断出这些。"斩哥关掉手台，"我们要做的是抢在别人前面抓住那王八蛋。"

看任凯有些犹豫，斩哥冷冷地问道："怎么，不想破大案子？"

破大案子，对任凯这样的新警来说，的确有不可否认的诱惑力，但是任凯觉得，如果能调集所有警力对低收入者进行调查，会更快抓住凶手。也许，能避免悲剧再次发生。

任凯鼓足勇气把自己的想法说给斩哥听，斩哥像盯着陌生人一样上下打量了任凯半天，最后不冷不热地抛出一句："你应该去做政委。"

的确如斩哥所说，分局第二天就下发了公安厅犯罪心理研究室对凶手所做的心理分析报告，报告中推测的凶手的职业背景和经济状况与斩哥的分析基本吻合。市局要求各分局彻查两年内落户于本市的外来人口，并把排查重点落在了低收入人群中。

散会后，斩哥并没急着离开，而是坐在椅子上若有所思地抽烟。搭档不走，任凯也陪他坐着。回想起刚才例会通告的内容，任凯有些兴奋，也有些小小的遗憾：如果昨天把斩哥和自己的思路汇报给中队长，没准儿今天能受到表扬呢。正在胡思乱想，斩哥慢悠悠地开口了。

"你说，"斩哥眯缝着眼睛看着面前升起的烟雾，"那二齿铁钩会不会是凶手谋生的家伙呢？"

任凯想想也对，专门为了杀人而拎个二齿铁钩实在不划算，一块砖头就足够了，况且那玩意儿还不好隐藏和携带……也许二齿铁钩就是凶手平时干活的工具。

"什么人用二齿铁钩干活呢？"斩哥的语调很低，既像发问，又像自言自语。

任凯被这个问题吸引住了，挠着脑袋冥思苦想。他的视线落在前面桌子上的半瓶矿泉水上，心头豁然开朗。

"捡垃圾的！"任凯激动得有些语无伦次，"拾荒者。"

斩哥显然也想到了这一点，噌的一下站起来，把烟头一丢："走吧，开工！"

走到门口，斩哥却意识到任凯还坐在椅子上一动不动，不耐烦地催促道："想什么呢！"一回头，却被搭档脸上的表情吓了一跳。

任凯大张着嘴看着斩哥，眼睛里满是惊恐。

"斩哥……"任凯结结巴巴地说，"王桃失踪前……就被我们……你……铐在了垃圾箱上。"

烈日下的小巷似乎比街道上还要炎热。任凯竭力屏住呼吸,可是垃圾箱里散发的恶臭还是不时地蹿进鼻腔里。他从路边捡起一段树枝,一边驱赶着覆盖在垃圾箱上的大团苍蝇,一边在垃圾箱里戳来戳去。

"你干什么?"斩哥皱着眉头问。

"我看看……"任凯一开口,立刻感到扑面而来的恶臭,"……王桃在不在里面……"

"别白费劲了。"斩哥吸吸鼻子,"这不是尸臭。"

说罢,他把脸凑近被撬断的垃圾箱把手,仔细端详着。片刻,他直起腰来,慢慢地说:"是用铁器撬开的。"斩哥看看任凯,又加了一句:"不过,不能确定是不是两齿的。"

回到车上,斩哥把空调开到最大,又把衬衫扣子解开,可是脸上还是不住地向下淌汗。他叼着一支烟,却忘了点,看着窗外出神。片刻,冒出一句没头没脑的话:"妈的,不是说要下雨吗?"

任凯没心思和他讨论天气的问题,语调都有些发抖了:"斩哥,凶手可能是个捡垃圾的,强奸又杀人……"任凯舔舔干裂的嘴唇:"王桃被你铐在垃圾箱上,又是女的……她会不会……"

"少他妈放屁!"斩哥粗鲁地打断他,"你死了她都不会死!"

车厢里一下子静下来,任凯看着斩哥不断扭曲的脸颊,再不敢吭声了。足有5分钟后,斩哥突然发动了警车。

"去找王桃!"

城市的另一个角落。

相比城郊,这里更加破败。仿佛是城市的暗疮一样,明明存在,却被人刻意忽视或掩盖。

到处是简易的板建房,歪歪斜斜,似乎随时都可能坍塌,却顽固地挺立着。街道上是随处可见的便溺,晒干后留下大片白色的尿碱和刺鼻的骚味。没有风，充当门帘的塑料布纹丝不动，每间房子都被捆扎或散乱的垃圾塞得满满登登。旧轮胎、废胶鞋、饮料瓶在阳光的暴晒下散发出古怪又难闻的味道，和尿臊味混合在一起，竟沉淀得有了重量，悬浮在这拥堵的角落里，驱之不散。

某间房子里，王桃靠在一个装满了空饮料瓶的蛇皮袋上昏昏欲睡。肮脏无比的她看起来和周围的环境十分协调，几乎要和成堆的垃圾混在一起。忽然，门帘被掀开了，一阵窸窸窣窣的声响后，一盒凉透的蒸饺放在了王桃面前。食物的香味让昏睡中的王桃瞬间精神过来。她急不可待地伸手去抓饺子，因为还戴着手铐，王桃索性双手齐上，使劲往嘴里塞。那人站着看王桃吃饺子，看了一会儿，便开始在屋子里四处踅摸。片刻，他拎了一样东西向王桃走去。

王桃正被一大口饺子噎住，眼泪汪汪地看着他举起一把寒光闪闪的斧子。

寻找王桃比想象中要困难得多。任凯和斩哥一口气扫荡了好几个可能窝藏王桃的地方，却一无所获。最后，在一间私营小旅店里，他们堵住了刚刚被取保候审的老肥。老肥咬牙切齿地说没见过王桃，还说如果找到王桃就第一个通知斩哥，还说要卸了她一条腿。斩哥盯着他看了一会儿，转身就走。也许是从未见过斩哥如此紧张的模样，老肥有些肆无忌惮，大声笑问斩哥是不是王桃怀了他的孩子，这么急着找她。斩哥一言不发地抽出警棍抡了过去。刹那间，老肥的头顶血花飞溅。一片混乱中，任凯一边拖住疯了似的斩哥，一边大声警告老肥。老肥抹了一把脸上的血，嚷着要去见官。任凯掏出300块钱扔在地上，手指着老肥说道：

"自己去看病。不许生事。你自己的事还没了结，放聪明点！"

老肥骂了几句，捡起地上的钱走了。任凯松了口气，连拖带拽地把斩哥推进警车里。斩哥掏出烟来死命地吸,连吸几根后,突然笑笑:"兔子,有进步啊。"

任凯没理他,竭力让自己依然狂跳的心平复下来。

斩哥捶了他一拳,准备收起警棍,却发现上面还沾着血,就揪起座套的一角草草地擦了几下。

"其实你不用给他钱。"斩哥把警棍收好,"他也不敢把我怎么样。"

说罢,他从口袋里摸出200块钱,递了过去。

"身上就这么多,那100块回去再还你。"

任凯猛地一挥手,啪的一声打在斩哥手上,两张纸钞也随之飘落到后座。

斩哥有些猝不及防,马上沉下脸来:"干吗?发脾气?"

任凯咬咬牙,竭力缓和自己的语气:"斩哥,我们是警察,不是街头的混混,我拜托你下次冷静点行不行?"

"冷静?"斩哥斜着眼看他,"像你那做中学老师的老爸那样,犯了错就打他们手心?你省省吧!"

"操!"任凯再也控制不住自己,狠狠地砸了车窗一拳。他把帽子摘下来甩到后座上,沉吟了一下,语气坚决,"斩哥,我回去就打报告,我不想跟你搭档了——我不要做你这样的警察。"

"我无所谓,兔子。"斩哥冷笑一声,"不过你先告诉我,你想做什么样的警察?"

任凯顿时语塞,想了一会儿说:"我不知道,但肯定不是你这样的。"

他转过头,直盯着斩哥的眼睛:"斩哥,我们在一起做的事情,没一件是合法的——跟你搭档,我很累。"

"对付这群王八蛋,就得这样!你以为我很轻松……"

"你自找的!"任凯脱口而出,随后,一阵报复的快意布满全身。

你自找的。如果你不把王桃铐在垃圾箱上,你就不会被无赖奚落,我们就可以光明正大地去抓杀人犯,更不用像现在这样他妈的狼狈不堪!

斩哥脸上的肌肉可怕地鼓起来,每次他下手打人之前,都是这副德行。任凯有些抖,可还是强迫自己回望过去。两个人在封闭的警车里对视,敌意一点点升温,慢慢接近爆发的临界点……

忽然,车载电台传来一阵嘈杂的呼叫声:"杏林街水塔下发现一具女尸,附近警力迅速前往支援。重复一遍……"

斩哥几乎把车开进了警戒线,还没停稳,他就跳下车,直奔现场。现场勘验人员急忙要去拦他,却被他粗鲁地一把推开,递到眼前的脚套他也视而不见。

看到尸体了,斩哥的脚步反而慢了下来。

死者俯卧在地上,打扮时髦,身体曲线玲珑,一看就不是王桃。斩哥避开现场勘验人员不满的目光,擦着汗往外走,却跟疾奔而来的任凯撞个满怀。任凯一个趔趄,目光却始终盯着地上的尸体。看清之后,任凯明显松了口气,然后和斩哥交换了一个心照不宣的眼神。

一直在冷眼旁观的中队长开了口:"阿斩,你知道些什么?"

斩哥的脸色一变,回过头的时候,却是一副满不在乎的表情:"不知道。我能知道什么啊?"

中队长盯着他看了一会儿,把目光转向任凯:"兔子,你脸色怎么这么差?"

任凯捂住脸。

"牙疼。"

回到警车上，两人一时无话。最后任凯仿佛自言自语般说道："看来王桃没事。"

"未必。"斩哥倒不那么乐观，"别用正常人的逻辑去衡量疯子的想法。"

"那，我们接下来怎么办？"

斩哥没有回答，而是掏出手机来打了个电话。过了一会儿，C4一脸疲惫地走过来。他向斩哥要了支烟，靠在车门上抽了起来。

"怎么样？"

C4吐出一口烟："还是他干的。二齿铁钩，先强奸后杀人。"

斩哥沉思一会儿，忽然指着C4胸前的数码相机问道："现场拍完了？"得到肯定的答复后，斩哥一把拽过相机，逐张查看现场照片。

死者皮肤白皙，看上去年龄不大，低胸吊带裙被掀至胸部以上，头颈部被铁钩刨得血肉模糊。任凯看了一会儿就觉得恶心，把头扭过去看着窗外。

斩哥却看了很久，看完后想了一会儿，开口问道："现场发现死者的其他衣物了吗？"

"只发现死者的内裤，怎么了？"

斩哥没作声，把剩下的大半包烟塞给C4，发动了警车。

开出很长一段路后，一直沉默的斩哥开了口："有什么想法？"

任凯有些莫名其妙："什么？"

"那些照片！"斩哥的语气不耐烦起来，"你刚才不是看了吗？"

"没有！"任凯的火又蹿了上来，这两个字几乎是嚷出来的。

"这点观察力都没有,做什么警察!"

任凯正要发作,斩哥却立刻换了一种语气:"兔子,饿不饿?"

在路边的一个面摊上,哭笑不得的任凯狼吞虎咽地吃着牛肉面。斩哥吃得很不专心,不停地接打电话。在他和对方的言辞中,任凯听出斩哥正在打探一个地址。面没吃完,斩哥就让任凯付账走人。任凯付完钱,打开车门却不上车。

"我们去哪儿?"

"去了你就知道了。"斩哥发动了警车,挥手示意任凯快上来。

"从现在开始,我们去哪儿,做什么,……"任凯纹丝不动,一脸倔强,"……你必须提前告诉我。"

斩哥眯起眼睛,上下打量着任凯。任凯以为他会甩上车门一走了之,没想到斩哥把车熄了火,掏出烟,一本正经地说:"上来吧,政委,我现在就汇报。"

任凯红了脸,一步跨上警车。斩哥点上一支烟,像看小孩子一般看着他,眼神中充满戏谑。

"注意到死者的后背了吗?"

"嗯?"任凯拼命想,最后不得不尴尬地摇了摇头。

斩哥难得地笑笑,用手比画出一个大致的形状:"有这么大一块伤疤,看上去像被烫伤过。"

他弹弹烟灰:"像死者那样年轻时髦的女孩,即使在晚上,也不会穿着吊带装,露着那么难看的伤疤满街转悠。"

"你的意思是……死者应该还披着一件外衣?"

"对。但是C4刚才说,在现场并没有发现别的衣物,就是说……"

"就是说,也许是凶手拿走了那件外衣?"任凯兴奋起来。能找到那件外衣，距离抓获凶手就不远了！

"哼，看来你小子还不是白痴。"斩哥发动了警车。

斩哥弄清了死者的身份和暂住地。死者姓陈，安徽人，生前是某楼盘的售楼小姐，和同事居住在本区的一栋公寓里。准备上楼的时候，走在前面的斩哥突然闷声闷气地说了句："刚才，谢谢了。"

任凯知道斩哥指的是在现场他没有把铐王桃的事说出来。斩哥突如其来的善意让他有些不知所措，只能含混不清地唔了一声。

死者的同事对警察的来访毫无思想准备，得知死者的死讯后，震惊之余，更为急迫地撇清自己。所以，斩哥很轻易地拿到了死者和同事的一张合影。照片上，死者的黑色吊带裙外披着一件淡紫色的短袖衬衫，紫底白花。而且死者的同事证实，死者当天就是穿着这套衣服外出的。

这是个重要线索，手握方向盘的斩哥也显得意气风发。找到那件衣服，就能找到凶手；找到凶手，王桃就没事。大家都安全。

任凯虽然希望斩哥能记住这个教训，但是也不想他出事。偏偏这老鬼不合时宜地来了句"找到王桃非整死她"，任凯叹了口气，烦躁地扭头去看窗外。这一看，目光却收不回来了。

几个小混混围着一个中学生模样的男孩拉拉扯扯。男孩恐惧地向后退缩，眼镜已经被他们打得挂在了腮边。一个小混混揪着他的脖领，嘴里骂骂咧咧的。另外几个在男孩的书包和衣兜里乱翻，书本被扔在地上，几张钞票被他们揣进兜里。最后，小混混们摸出一部手机，男孩拽住手机链苦苦哀求，小混混们连打带恐吓，还是把手机抢过去了。

任凯抽出警棍，转头对斩哥说："停车。"

"干吗？"斩哥向窗外看了一眼，"少管闲事。"

"闲事？"任凯难以置信地看着斩哥，"这是抢劫啊，大哥。"

"不关我们的事！懂吗？"斩哥的语气强硬起来，"我们现在要去找王桃，我没时间跟这些垃圾纠缠！"

"你他妈去找吧！"任凯终于忍无可忍，"我他妈是警察！"

说罢，他就狠狠地拉下手刹。

警车在路面上扭着"8"字，滑行了好长一段距离才停下。任凯冲出警车，大吼一声："都给我站好，我是警察！"

几个小混混被吓得呆住，醒过神来便立刻丢下手里的东西作鸟兽散。任凯一边大喝"站住"，一边向最近的一个追过去。这家伙是个胖子，追上他并不难。可是任凯把他按倒后，发现上铐不太容易。胖子在底下拼命挣扎，好几次差点把任凯掀翻。纠缠中，任凯用余光看到斩哥就坐在不远处的警车里冷冷地看着自己。任凯心里一急，放开胖子的肩膀，伸手就去拔枪。胖子背上一松，立刻翻身起来。任凯被摔了个猝不及防，刚拔出的枪也脱手而去。胖子趁势捡起枪，对着任凯威胁性地指点了几下，转身撒腿就跑。

任凯坐在地上，脑子一片空白。直到斩哥走过来，踢了踢他的屁股："起来吧，废物。"

话音未落，斩哥猛然发现任凯的枪套里空空如也，他脸色一变，立即问道："你的枪呢？"

任凯茫然地指指胖子逃跑的方向："被……被抢了。"后面两个字，已经带了哭腔。

斩哥二话不说，拔枪就追了过去。任凯也站起来要去追，两腿却出奇地软，结果一个趔趄，再次坐在地上。

几个路人发现这个瘫坐在地上的警察，好奇，又不敢上去问，就远远地站着围观。任凯的目光依次从他们脸上扫过，似乎指望在他们那里找到那个沉甸甸的铁家伙。

枪被抢了。也许会死人。我才刚刚开始当警察。要不要上报？斩哥你他妈为什么不来帮忙？我完了……

无数的念头在脑海里一闪而过，那几分钟，仿佛数十年一般漫长。

那个中学生把散落一地的东西搜罗进书包里，飞快地跑了。

斩哥很快回来了。看到他脸上阴沉的表情，任凯心里一片绝望。

"枪里是普通弹还是橡皮弹？"斩哥劈头就问。

"普……普通弹。"

斩哥破口大骂："你他妈的脑子有病吧，没事装什么普通弹？"

任凯不敢回嘴，哆哆嗦嗦地站起来，感觉脑袋有一百斤那么重。

斩哥揪起被汗水濡湿的衬衫，焦躁不安地向四处张望着。遇到围观者探询的目光，更是大为光火："看什么看，都散开！"

回过头，却看见任凯正钻进驾驶室里拿呼叫器。斩哥疾步上前拉开他。

"你干什么？"

"我……我得上报丢枪的事。"

"你疯了吧？"斩哥低声喝道，"不想干了是吧？"

"丢枪不报……"任凯已经快哭出来了，"是要被判刑的。"

"没事。"斩哥双手叉腰，眉头紧锁，"把枪找回来就行了。"

"可是，"任凯看看手表，"再过一个小时，我们就得归队交枪了。"

"我来想办法，上车吧。"

车开到分局门口，斩哥让任凯留在车上不要动，他自己上楼了。大约半小时之后，斩哥走出来告诉他，已经向队里申请今晚值全勤。

"这样，我们还有16个小时来找枪。"斩哥揉揉太阳穴，"在市里有亲戚吗？"

"没有。怎么了?"

"你先别回宿舍了,找个地方睡觉去。"斩哥发动警车,"我去找枪。"

"不。"任凯急切地说,"我跟你一起去。"

"你就听我的吧!"斩哥提高了声音,"跟着我你也帮不上忙。"

他想了想:"去我家吧。"

斩哥的家狭窄而凌乱,处处透着单身汉的狼狈不堪。任凯想问嫂子呢,又不敢贸然开口。斩哥指指冰箱:"可能还有点吃的。你好好睡一觉,记着打开手机。"说完,就拉开门走了。

房间里一下子静下来。任凯站在满是酒瓶和杂物的客厅里不知所措。呆了一会儿,他摘下帽子,进了卧室。卧室和客厅一样脏乱,唯有五斗柜一尘不染,上面摆着一只香炉和一个相框,相框里,一个留着长卷发的年轻女人正冲自己笑着。任凯立刻明白为什么这个家会如此脏乱,也明白那天斩哥去墓园拜祭的是谁了。

任凯推开床上胡乱卷在一起的被子,躺下。房间里很闷,没有空调,即使开着窗户也热得厉害。仿佛是为了配合这该死的室温,那颗牙又剧烈地疼痛起来。任凯起身去客厅,想找点冰块敷一敷,可是冰箱里除了一碗剩饭和几根蔫黄的芹菜,什么都没有。任凯只好去厨房喝了一肚子自来水,闷闷地回到卧室里躺下。

刚躺下,倦意就扑面而来。可是任凯睡得很不踏实,做了很多乱七八糟的梦。

胖子拿着枪血洗了分局……

中队长冲任凯挥舞着手铐大喊抓住他……

斩哥揪住王桃死命地揍……

一个身影在巷子里挥起二齿铁钩……

任凯猛地醒了,立刻感到额头上渗出了一层细密的汗珠。房间里一片漆黑,只有床头有一小块亮光,伴随着哇啦哇啦的铃声。隔了几秒钟,任凯才意识到那是自己的手机在响。接通,是斩哥的声音。

"下楼。"

大水桶的修车行铁门紧闭,门口的灯箱也没亮。斩哥用脚踢踢铁门,很快就有人来开门了。任凯和斩哥被带到二楼,一间貌似工具房的屋子里,大水桶正坐在椅子上擦汗,身边围着几个光头的年轻人,而坐在他们中间,不停筛糠的,就是那个胖子。

任凯一看见他,几乎要扑过去。斩哥拦住他,径直走到胖子面前,面无表情地问道:

"东西呢?"

胖子本能地向后一缩,用探询的目光看看大水桶。还没等回过头来,已经挨了斩哥一记重重的耳光。

"我问你东西呢?"

血从胖子的嘴里和鼻孔里喷涌而出,他惨叫一声摔在地上,手脚并用地向大水桶爬过去。

"大哥……"

"谁是你大哥?"大水桶别过头去,继续慢条斯理地擦汗。脸色铁青的斩哥抽出警棍,大水桶见状,把毛巾一扔,抢先一步站在胖子身前。

"斩哥,"他向匍匐在地不停呻吟的胖子努努嘴,"这不是我的人。我把他交给你,算是个人情吧?"

斩哥扬扬眉毛:"你想怎么样?"

"我刚才问过胖子了,你要找的是枪对吧?"大水桶看看斩哥的腰间,又看看任凯的,笑了笑,"是这位兄弟的枪丢了吧?"

斩哥阴着脸没答话,大水桶更加放肆。他贴近斩哥的脸,似笑非笑地说道:"一支枪换一个人——这买卖很划算。"

斩哥捏紧了警棍,漫长的几秒钟后,他直视着大水桶的眼睛,慢慢说道:"大水桶,你敢跟我谈条件?"

"我可不敢!"大水桶夸张地高举双手,脸上的笑容却一下子没了,"不过我不点头,你看胖子敢不敢开口?"

他看看任凯,转头面向斩哥:"你兄弟这身衣服能穿多久,就看你了,斩哥。"

斩哥看看任凯,又看看一脸无所谓的大水桶,沉吟了一下,掏出了手机。

"烟嘴,给小虎办取保……对,现在……别问为什么!"

任凯急忙拉住斩哥的手:"斩哥,不能……"

"你别说话!"

斩哥挂断电话,看着大水桶。大水桶得意地笑笑,闪到了一旁。

不等斩哥上前,胖子就恐惧地大叫起来:"城隍庙后巷的垃圾桶里!"

斩哥几乎把鼻子贴到了胖子的脸上,缓慢而清晰地说道:"听着,狗杂种,如果我找不到枪,我就把你扔局子里啃一辈子窝头!"

说罢,他转向大水桶:"给我看着他,人丢了,我拿你是问!"

"放心吧。"大水桶撇撇嘴,"反正又不是我的人。"

后巷里一片漆黑,只有两道手电光在晃来晃去。斩哥和任凯头挨着头,在一大堆摊开的垃圾中汗流浃背地翻翻找找。

良久,斩哥先放弃了,一屁股坐在地上喘粗气。任凯又找了半天,最后把垃圾桶倒过来在地上使劲地磕,除了几片粘在桶底的烂菜叶外,一无所获。

"操!"任凯一脚把垃圾桶踢远,仿佛觉得不解气,又把地上的垃圾踢得到处乱飞。

"行了。"斩哥爬起来,"去找找有没有别的垃圾桶。"

十分钟后,两道手电光在巷口相遇。不用说话,彼此看看对方的表情,就知道是什么结果。

"回去找胖子!"斩哥拉拉任凯,面无表情的任凯宛若行尸走肉一般呆呆地上车,缩在座位上一动不动了。

时间已近午夜,大半座城市都沉浸在夜幕中。间或有尚未打烊的店铺在车窗边一掠而过,短暂的光亮后,又是无尽的黑暗。

不远处的前方,一家海鲜大排档灯光依旧。警车逐渐驶近,满脸油污和汗渍的任凯渐渐活泛了一些。忽然,他开口说道:"我想喝酒。"

斩哥诧异地看看他:"什么?"

"我想喝酒。"任凯目视前方,清晰地重复了一遍,"我说我想喝酒。"

斩哥扫了一眼任凯身上的制服,没有犹豫,径直向灯光处开去。

还在吃喝的食客们惊讶地看到两个浑身脏兮兮的警察走到桌前坐下,粗声大嗓地要老板拿酒上来。

斩哥没有理会那些诧异的眼光和窃窃私语,拧开一瓶白酒递给任凯。

"含一口在嘴里,能缓解牙疼。"

任凯照他的话做了。酒一入口,突如其来的刺痛让他紧锁眉头,仿佛有无数根钢针刺进口腔,但是那刺痛感很快就变成了酥麻,牙果真不那么疼了。

任凯把变得温热的酒咽下去,嗓子眼一阵辛辣,几乎咳出了眼泪。斩哥嘿嘿地笑起来,隔着桌子在任凯的后背上拍了几下。

酒菜上齐,任凯和斩哥都不说话,闷头吃喝。很快,一瓶白酒就见底了。酒真是好东西,整个人都轻飘飘的,什么枪啊,王桃啊,似乎都无关紧要了。

没有人注意到蔚蓝色的天幕已经被厚厚的乌云笼罩,云层中雷声隆隆,电光隐隐。

任凯已经喝得满脸通红,坐在椅子上摇摇欲坠。同样面红耳赤的斩哥看着他,嘿嘿直笑。

"笑你妈个头啊。"任凯勉强撑起脑袋,"给我支烟!"

斩哥没回嘴,笑着把烟盒甩过去。任凯抽出一支,大大咧咧地点上,刚吸了一口,又咳起来。斩哥撇着嘴去抢他手里的烟:"你还真不是这块料!"

任凯甩开斩哥的手,小心翼翼地又吸了一口,觉得适应了,就大口吸起来。

斩哥坐着看他把一支烟抽完,正色道:"差不多了。走吧,再想想别的办法。"

任凯捏着烟头不松手,慢慢地摇摇头:"哪儿也不去了,我就在这儿坐到天亮。"

他向斩哥笑笑:"天亮之后,我就去局里汇报这件事。只要我汇报了,就不算丢失枪支不报罪。"

斩哥重新坐下来,盯着任凯看了一会儿:"不想干了?"

"嗯。"任凯移开目光,"不干了。"

斩哥无语，侧身坐了一会儿，忽然开口说道："没那么糟，你没事的，放心。"

任凯笑笑，又抽出一支烟吸起来。

不知什么时候，起风了。气温一点点降下来。食客们三三两两地散去。还有些人家已经开始把晒在外面的衣服收回来。

两个人对坐在杯盘狼藉的桌子两侧，一言不发。任凯点燃第四支烟的时候，开口问道："找王桃了吗？"

"没有。"斩哥搔搔头发，"顾不上了。"

任凯低下头，片刻，小声说："斩哥，我太笨了，给你添了不少麻烦。"

斩哥没看他，只是伸出一只手挥了挥，示意他不必说这个。

"还害得你放了小虎。"

"放个鬼！"斩哥突然笑起来，"我刚才打的是汉江食府的订餐电话。"

任凯愣愣地看着斩哥，忽然扑过去狠捣了斩哥几拳，边打边笑：

"你个老鬼，比他妈狐狸还狡猾。"

斩哥呵呵笑着躲避。小桌边的气氛一下子又热闹起来。两个人闹够了，大声嚷着让老板上啤酒。

冰凉的啤酒下肚，整个人惬意了不少。也许是因为结局已经注定，任凯完全放松了自己。

"斩哥，也许以后再没有见面的机会了。我做弟弟的，有几句话想跟你说。"

斩哥剥着花生，脸上有些不耐烦："你他妈有完没完，我都说你没事了。"

"我希望你一辈子都好好的。做警察，的确有风险，但也别总是以暴制暴,那不是办法。"任凯凑近斩哥,真诚地说,"不要让心里永远装着恨,学着去谅解别人。"

"恨?"斩哥反问道,"我恨谁了?"

"很多人啊。比方说,王桃。"

"王桃?"斩哥笑着摇摇头,"扯淡。"

"你不恨她,为什么那么对她?"

斩哥的脸色阴沉下来,良久,他从裤袋里摸出钱夹,打开来,指着里面的一张照片问任凯:"她好看吗?"

照片上的女人任凯见过,就在斩哥的房间里。他点点头。

"这是我老婆。"斩哥眯着眼,仿佛自言自语般说道,"那时候,整个分局,数我老婆最漂亮。"

"那,嫂子她……"

"5年前,有个小贼偷了台面包车,横冲直撞地开上了街。结果,撞死了我老婆。那时,我老婆怀孕7个月了。"

他伸开双手,比画了大约15厘米的距离。

"肚子裂开了这么长一条口子。胎儿都露出来了。满地是血。"

任凯说不出话来,目瞪口呆地看着斩哥。

"那个小贼,就是王桃。"斩哥仿佛费了很大力气才说出这句话,"那年她11岁。"

"不到可以负刑事责任的年龄……"任凯喃喃说道。

"对。"斩哥轻轻地笑笑,"就像你说的,我恨她,恨死了。我让她做了我的线人,但是她犯事我就抓她。让她在黑白两道都混不下去,却不得不混——永远像狗一样活着。"

任凯叹了口气。斩哥听到了,回头看了他一眼:"但是我现在不恨她了。"

任凯诧异地瞪大眼睛:"哦?"

"找了她几天,不恨了。"斩哥长出一口气,"真的不恨了。我只希望她能活着,不是为了我自己。我只是觉得,不能让她像那些女人那样,被强暴了,又像狗一样被打死。"

"斩哥,"任凯慢慢地说,"这说明你在心里原谅她了。"

"我不知道。"斩哥耸耸眉毛,"也许吧。"他看看任凯,眼神里有暖暖的笑意。然后,两个人都嘿嘿地笑了。

此刻,风忽然大了起来,一道刺眼的闪光过后,隆隆的雷声由远及近。

"要下雨了。"斩哥看看天,"走吧,回车上。"

任凯应了一声,也站起身来。正在此时,又一道闪电划破天际,狭窄的街道刹那间亮如白昼。

他们同时看清了马路对面站着的两个人。

一高一矮。高个的是个男人,肩上背着鼓鼓囊囊的蛇皮袋,正是和任凯在便利店门口两次相遇的拾荒者。他手里的二齿铁钩锈迹斑斑,铁齿却锋利如新。

矮个的是王桃。

王桃身上披着一件淡紫色的短袖衬衫,紫底白花。

四个人站在街道的两端默默对望,彼此在对方脸上捕捉自己最不希望看到的表情。

惊异。恐惧。警惕。醒悟。

一切了然于心,斩哥把手放在腰间,大声喝道:"你们两个,站在原地不要动!"

这句话仿佛是一个信号一般,拾荒者拽起王桃,转身就跑。

此刻，迟到了多日的暴雨，轰然而至。

后巷的格局如蛛网般错综复杂，黑暗中，无数来不及分辨的事物在身边飞驰而过。两个人追，两个人逃。不用说那些"站住，不要动"的废话，彼此心里都清楚，除非这样一直追下去，否则，一旦相遇，就是生死相搏。

四个人在后巷里沉默地奔跑，距离时长时短。拾荒者显然更熟悉这里的地形，但拖着上气不接下气的王桃，始终无法摆脱紧紧追赶的两个警察。在一个三岔口，拾荒者突然停下来，从腰里摸出一样东西塞进王桃手里。

"跑！"他的声音虽然低沉，却很清晰："跑！"

这是他第一次如此清晰地对王桃说话。

那几天里，他也跟王桃说话。虽然在王桃听来，那只是些模糊不清的音节。但这已足够了，王桃知道这个把自己从垃圾箱上救下的男人是个拾荒者；王桃知道他每天都给自己带回食物，有一次还带回一件漂亮的衬衫；王桃知道他每天晚上都会抚摸自己的身体，带着梦呓般的喃喃自语；王桃知道在他眼里，自己是一件完美的垃圾。而垃圾，是他最爱的。

这就够了。

王桃来不及多想，沿着右边的路飞快地跑了。

任凯和斩哥眼看着前方的黑影停下来，然后一分为二，心里都清楚有麻烦了。斩哥边跑边在腰里摸索着，跑到三岔口的时候，任凯不由分说地向左侧追去，斩哥大叫"等等"。

任凯好不容易停住脚，回头时却愣住了，斩哥递到他眼前的是把枪。

"拿着。"说话间，斩哥已经跑上右侧的小路，"当心点。"

任凯咬咬牙，握着枪向小巷深处追去。

雨越下越大，任凯的全身早已湿透。流汗似乎是很久以前的事了。成绺的雨水从头上淌下，严重干扰着他的视线。任凯一边跑，一边频繁地擦脸。这影响了他奔跑的速度，转入另一条小巷后，前面的拾荒者已经看不见了。

任凯心里一沉，站在原地四处张望着。周围黑漆漆的，只有眼前物体的轮廓还依稀可辨。再远些，就什么都看不见了。

此刻，又一道闪电在天际划过，炸雷声过后，任凯也终于看清了自己身处的这条小巷。

这大概是某条小吃街的后巷，到处都堆满了啤酒箱和杂物筐，最重要的是，小巷尽头是一堵高高的墙——这是条死胡同。

任凯抽出强光手电，拧开，平端在眼前，持枪的右手搭在握着手电的左手手腕上，扳下击锤。

拾荒者就在这条小巷里。


王桃也跑进了死胡同。

大雨中，眼前的这堵墙又高又滑，借着闪电的光亮，能看到墙头布满了锋利的玻璃碎片。

王桃要急疯了，身后急促的脚步声，却越来越近了。

她背靠在墙上，全身哆嗦着，祈求自己能和这堵墙合二为一，祈求追击者不要看到自己，祈求他是那个好心的年轻警察。

可是，他已经来了。

来者放慢了脚步，一点点试探着向前走。王桃看不清他的脸，但从身形上看，很像斩哥。

来者的轮廓越来越清晰，王桃死死地盯着他，清楚地听到自己的牙齿在上下打架。

他停在王桃身前五六米处，静静地看了一会儿，开口问道："王桃？"

真的是斩哥！王桃心中最后一丝残存的侥幸立刻无影无踪，她死命地向后缩着身体，失声大叫："你别过来！"

"靠！"斩哥笑了，"真的是你啊。"

忽然，王桃摸到了拾荒者塞给自己的那样东西。

漆黑一片的雨夜里，强光手电的光线也显得微不足道。任凯平端着手电和枪，一边向两侧扫视，一边慢慢地向小巷深处走去。没有多余的手来擦雨水了，任凯不得不拼命睁大眼睛，眼前却仍是一片模糊。

黑暗中仿佛有无数种可能，也有无数种危险，手电光照射到的杂物似乎都面目狰狞。任凯突然感到恐惧，仿佛前后左右都有莫名其妙的声响。他惶恐地前进、后退、左转、右转，有几次差点要扣动扳机，结果发现那只不过是一顶破帽子或半捆油毡纸。

任凯突然希望拾荒者并不在这条巷子里，希望他已经逃之夭夭。

只要能安全地走出这条小巷，只要能活过今晚，一切都好说。

每一分每一秒都显得无比漫长。然而幸运的是，自己已经走到小巷的尽头了。

任凯稍稍松了口气，甚至有些庆幸。看来拾荒者的确已经逃走了。

他垂下已经酸得要命的双手，感到那颗牙前所未有的剧痛。而就在此刻，面前的一张破塑料布陡然升起！

密集的雨声中，任凯听到有什么东西呼啸着向自己打过来。

黑暗中，斩哥默不作声地站着，渐渐地，他适应了小巷里的光线，也看清了靠在墙上不停筛糠的王桃。

王桃死死地盯着自己，被雨水打湿的脸一片惨白，腮上沾着几缕乌黑油亮的头发。以前怎么就没注意到呢？眼前的王桃，那个曾经污秽不堪的王桃，那个曾经像狗一样的王桃，此刻却现出了少女的妩媚。

"走吧。"斩哥觉得王桃应该换件衣服，吃碗热面条，这想法让他觉得自己很好笑，"我带你离开这儿。"

一声炸雷在半空中爆响，吞没了斩哥的话，却让王桃看清了斩哥的脸。

他居然在笑！

斩哥的笑在王桃眼里，就等同于警棍、手铐和无休止的羞辱与殴打。王桃彻底崩溃了，她把手从背后猛地抽出来。

"不要靠近我！"

斩哥看到王桃的手腕上悬着半截被斩断的手铐，仿佛一个样式可笑、做工低劣的手镯。

同时，她的手里还握着一支警用转轮手枪。


任凯清楚地知道自己被拾荒者的铁钩重重地击打在脑袋上，也能清楚地感到那两个铁齿撕开了自己脸上的肌肉，奇怪的是，他感觉不到疼，包括那颗一直在作祟的智齿。

只是时间仿佛停止了。大雨，身边的事物，甚至挥舞铁钩的拾荒者，统统不见了。任凯在原地旋转着，感觉全身轻飘飘的，似乎所有的肌肉、骨骼、筋脉都不属于自己了。这种感觉很惬意，甚至有些眩晕的幸福感。

终于结束了。

但是很快，时间又恢复了运转。只是一切都放慢了速度，任凯几乎能分辨出每一滴雨水落下的轨迹。拾荒者狂暴凶狠的面孔和嘴里龇出的黄牙，分外清晰。

在丧失意识之前，任凯向那张脸连扣两下扳机。

斩哥后退了几步，勉强站住，他有些发蒙。刚才是谁用力地推了自己的前胸一把？

斩哥低头看着自己的胸口，完全湿透的蓝色制服上，有一个烧焦的小洞，大片的红色正迅速蔓延开来。

斩哥感到自己已经无法思考了，他疑惑地抬头看看王桃，对面的女孩正在大声哭泣。

哦，你害怕了。

不，别怕。

斩哥踉跄着向她伸出一只手去。

女孩的哭泣变成了更加恐惧的尖叫。

王桃再次扣动扳机。

四个小时后，警方在小巷里发现了重伤昏迷的任凯和脑袋被打得稀烂的拾荒者。经过DNA比对，他就是系列强奸杀人案的凶手。

五个小时后，警方在另一条小巷里发现了斩哥和已经疯癫的王桃。斩哥身中两枪，不治身亡。

三天后，重型颅脑损伤的任凯从昏迷中苏醒，他的脸上被缝合了14针，牙床骨骨折，三颗牙齿被打掉，其中就有那颗刚刚冒头的智齿。它再也不会疼了。

那天，他第一次知道搭档的真实姓名：刘中选。一个普普通通，跟"斩"字毫不搭边的名字。

半个月后，任凯知道了更多的情况。王桃已经被初步诊断为精神分裂症，拟送往市精神病院治疗。发疯后的王桃变得异常安静，嘴边时常挂着娴雅的微笑。斩哥被追认为革命烈士，骨灰安葬在烈士陵园。

任凯刚能下地行走，就去找中队长自首。他丢了枪，斩哥又被这支枪打死，他已经犯了丢失枪支不报罪。中队长有些莫名其妙，说兔子你他妈也疯了，阿斩是被自己的枪打死的。任凯说这他妈不可能。无奈之余，中队长调看了枪支领取记录，发现当天的记录有更改痕迹。枪库管理员解释说，当天斩哥独自回到局里，申请全勤后又去了枪库，说自己早上和搭档领枪时把枪号报混了，让管理员改过来。

中队长听后沉默了半晌，然后对任凯说，枪的事就这么算了吧。你好好休息，别有负担。最后加了一句，别让阿斩白死。

任凯没哭，一言不发地挂着拐杖站了足足半个钟头，然后向中队长要求立即回到岗位上。中队长不同意，任凯一再坚持。中队长盯着他看了一会儿，说你给我个理由。

理由？

烟嘴曾经偷偷告诉任凯，发现斩哥遗体的时候，他的脸上是带着笑的。

这就是理由。

# 影子的灰烬

火很快就烧起来。成宇和苏雅并排站在火堆前,默默地看着苏凯的尸体被火焰笼罩。刺鼻的焦臭味在仓库内蔓延开来。成宇转过身,定定地看着苏雅,在火光的映衬下,他的面庞棱角分明,如雕塑般完美。

我盯着那个空空的座位，轻轻地叹了一口气。

我不明白世界上为什么要有同学会，更不明白为什么要在过去的旧教室里举办同学会。每个人都坐在曾经的座位上，争先恐后地说话。班主任坐在讲台后面，热泪盈眶地看着台下那些陌生的面孔。我相信她已经认不出我们之中的大多数人，和我一样，已经难以在他们脸上找回20年前的神情。

在那些已经明显狭窄了很多的桌椅中，那个空空的座位，宛若一道无法掩盖的伤口。

我望向她，那双眼睛却迅速移开。在这个夜晚，我们彼此回避，又不时捕捉对方的目光。

她似乎有话对我说，我也一样。

我从小就是个沉默寡言的人，在这所中学读书的时候，我并没有多少朋友。大家都喜欢那些开朗健谈的男孩子，很少有人愿意和一个一言不发的人共同消磨一个下午。

只有成宇例外。他说，他喜欢我的沉默。事实上，我和成宇待在一起的时候，他的话也不多。当我的同学们在阳光下成群结队地嬉闹而过，在街上追逐本校或者外校的漂亮女生时，我和成宇常常躲在我家的阁楼上，从那些布满灰尘的书架上抽出书来看。成宇看书的速度很快，或者说，他压根儿就没有耐心从头到尾地看完一本书。所以，当阁楼里的光线越来越暗的时候，成宇身边往往堆满了乱七八糟的各类书刊。他总是伸伸懒腰，然后对着窗外发一阵呆。随即，他就大步走到我身边，一把夺过我正在看的那本书，说，哈，你又在看这个？

一个15岁的男孩用整个下午的时间阅读《刑事判例研究》，的确是一件让人感觉不可思议的事情。然而我别无选择，父亲是省高级法院刑事一庭的法官，他给我的第一本启蒙读物就是《中华人民共和国刑法典》。当别的小朋友从"人口刀手"学起的时候，我已经知道了杀人、诈骗和敲诈勒索的意思。我父亲大概是我所知道的、见证过最多罪恶的人。按他的话来说，被他判处死刑的人，已经超过了一百个。我父亲很乐于让我知道这些。实际上，在他最终成为一名老年性痴呆患者之前，他始终认为法官是这个世界上最好的职业。只是他尽可能避免让别人知道我是他的儿子，也不许我向同学们透露他的身份。我想，其实他是恐惧的。这几十年来，他时刻都在担心我被那些死刑犯的同伙或者亲朋好友报复，直到他彻底失去意识为止。

同学会进行到一半，集体回忆已经转化成捉对厮杀，大家都各自寻找当年的好友热烈交谈。班干部们则围在班主任身边，迫不及待地炫耀自己这些年来的成就，以证明班主任当年的慧眼识珠。皆大欢喜。我悄悄地来到走廊里，我没有可以交换记忆的朋友。即使我现在离开，也不会有人意识到又一个座位空了。想到这里，我丝毫感觉不到悲伤，相反，有一丝轻松。

这是一所再普通不过的中学,和那些气派的重点中学不同,这20年来,管理者们似乎无心也没钱去修葺学校。走廊里悬挂的依然是雷锋、爱因斯坦和赖宁的大幅画像。我点燃一支烟,透过窗户望着楼下的操场。此时已近黄昏,那些破败的单杠和秋千上都笼罩着一层淡淡的金色。我知道那间仓库还矗立在操场的西南角,我还记得它从前的样子。20年来,我常常会梦到它。

"在想什么?"

不知何时,她来到我身边,却并不看我,而是望着窗外。

"没想什么。"突如其来的单独相处让我有些慌乱,"教室里太吵了。"

"是啊。"她看着正被夜色一点点吞没的操场,仿佛在喃喃自语,"什么时候回到C市的?"

"上个月。"我不知道老同学相见时应该谈些什么,尤其是面对她的时候。想了想,只能从最基本的寒暄开始。

"结婚了吧?"

她转过身来,第一次和我直视。20年的岁月似乎在苏雅的脸上留下了更多的印迹,她看起来比那些女同学们苍老一些,也许唯一能让她们嫉妒的,就是苏雅依旧窈窕的身材。

"你看。"她笑着举起双手,细长的手指上空空荡荡。当笑容在她脸上绽放的一瞬间,我又看见了那个清秀、快乐的女孩。

我们站在窗边聊天。我知道她一直没有离开本市,大学毕业后供职于一家出版社。她知道我在深圳闯荡几年依旧一事无成,最后黯然返乡照料老年痴呆的父亲。言谈中,我有些恍惚,仿佛身边的一切都褪尽颜色。上一次和苏雅这样聊天的时候,我们只有15岁,在严肃地探讨《塞下曲》的作者是李白还是杜甫。

此时,灯火通明的教室里依旧一片喧闹。我和苏雅在一墙之隔的走廊里,让对方再次熟悉自己。这样的谈话注定是短暂的,更何况,我们都心照不宣地回避那个名字。很快,我和苏雅就无话可说了。正在我绞尽脑汁寻找话题的时候,走廊的另一头传来轻轻的脚步声。

我下意识地扭头看去,一个人影在黑暗中若隐若现。他也发现了我们,脚步有所放缓。当他的脸暴露在从教室窗户倾泻而出的灯光中的时候,我手里的烟啪嗒一声掉在了地上。

没有嘴唇,没有鼻子,甚至缺少一侧的眼睑,脸上的皮肤宛若坑坑洼洼的橘皮。

他站在距离我们三米左右的地方,默默地看着我们。

苏雅笑笑,轻声对他说道:"不认识了吗?是江亚啊。"

他的身体略微晃晃,然后点点头。紧接着,他转过身去,透过窗户,向人声鼎沸的教室里张望着。

苏雅看看依旧目瞪口呆的我,抱歉地笑了一下。

"你应该认不出他了。"她顿了一下,"那是我弟弟,苏凯。"

我哦了一声,除此之外,我不知道该说些什么。

"他是来接我回家的。"苏雅看着我的眼睛,声音越来越低,"很抱歉,我得先走了——我不想让同学们看到我弟弟的样子。"

我点点头:"再见。"

"能再次见到你,我很开心。"苏雅垂下眼睛,忽然又补充了一句,"否则,我不会来参加这个同学会的。"

说罢,她就走到窗边,挽起苏凯的胳膊。苏凯看看我,几乎难以察觉地点了点头,随即,就和苏雅一起消失在黑暗中。

那天下午,成宇很罕见地只捧着一本书看。他安安静静地坐了几个小时,以至于我得抬头看看他是不是睡着了。只看了一眼封面,我就知道他手里拿的是那本《人体解剖学》。这本书我很熟悉,也清楚地记得"女性生殖系统"那一章的页码。我有些心虚,因为我不想让成宇发现那一页已经被摩挲得格外陈旧。成宇显然没有意识到这一点,他捧着在我看来无比刺激的《人体解剖学》,漫不经心地看着。即使在长时间地盯着一幅彩图后,他也会抬起头,定定地看着那些布满灰尘的书架。我知道他并不是在寻找下一本书,于是我觉得越发喜欢成宇,因为我在看那一页的时候,也是这副样子。

当我放下手里的《刑事判例研究》第五卷,起身在书架上寻找第六卷的时候,我听见成宇轻轻地笑了一声。我循声望去,发现他并非在嘲弄我,而是半仰着头,看着阁楼上的某个角落,脸上是一副如梦似幻般的神情。我扭过头,伸手去拽那本紧紧地卡在书架里的《刑事判例研究》第六卷。

"你怎么了?"

"呵呵。"成宇保持着刚才的样子没动,"我想,我爱上她了。"

我哦了一声,手上突然发力,那本书连同半壁书架,轰然倒塌。

很多年后,我都清楚地记得当时成宇脸上的表情。我想,也许他在幻想着那幅彩页上的器官就属于那个女孩。然而,成宇再没机会目睹那个神秘地带的真貌了。想到这些的时候,我正坐在养老院里,盯着那个中年女护工浑圆的臀部。她正在骂骂咧咧地清理我父亲拉在裤子里的粪便。我父亲毫不知耻地暴露着下体和干瘦的双腿,同时还咧开嘴呵呵地笑着。

其实,这样的父亲更让我感到亲切。在我的印象中,"父亲"这个词,只意味着深夜里吱呀一声门响、衣柜里那些笔挺的制服以及客厅里挥之不去的淡淡烟味。他似乎一直游离在我的生活之外,固执地把自己变成那部庞大的国家机器的一部分。当他开始衰老、破旧、最终失去清醒意识的时候，我对于父亲的概念却渐渐清晰起来。他回到了我的身边，在他创造了我35年后，重新进入了我的生活。

女护工把污秽不堪的床单和衣物扔进一个塑料桶，随后从床头的柜子里麻利地翻出干净的内裤和备用床单，指示我帮父亲换上。老头顺从地抬起双腿，同时拿起一个昨天吃剩的苹果，卡嚓卡嚓啃起来。

我帮他换好内裤，又拉过被子盖上，站着看他吃苹果。老头注意到我的目光，加快了啃食的速度，最后举起干干净净的果核，眉开眼笑地向我示意：没了。

我笑笑，伸手取过果核，扔进垃圾桶里，转身走出了房间。

这是一家名叫"夕阳"的养老院，地处郊区。在这栋三层小楼里，处处弥漫着衰老、腐朽的气息。我站在走廊里，点燃一支烟，看着斑驳的墙壁和开裂的木质门框。不时有老人在走廊里蹒跚着走过，都穿着奇怪的、类似于病号服的统一服装。他们的眼神呆滞、漠然，似乎对我抱有莫名其妙的敌意。我知道自己在这里格格不入，甚至有些碍眼。而我，也不喜欢被这种行将就木的气息包围。正当我踩灭烟头，准备离开的时候，突然听到有人叫我的名字。

是苏雅，她身旁是提着大包小包的苏凯。

苏雅的表情相当讶异："你怎么会在这儿？"

我朝旁边的房间努努嘴："我爸爸住在这里。"

"哦。"苏雅转过头，轻轻地对苏凯说，"你先过去吧，我去看看江亚的爸爸。"

苏凯看看我，低下头，一言不发地从我身边走了过去。

父亲安静地躺在床上，盯着窗外出神，似乎对我们的到来毫无察觉。

每当他吃饱喝足、大小便清理干净后,就是这样一副与世无争的样子。

苏雅走到床前,俯下身子,轻轻地说:"江叔叔好。"

我父亲缓慢地扭过头来,涣散的眼神稍稍活泛了一些。他严肃地看着苏雅,上上下下地打量了一番,轻轻地叹了一口气。

紧接着,他模糊不清地吐出两个字,又把头扭过去,望向窗外了。

"他说什么?"苏雅小心地低声问我。

"不知道。"我耸耸肩膀,"反正也无所谓。"

我指指自己的脑袋:"他这里已经不清楚了。"

苏雅哦了一声,似乎萌生出无限感慨。

"我还记得江叔叔当年的样子,英气逼人。"

我笑笑,不置可否。我从未见过我父亲在法庭上的样子,至于他是否曾经英气逼人,更是无从考证。他在我的生活中,只是一个符号或者象征而已。而眼前的这个老头,显然比记忆中的父亲好玩得多。

想到这里,我忽然意识到一个问题。

"你为什么会在这里呢?"

据我所知,那件事发生后,苏雅的父亲就因长期酗酒而死于酒精中毒。她的母亲,也在前不久过世了——她来这里探望谁呢?

"哦,成宇的妈妈也住在这里。"苏雅看着我,欲言又止,"我和苏凯……你知道的。"

我垂下眼皮,点点头,却不知该如何继续说下去。

正在这时,门被推开了。

苏凯走进来,径直来到床前,先对我点点头,然后对苏雅说:"她得洗澡了。"

这是20年来,我第一次听到苏凯的声音。含混、嘶哑。我知道,这来自那条破损的声带。

苏雅嗯了一声,然后充满歉意地冲我笑了笑,转身走出了房间。

苏凯把头转向我,我竭力让自己的目光不从那张可怕的脸上滑落,勉强和他对视着。

良久,那堆橘皮里出现几丝褶皱——我觉得他是在对我笑。

"回来多久了?"

"一个月吧。"

"怎么样?"

"还不错。"

"还走吗?"

"不走了。"我转身指指病床上的父亲,趁机悄悄地呼出一口气,"我得照顾我爸爸。"

这时我发现父亲已经回过了头,正目不转睛地盯着苏凯。他的脸上不再是那副常见的痴傻表情,而是眉头紧锁,目光炯炯,鼻翼急促地翕动着,似乎看到了某种熟悉又令他恐惧的东西。

我很惊讶,旋即就明白了。

"对不起,苏凯。"我竭力横在他和我父亲之间,"我父亲他……"

话音未落,我父亲就像一只豹子似的从床上一跃而起,伸手去抓苏凯。然而这个动作他只做了一半就耗尽了全部的体力,只能颓然跌倒在床边,一只枯瘦的手还不依不饶地抓舞着。

"我知道,我知道。"苏凯倒退几步,橘皮中的褶皱更深了,"呵呵,我吓着他了,对不起。"

说罢,他冲我挥挥手,转身走出了房门。

苏凯曾经是我们那一带最英俊、最聪明的男孩,虽然比我低两个年级,却几乎和班里的体育委员成宇一样高大强壮。只不过他常常把这些优点用于欺负他那同母异父的姐姐,所以我一直很讨厌他。奇怪的是,苏雅从不抱怨这些,每当她带着脸上的淤青来上学的时候,表情依旧恬淡平和、不动声色。大人们倒是很理解这些,他们说,一个寡妇,带着两岁的女儿,能找个愿意养她们的人,已经很不错了。但这丝毫没有减轻我对苏凯的厌恶,作为我的朋友,成宇也和我有同样的感受,甚至更为强烈。有一次,在放学的路上,我和成宇看到苏凯挥舞着一根树枝,不断地抽打在背着两个书包的苏雅身上,嘴里还不停地喊着"驾""驾"。成宇当时就火了,挽起袖子就要上去揍苏凯。可是冲到他们身前,成宇却放下拳头,低着头走了回来。我问他为什么不动手,成宇当时不肯说。过了几天,他告诉我,他看到了苏雅的眼神。那眼神,分明在说,不。

从那天开始,我相信人的眼睛是会说话的。所以,20年后,我知道苏雅一定读懂了我的眼神。而我,也读懂了她的。

父亲的躁动引来了那个中年女护工,在她的一番恐吓加安抚之下,父亲总算恢复了平静,她很奇怪一贯老实温顺的父亲为什么会突然如此暴躁。其实我也感到奇怪,在父亲漫长的执法生涯中,早已见惯了形形色色的罪恶,不至于被一张残破的脸吓成这样。他审阅过的刑事卷宗中,抽出任何一张现场图片,都比那张脸可怕。

此刻,我发现我是真的不了解父亲,正如他不了解我一样。

在他发病之前,一直不理解我为什么没有学法律,然后去做一名和他一样光荣的法官。更不理解的是,我为什么会在15岁那年坚决地要求转学,甚至不惜以绝食相逼。

第二天下午,我忽然接到苏雅的电话,问我能否陪她去给妈妈扫墓。我犹豫了一下,还是答应了她,因为我也想去那个地方。

见到苏雅的时候,我有些意外。回到C市之后,我见过苏雅两次,每次都有苏凯陪在她身边。今天去拜祭他们的妈妈,却只有苏雅一个人在等我。

苏雅今天化了淡淡的妆,眉宇间的忧戚也不见了踪影。她轻快地跳上车,拍拍我的肩膀。

"出发!"

天空虽然布满阴霾,苏雅的兴致却很高,不停地和我说话。我本来觉得,我应该表现得庄重肃穆,却不由自主地被她感染,情绪也渐渐高涨起来。

在我离家的这些年里,C市的变化很大。汽车穿行在那些崭新的街巷中,我丝毫感觉不到故土的味道。苏雅指给我看那些尚存的老旧事物,让我依稀还能回忆起往昔的点点滴滴。

兴工饭店的猪肉馅饼。重庆路的冰激凌。胜利公园的旱冰场。文化广场的漫画书店。

以及在20年前戛然而止的青春。

醒龙公墓是C市唯一的一座墓地。这个"唯一"的好处是,大家生前是邻居,死后仍能彼此守望。和市区相比,这里依旧拥挤不堪,只不过,安静了许多。

从踏入墓园的那一刻起,苏雅脸上的笑容就消失了。这也提醒我此行的目的不是怀旧,而是祭奠。

苏雅很快就找到了她妈妈的墓碑,细心地在周围打扫起来。我要帮忙,被她无声地拒绝了。我只能无所事事地站在原地,打量着那个苦命的女人最后的栖息地。她的遗照大概是去世前不久照的,面容干枯憔悴,脸上的悲苦比20年前更甚。这也难怪,年轻时丧夫,人到中年又先后遭遇亲子毁容、后夫酗酒而死。恐怕她在离世的前一刻还在悲叹自己命运多舛。

苏雅把墓地清扫完毕，拿出供品一一摆好，随即开始在墓碑前焚烧纸钱。她的脸上安静恬淡，看不出太多的悲伤。伴随着一沓沓纸钱化作黑灰，她也在轻声低语着什么。想来，应该是一个女儿对母亲的思念与告白。我感觉自己彻彻底底地成了一个外人。我想了想，拎起带来的扫把，转身离去。

墓园并不大，加上墓碑密集，所以，在不远处，我就找到了他的。20年来，不曾改变的，只有他。让我意外的是，墓地被打扫得很干净，远不是想象中长期无人打理的荒芜破败。我抬头看看苏雅，她依然依偎在母亲的墓碑前，望着远方出神。我低下头，凝视着墓碑顶端那张几寸见方的照片。那无忌的笑容，曾在无数个阳光炫目的午后，毫不吝啬地向我展开。此刻，却只能永远凝固在那块冰冷的石碑上。但我很羡慕他，死于青春，总比像我这样在记忆的旋涡中挣扎到死好得多。

那一天，他一定很疼，一定很怕。只是我不知道，他有没有想到我。

成宇，原谅我。

身后传来轻轻的脚步声，我没有回头，只感觉一个柔软的身体靠了过来。

我们就这样并排站着，默默地注视着成宇的墓碑。良久，苏雅轻轻地叹了一口气。

"那时候，他可真帅。"

说罢，她就拉拉我的衣角："该走了。"

早春的天气就像孩子的脸一样反复无常，不知不觉间，阴云遍布的天空已经放晴。在越来越亮的日光中，绿叶更绿，鲜花更红，那些拥挤的墓碑也不再显得灰头土脸。苏雅在前,我在后,穿行在墓园中。阳光把我的身影投射到前方,覆盖在苏雅的身上。我不由自主地加快步伐,想尽可能地覆盖更多。

忽然,苏雅停下了脚步,紧接着,转过身来。

"怎么?"她眼中的笑意波光粼粼,"这么多年来,你还是这样吗?"

成宇惊讶地看着倒塌的书架和散落一地的书,笑骂道:"你他妈的要造反啊?"

我没说话,站着看他手忙脚乱地修复书架,半分钟后,我蹲下身子,把书一本本捡起来。

成宇,我的朋友,我知道你的秘密。而你,不知道我的。

我的座位在一扇朝南的窗户边,夏天很晒,冬天又要忍受从窗缝里钻进来的冷风。成宇曾建议我换到后排去,可以和他偷偷地玩五子棋。我拒绝了,理由是可以在窗边看看风景。其实从那扇窗户看出去,只有光秃秃的操场和灰暗低矮的楼群。我喜欢这个座位,是因为在晴天的时候,阳光可以把我的影子投射到斜前方。

那是另一个我,高大、颀长,还有面目不清的神秘感。最重要的是,"他"可以触摸到那个和我隔着一排座位、梳着马尾辫的女孩。

第一节课的时候,"他"可以和女孩头挨头,耳鬓厮磨,幸运的话,还可以轻吻女孩的脸庞;第二节课,"他"可以伏在女孩的背上稍作休息,调整坐姿还可以勉力嗅到女孩的发香;第三节课,"他"已经远远落在后面,不过,伸出"手"去,还可以轻轻抚摸女孩的背和辫子。临近中午的时候,这一天已经结束了。"他"和我一样,软塌塌地蜷缩在角落里,矮小、沮丧、绝望。

20年前,我憎恨一切没有阳光的日子。

"其实，我都知道。"

苏雅和我坐在一家餐馆里，她喝了些酒，脸色绯红，右手托腮，目光迷离。

"别低估女人的直觉。"她呵呵地笑起来，"不用回头，我就知道你在干什么。"

我无法和她对视，即使在经历了许多人、许多事，自认为已然成熟的今天，同样如此。我只好点燃一支烟，试图让彼此显得更朦胧些。

那袅袅上升的烟气，就好像那些无法把握的往昔。我和她，隔着20年的时光凝望彼此。没有太多的对话。我们共同拥有的回忆实在太短暂了，更何况，有相当大的一部分是我们不愿触及的。

"那时候，我不相信有人肯爱我。"苏雅转着手里的杯子，啤酒里的冰块叮当作响，"我那么灰暗，就像一块抹布。除了小心翼翼地活着，再也不能奢望别的了。"

我望向窗外，玻璃窗上倒映出一张纹路纵生的脸，我忽然不记得自己20年前的样子了。而此刻，夜色正一点点吞没大地。已经没有影子陪伴我了。

"我总是觉得冷，好像身体里有一大块冰似的。吃再多的东西，穿再多的衣服都没有用。"苏雅自顾自地说着，"直到有一天，我忽然觉得很痒、很麻，也很暖，我侧过头，发现你的影子在抚摸我……"

她无声地笑起来："……而你的影子，飞快地逃开了——你当时为什么不肯跟我表白呢？"

我没有回头，也没有回答她的问题。

"从那一天起，我很期待你的影子。它让我觉得被人需要，让我觉得，有个地方可以躲藏。最重要的是，它让我觉得很温暖……"

苏雅忽然抓起我的手，轻轻地贴在自己的脸颊上。

"……就像现在这样。"

成宇变得越来越肆无忌惮。他时常在课间去找苏雅说些不着边际的废话，还当着其他同学的面给苏雅拿几个苹果或者几个糖果什么的。苏雅很少给予回应，在同学们不怀好意的哄笑中依然安之若素。至于那些小礼物，要么被苏凯享用，要么就在课桌上慢慢萎缩、融化。然而我知道该发生的一定会发生。某天中午，我看见成宇和苏雅在仓库边说话，他又着腿，手扶着仓库的木板墙壁，脸上是我没见过的兴奋表情。苏雅则低着头，摆弄着书包带上的搭扣，偶尔抬起头，眼中是某种柔软却牵扯不断的东西。

那天，我一个人回到家。和往常一样，我爬上阁楼，翻出《刑事判例研究》第八卷来看。我清楚地记得我是从第19页看起的，因为当我合上这本书的时候，仍旧是在第19页。当时已经临近黄昏，夕阳把我的影子投射到墙壁上。我竭力伸展手指，让它在墙上变幻出各种形状。其间，有一只蟑螂从墙上爬过。我始终让那片阴影笼罩着它。它最初显得很惊慌，但是很快发现那阴影根本阻挡不了它。最后，它从容地逃走了。消失在墙角的缝隙之前，还不忘挥舞两只触须向我示威。

影子就是影子，它什么也做不了，哪怕是消灭一只可恶的虫子。

那天黄昏，我第一次对着夕阳自慰。喷射在地板上的精液被落日的余晖染成淡淡的血色，仿佛我的身体里裂开一道深深的创口。

从那天起，我再没有玩过影子的游戏。

人体真是奇妙的东西，它的韧性和耐性，远远超出我们的想象。就像我父亲，人人都以为他时日无多，但他除了智力全面退化之外，其他器官似乎仍在勉力运作着。有时，我甚至能听到那些齿轮和轴承在嘎吱作响，然而他依然活着。食欲旺盛,没心没肺。

苏雅也很关心我父亲的健康,每次见面,她都要询问父亲的近况如何。然而无论我回复的是喜是忧,她都只回答一句淡淡的"哦"。

我们的联系很频繁,以至于那位中年女护工都认为我们在谈恋爱。每次给我父亲擦身体的时候,她都会絮叨几句诸如"你放心吧,你儿子都要成家啦"之类的废话。我父亲似懂非懂地听着,却从不看我,似乎那是件和我完全无关的事情。

事实上,我也不知道苏雅和我究竟算什么关系。但是,我并不排斥和她联络,尽管每一次约会我的感受都颇为复杂。她很喜欢听我讲15岁之后的故事,包括我读高中、读大学、去深圳工作、辞职创业、创业失败,以及那几次不成功的恋爱。那些经历在我看来乏善可陈,她却听得津津有味。苏雅很少提及她这些年的生活,我只知道她一直没有离开C市。我能理解她的艰辛。继父去世后,她要照顾母亲和残疾的弟弟,相当于家里的顶梁柱。

"你不知道……"苏雅垂着眼睛,摩挲着缺乏保养、皱纹横生的手,"……我有多想离开这里,逃得远远的。"

这句话让我们陷入了长久的沉默,因为这里有一个绕不过去的名字:成宇。

有一段时间,我家阁楼上常常只有我一个人。成宇像所有恋爱中的男孩一样,把朋友抛在了脑后。然而我并不因此感到难过。如果成宇向我炫耀他和苏雅有多么甜蜜,甚至他们亲昵的细节,那才会让我难过。

一天,成宇在午后来找我,并且和往常一样,一头钻进阁楼里看书。不同的是,他这次直接拿了一本刑法典,脸上还带着时而兴奋、时而惴惴不安的表情。

我没理他,也不想理他。可是成宇没有意识到这一点,胡乱地翻看了一会儿后,他凑到我身边,吞吞吐吐地问我,15岁的人犯罪,会不会被抓?

我垂着眼皮,说,过失犯罪就没事。

他哦了一声,又问:"什么是过失犯罪?"

我抬起头,看着他脸上诚恳甚至有些讨好的表情,就耐着性子解释什么是过失犯罪。说了半天,看他仍旧是一副不明就里的样子,就直截了当地说失火、交通肇事之类的就是过失犯罪。

他又哦了一声,想了想,接着问道:"那15岁的人犯了什么罪,会被抓?"

我有些不耐烦了,连珠炮似的说道:"杀人、放火、抢劫、强奸、爆炸……"

他却听得很用心,之后就是长久的沉默,似乎在权衡什么事情。最后,他小心翼翼地问我:"那,拐带妇女……不,少女呢?"

我手里的书啪的一声落在地上。

从那天起,我开始特别留意成宇和苏雅。他们长时间地腻在一起,连上课的时候都在偷偷地传纸条。但他们讨论的事情肯定不是约会或者逃课那么简单,因为从他们的表情就可以看出来,这件事经历了长期的谋划,甚至是反复的否定乃至推倒重议。我像个密探一样捕捉着他们的一举一动,为他们设想了无数种可能。然而,最终只有一个结论让我深信不疑。

私奔。这个可怕的词在我脑海中前所未有地清晰。

终于,有一天放学回家的路上,成宇难得陪我一起走。那真是一段令人难忘的路,沉默、漫长。走到我家楼下的时候,成宇突然对我说:"能借我点钱吗？"

我转过身，定定地看着他，问道："你要买什么？"

"你别问了。我们是好哥们，不是吗？"他的脸上是前所未见的狂热表情，"我一定会还你的。"

我没说话，无关任何情绪，只是在那一刻，头脑中一片空白。

良久，我吐出两个字："好吧。"

"谢谢！"成宇的脸瞬间亮起来，"今晚9点，我在学校的仓库等你——别告诉任何人。"

说罢，他扑过来，用力抱了我一下，转身跑开了。

这种过分热烈的表达让人觉得难为情，我却感到自内而外的寒冷。9月的傍晚，我在自家楼前的台阶上抖得像一片被风吹动的树叶。

接下来的事情和以前无数个夜晚一样。吃晚饭、写作业，然后我爬上阁楼。不过，我没有看书，我只是静静地坐在黑暗中，看着手腕上的电子表，一秒一秒地跳动。

我终究是懦弱、无力的。我不能把握任何东西，无论是唯一的朋友，还是心仪的女孩。

8点半，我打开书架上的一个铁盒子，里面有我积攒的压岁钱。我数了数，大约有150块。在我的脑海里，已经将这个数额换算成距离。能让他们走多远？500公里，或者更远？

我把那些钱揣进口袋，起身下楼，出门。

这个时间，路上已经没有多少行人了。我独自走在冷清的街上，忽然觉得自己既可悲又伟大。我很想告诉别人，知道吗，我在送葬。葬送我的友情和爱情。

我没等到别人，却遇到了苏凯。

他左手拎着一桶汽油，右手拎着一个铁笼，里面是几只乱蹿的老鼠。

看他脸上那残忍的兴奋表情，我知道他又要烧老鼠取乐了。

"喂，你看到苏雅了吗？"他大大咧咧地问我，"这么晚了还不回家，我爸要揍她！"

我没搭理他，打算绕过去。就在我们擦肩而过的时候，我突然意识到发生了什么。某种力量把我掏空，在浓黑如墨的夜色中揉搓一番后，又重新塞回我的躯体。那不是我。即使在多年之后，我依然相信，那一刻的我，不是我。

"她不会回去了。"我停下脚步，一字一顿地说，"你去学校的仓库，就明白了。"

说罢，我来不及看他脸上的错愕表情，转身向家跑去。

那一晚，我兴奋得难以入睡。我相信，我当时的表情一定像苏凯把汽油倒在老鼠身上，又点燃时的样子。不过，临近午夜的时候，我还是睡着了，如此香甜，以至于远方那冲天的火光和刺耳的警笛声都没能把我吵醒。

第二天，我早早就来到了学校。我迫不及待地想知道结局，想看到他们被抓回来的狼狈不堪的样子。

只是，我没想到，我看到的是还在冒着黑烟的一片焦墟。同学告诉我，昨晚，仓库里发生了火灾。有人被烧死了，有人被严重烧伤，还有个女孩被警察带走问话了。

当天，我没有上课，跑到郊区的一片树林里坐了一天一夜。次日凌晨，我回家之后，面对吓哭的母亲和暴怒的父亲，我只说了一句话：我要转学。

人们把成宇的尸体从废墟中刨出来的时候，他只剩下短短的一小截。

成宇的母亲只是从他身下尚存的衣服碎片中认出了他。苏凯的脸被严重烧伤，面目全非。苏雅对警察说，他们在仓库里烧老鼠，不慎引发了火灾。警方将这起火灾认定为意外事故，鉴于苏雅和苏凯都不满16周岁，不予追究刑事责任。

我听到这些时，已经是半年以后了。只有我知道，那晚苏凯要烧的并不是老鼠，而是成宇。

我丝毫没有想给成宇报仇的想法，因为有罪的，其实是我。

一个有罪的人，是不能做法官的。

我父亲并不了解这一点。当然，他现在也不会在乎这一点。惩处罪犯，对他而言已经是很遥远的事情了。在他眼里，世界上所有的事物大概只有两种：能吃的和不能吃的。实际上，我相信在漫长的意识混沌期，父亲曾有过短暂的清醒，尤其是当他忽然安静下来，散漫的目光慢慢聚焦的时候。有时我甚至怀疑他能跳起来做一套完整的广播体操。只是，这样的情形太少太少了。

我不知道他何时会离开我，对那一天，我既不期盼，也不排斥。但我现在必须和他待在一起，除此之外，我的确也没什么事情可做。

苏雅还是时常问候，只不过，从那天的交谈以后，我再也没有见过她，直到某天深夜。

那天下午父亲很不像话，连续两次便在裤子里。我一趟趟地跑洗衣房。回来之后，我发现手机上有一个未接来电，是苏雅的。回拨过去，却被她挂断了。过了一小时再拨，她已经关机了。傍晚的时候，父亲的心率突然变得极不稳定，我不敢离开他身边，一直守候到夜里10点，直到他恢复正常并安然入睡。正当我打算坐在椅子上熬到天明时，苏雅来了。

她明显哭过，而且喝了酒，蓬乱的头发让我以为她遇到了坏人。她没有理会我的追问，站在床前，端详了沉睡的父亲一会儿，然后拉着我来到走廊里。

午夜的养老院里一片寂静，只能隐约听到各个虚掩的房间里传出的微弱呼吸。清冷的月光静静地泼洒在走廊里，在它的映衬下，苏雅的眼睛闪闪发亮。她握着我的手，不说话，就那么无比热烈地看着我。良久，她凑到我的耳边，轻轻地说，和我做爱。

我像个木偶一样被她牵着，蹑手蹑脚地穿过深夜的走廊，在剧烈的心跳中进入倒数第二间房。刚刚关好门，苏雅就缠绕上来。

我们像野兽一样在黑暗中互相啃咬、撕扯着，彼此紧紧地纠缠，又急不可待地脱掉对方的衣服。尽管如此，我还是在余光中看到另一张床上静卧的人。想到苏雅刚才轻车熟路的样子，我忽然明白这是谁的房间了。

"不，不要在这里。"我挣扎着起来，"我不能……"

苏雅却把我重新拉倒在她的身上，双手死死地搂住我的脖子。

"没关系……没关系，她什么都不知道。"

我的身体渐渐被她的动作点燃。在成宇妈妈旁边的床上，我和苏雅激烈地交合。在压抑的喘息和呻吟中，我清楚地分辨出另一张床上的呼吸。时而悠长，时而急促。

其实，她全部都知道。

凌晨时分，苏雅悄悄地走了。我回到了父亲的房间，四周寂静如常，父亲一无所知地睡着，仿佛一切都不曾发生过。我坐在黑暗里，凝视着他，看他的身体在月光下轻微地起伏，听他在睡梦中发出无意识的喃喃絮语。

我还能这样看你多久，我的父亲？

当顶点来临时，苏雅仰起头，发出长长的、无声的啸叫。我精疲力竭地趴在她的身上，抚摸着那些尚未消肿的伤痕。等我从高潮的余韵中渐渐平静，汗水也慢慢冷却之后，苏雅却依旧处于失神的状态中。良久，她低声说："无论如何，请带我走吧。"

时隔多年，苏雅再次成为一个渴望逃离的女人，而且，这种渴望似乎在20年中从未间断过。

其实，我又何尝不是？只不过，她想逃离的是饱受摧残的生活，而我想逃离的是噩梦般的记忆。

我们都已经被那件事粗暴地改变了，不可逆转。也许，带她走还有一线生机。苏雅可以要她的幸福，我可以要我的救赎。

这是个充满诱惑力的未来。现在我终于可以理解成宇脸上那狂热的表情，而更狂热的，是苏雅。

她甚至已经把将来规划得井井有条：我将父亲的房子抵押，得到一笔钱后，和她奔赴深圳。我继续做我的生意，苏雅利用在出版社工作积攒的人脉关系开一家书店。过一段时间后，再把我父亲悄悄地接走。当然，这一切必须瞒着一个人——苏凯。

我不反对这一点，因为我始终没有勇气面对苏凯，即使我知道苏雅身上的伤痕来自他，我还是懦弱到连丝毫报复的念头都没有。看起来，他似乎并没有向苏雅透露那个秘密：当年那场灭顶之灾的始作俑者，其实是我。

我欠他的，欠所有人的。眼下苏雅的建议，也许可以弥补一部分。

只是我放心不下父亲，于是委婉地向苏雅提出，能否等我父亲过世后再走。

"不不不！"她尖叫起来，双手拼命挥舞，"我等不了，我等不了！"

于是我明白了，她之前那么关心我父亲的健康状况，是想为我们的出走计划一个大致的期限。同时，我也明白了，在我归乡的这段日子里，有些事情一定发生了变化。也许她遭受的摧残更变本加厉，以至于她一刻也不想等待了。

我没有选择，我必须为我当年犯下的罪行做点什么。

贷款的事情很快就办好了。之后，我给了那个中年女护工一笔钱，足以让薪水微薄的她感觉这是一个惊喜。我说要出门一段时间，嘱咐她好好照顾我父亲，并答应至多半年后就接走他。女护工是个粗鲁却心地善良的人，爽快地答应了。

那一晚，我忽然在梦中惊醒，梦的内容模糊不清，我却莫名其妙地想起了父亲那天对苏雅说的两个字。

可惜。

私奔的日子定在一个周末，依旧是深夜。我提出的集合地点让苏雅有些意外，但是我一再坚持，她也只能同意。

虽然是重建的仓库，可是经过20年的岁月，它还是和我记忆中的一样残破不堪。在昏暗的灯光下，身边的一切仿佛颜色褪尽的油画一般。我慢慢地走进仓库，手指拂过那些布满灰尘的破烂桌椅，指尖的粗粝感觉就像一把锉刀，把包裹着回忆的硬壳层层打磨掉。

苏雅陪在我身边，却无心停留更久，不断地看着手表。忍无可忍之后，她低声问道："好了吧？可以走了吗？"

我慢慢地转过身来，也许是我眼中的泪花吓到了苏雅，她不再催促我，只是定定地看着我。

我咧嘴冲她笑了一下，从她脸上的表情来看，这个笑容很可怕。

对不起，我必须从这里开始。因为，他的终点，就是我的起点。

"成宇，我来了。"我环视着破旧的仓库，那些胡乱摆放的杂物在木质墙壁上留下斑驳的影子，仿佛隐藏着无数的秘密。

我知道，他一直在这里，带着未了的心愿和至死不解的谜团。

"你干什么？"苏雅抢上一步，死死地抓住我的胳膊，眼睛却不停地向窗外张望，"你别吓我。"

我顺势把她搂在怀里，望着眼前那片虚空说道："对不起，这么晚才来这里看你……"

忽如其来的泪水让我哽咽得说不出话来，心下却一片释然。

"……我要带她走了，我会给她希望、给她幸福、给她欢乐、给她依靠——就像你20年前做的那样。"

我怀里的苏雅突然停止了挣扎。

"你要保佑我们，我和你一直都是好朋友，不是吗？"我紧紧地搂住苏雅，"原谅我当年的自私和懦弱，我怕失去你，更怕失去苏雅。原谅我好吗？这些年来，我一直……"

"原来告密的是你。"

突然，一个残破的声音在屋角响起。

我如同遭遇雷击般愣住，直到那个身影从黑暗中慢慢浮现出来。

我以为一切终有因果，我以为善恶报应不爽，我以为一个不舍纠结的灵魂真的可以长聚不散。

然而，那只是苏凯。

只是，难道他也不记得了吗？

怀里的苏雅尖叫一声挣脱出来，接连倒退几步，背靠在一堆旧桌椅上，颤巍巍地问道："你怎么知道我们在这里？"

苏凯没有回答，只是一步步逼近我。

"这么说,你们要走了?"

他的声音仿佛是两把生锈的铁锯在拉扯,我从中嗅出危险,更有宿命。

一切重演,只不过,这一次的主角是我。

我没有选择,我必须面对。

"苏凯,"我慢慢移动脚步,尽量挡在苏雅身前,"对不起,我知道……"

"你为什么要背叛我?"苏凯仿佛听不懂我的话,没有眼睑覆盖的眼睛瞪得大大的,橘皮般皱褶的脸不停地抽搐着。

"无论是20年前,还是现在,我都必须向你道歉。"我仿佛面对一个难以言喻的怪物,"是我毁了你的一生,都是我的错。但有一点你必须了解——我爱你姐姐,我能给她你给不了的。放我们走,好吗?"

这仿佛是一句可笑的话,苏凯停下脚步,似乎充满惊讶地看着我,紧接着,哈哈大笑起来。

狭窄的仓库里,他的笑声震耳欲聋,那些从胸腔深处爆发出来的可怕声响,撞击在布满灰尘的破烂杂物上,让一切都摇摇欲坠。

"爱?"苏凯的脸因那大笑而显得更加恐怖,还有一丝难以言表的悲苦,"你爱她?你能给她什么?能给她20年的时间吗?能给她一个陌生的身份吗?能给她一个无法相认的妈妈吗?——"

突然,他狠狠地拉扯脸上的一块橘皮,声音也陡然提高:"——能给她这样一张脸吗?"

我震惊得无以附加,良久,才喃喃地说道:"苏凯,你……"

"别说了,他不是苏凯。"

身后突然传来苏雅无力的声音。

"他是成宇。"

20年前。

苏凯摇晃了一下，半转过身来，似乎想知道这下重击来自谁，然而这动作只做了一半，他就扑通一声倒下了。

嘴角流着血的成宇瘫倒在地上，看看还在不时抽搐的苏凯，又看看举着一根桌腿、浑身颤抖不已的苏雅。

她喘着粗气，披散的头发粘在汗湿的脸上，却丝毫遮挡不住眼中凌厉的寒光。既有恐惧，又有快慰。

苏凯抽搐的频率越来越低，最后完全不动了。

成宇先回过神来，艰难地爬过去，伸手在苏凯鼻下探了探，随即就颤抖起来。

"苏凯他……"成宇转头面向苏雅，脸上已然毫无血色，"死……死了。"

苏雅仿佛没听到这句话，依旧浑身紧绷，保持着刚才的姿势，一动不动地盯着苏凯。

忽然，苏雅眼中的寒光骤然消失，取而代之的是漫无边际的绝望。手中的桌腿颓然落地，整个人也瘫软下来。

成宇急忙扑过去搀扶她，却被苏雅一把推开，再过去，眼前是一根递过来的桌腿。

"打死我，快打死我！"苏雅的样子已近疯癫，"求求你，打死我！"

成宇吓得连连摆手："不……不行，我怎么能……"

"打死我！不然我和我妈妈就全完了。"苏雅跪在地上，抱着成宇的腿苦苦哀求，"我杀了人，我偿命，我不能连累我妈妈……打下去……求求你！"

成宇看着那一头散乱的黑发，任由苏雅不停摇晃着自己的身体，脸上的表情却渐渐归于平静。

良久,他伸出一只手,摸在苏雅的头上,低声问道:"你爱我吗?"

苏雅停止了动作,抬起头,迷惑不解地看着成宇,后者正用前所未见的坚定目光回望着她。这目光让她陌生,也让她心安。

苏雅点了点头。

几分钟后,成宇已经和苏凯互换了衣服。紧接着,他把一堆破旧桌椅推倒在苏凯的尸体上。随后,他拎起苏凯带来的汽油桶,把桶里的液体统统泼洒上去。

"你要干什么?"

成宇已经从衣袋里摸到了苏凯的打火机,他转身向苏雅笑笑,淡定又温和。

"失火,是不能定我们的罪的。"

火很快就烧起来。成宇和苏雅并排站在火堆前,默默地看着苏凯的尸体被火焰笼罩。刺鼻的焦臭味在仓库内蔓延开来。成宇转过身,定定地看着苏雅,在火光的映衬下,他的面庞棱角分明,如雕塑般完美。

"记住我的脸,记住。"说罢,他就转身向火堆扑去。

苏雅惊叫一声,伸手去抓他,却只来得及触碰到他的衣角。

一阵惨叫和翻滚后,浑身冒烟的成宇从火堆中站起身来。他的头发已经被烧光,曾经英俊的脸只剩下血肉模糊的一团。

他蹒跚着走过来,握住苏雅的手,从焦黑的肉团中挤出一个微笑。

"这样,我们就能永远在一起了。"


"……而你,现在要离开我了。"

苏凯,不,成宇,站在我和苏雅面前,那只永远无法闭合的眼睛死死地盯着苏雅。

苏雅挣扎着站直身子，一把揽过我的胳膊，大声说："对！"

成宇的身体抖了一下，似乎有些站不稳了。

"为什么？我付出的还不够多吗？这20年……"

"我也付出了20年！"苏雅已经变得歇斯底里，"20年！一个女人最好的20年！每天都要陪伴一个魔鬼的20年！每天都要对魔鬼感恩戴德的20年！每天都要忍受无休止的虐待和奸污的20年！"

成宇的身体在慢慢萎缩，整个人似乎矮了半头，语气中也带了乞求的味道。

"你到底要什么？我给你……"

"一个人！一个男人！"苏雅毫不留情地打断他，"一个可以堂堂正正地做我丈夫的男人！"

成宇不说话了，佝偻的身体却在慢慢伸直。他的脸抽搐了一下，似乎在笑。

"那好吧。"他低声说，"好吧。"

成宇的手从背后拿出来，手上拎着一个塑料桶，里面的液体泛着淡淡的红色。

"让我们永远在一起。"成宇慢慢地拧开瓶盖，梦呓般喃喃自语，"我们会永远在一起的。"

"不，别这样。"我挣脱开苏雅，上前试图抓住他，"成宇你冷静些……"

突然，成宇挥拳打在我的脸上，这一下打得我眼冒金星，倒退了几步才站住。

回过神来时，成宇的手里已经多了一根桌腿，那个塑料桶已经翻倒在地上，汽油汩汩地流淌在地面上。

他一步步逼近我，扭曲的脸分外狰狞。我的心底一片寒凉，只能徒劳地摆着手。

"成宇,别……"

"这一切,都和你没有关系!"

一字一顿的狂吼中,他已经挥舞着桌腿,劈头盖脸地打过来。

一阵剧痛与眩晕,我只能听见苏雅的尖叫。随着意识渐渐失去,我最后的记忆是一片跳动的火光和两个纠缠的人影。

可是,那双拖动我的手是谁的?

我在医院里醒来的时候,已经是一天之后。

警察告诉我,那个仓库在20年后再次化作一片焦墟。消防队员在火场里发现两具烧焦的尸体。男尸紧紧地拥抱着女尸,难以分开。把他们挪走后,地面上仍然留下两个黑色的人形,宛若化作灰烬的影子。

成宇和苏雅,真的永远在一起了。

我的父亲救了我。我没想到,在他仅存的一点理智中,仍然保留着辨别罪恶的本能。所以,他在第一眼看到成宇的时候,就意识到他是危险的。我和苏雅打算出走的那天傍晚,成宇来养老院找失踪的苏雅。在成宇妈妈含混的言辞和激烈的手势中,他猜到了我们的关系和去向。

我父亲在那天奇迹般地意识清醒,他目睹了一切,并悄悄地跟在成宇的身后,来到那个仓库。

我知道这些的时候,我父亲依旧留在医院里陪着我。可惜的是,他又陷入了不可预期的混沌之中。于是,他顶着一头烧焦的头发,顽固地盘腿坐在床头柜上,目光炯炯地看着我,始终不肯下来。午后的阳光透过窗子照进病房,他的影子被投射到墙上,宛若一把巨大的镰刀,慢慢地切割我余下的时光。

# 成为汪允平

这目光让佟国才毛骨悚然,他很清楚一直盯在自己背后的就是这双眼睛,可是眼前的这个人,他的确不认识啊。

幸福的标准有很多种，大把的钞票，健康的身体，平静的生活，这些都是幸福。如果把幸福定义为等待另一个生命的来临，那么李坡和田小茹就是幸福的。

此刻，他们正斜靠在病床上，肩并着肩，一副耳机分别插在他们的左耳和右耳里。MP3里播放着《一代佳人》：

有什么可让我刻骨铭心
唯有你唯有你
爱人
……

两人随着音乐小声哼唱着，十指紧扣。田小茹用另一只手抚摸着李坡的头发，表情安详柔和。而李坡的另一只手在妻子高耸的肚皮上轻轻摩挲着，里面似乎孕育着一件稀世奇珍。

"哎呀，她又动了！"忽然，李坡抬起头，激动地对田小茹说。

田小茹急忙把食指竖在唇上，小声嗔怪道："你小点声，别把别人吵醒了。"

李坡嘿嘿笑了笑，看了看周围沉睡的孕妇，转头对妻子做了个鬼脸。

田小茹伸手在李坡的鼻子上刮了一下，刚一起身，却扶着腰哎呦一声。李坡急忙扶着她躺下，帮她掖好被角，忽然笑起来。

"笑什么？"

"我在想，咱们女儿是不是等不及了，现在就急着出来啊。"

田小茹也笑了："你怎么知道一定是女儿啊？"

"大夫就是这么说的啊。"

"不一定呢。我听人家说了，B超里如果看不清的话，就说是女孩。如果真是女孩，家长没什么说的，万一是男孩，就算是一个惊喜呢，家长自然也不会有怨言。"

"一定是女孩。"李坡一脸认真，"一个跟你一样漂亮的女孩。"

田小茹红着脸笑了："可是我喜欢男孩。"

"男孩女孩都一样，都是我们的宝贝。"李坡把手伸进被窝，"你睡吧，我给你揉揉脚，肿得厉害。"

随着丈夫轻柔而有规律的动作，孕妇特有的倦意沉沉袭来，田小茹的意识渐渐模糊，就在她即将入睡的时候，却感到丈夫手上的力度骤然加大，她一惊，睁开眼睛，看见李坡表情严肃，竟有几分恼怒的模样。

"你怎么了？"

"啊？"李坡回过神来，"没怎么啊。"

"那你的表情怎么那么吓人？刚才想什么呢？"

李坡想了几秒钟后，乐了。

"呵呵，我刚才走神了。"他有些不好意思地说，"想到我们女儿上小学，考试没考好，被老师打手板。我一想到女儿被老师打得掉眼泪的样子，气坏了，恨不得立刻揍老师一顿。"

"你呀，"田小茹又好气又好笑，"想得还挺远。"

李坡却一本正经地说："反正我不会让任何人欺负你和我们的女儿。"

田小茹甜蜜地闭上眼睛，身边这个老实、忠厚的男人是世界上最值得依靠的人。

直到妻子发出了均匀的鼾声，李坡才停下。他关掉床头灯，坐在黑暗里静静地看着熟睡的田小茹。

一个蹒跚学步的孩子，在草地上向自己张开双臂："爸爸！"

门忽然被推开，正在亲热的李坡和田小茹急忙钻进被子，一个睡眼惺忪的小女孩抱着一只玩具兔子，边揉着眼睛边说："爸爸，妈妈，我要和你们一起睡……"

婚礼进行曲响起，漂亮的女孩挽着高大英俊的新郎，走向站在红地毯另一端的鬓发斑白的李坡和田小茹……

沉浸在想象中的男人笑了。

其实李坡从得知妻子怀孕的那天起，就开始不可遏止的想象。想象孩子的模样，想象目睹孩子成长时的忙乱与期待，想象他能给予的幸福而富足的生活。想象让这个男人干劲十足，他不再仅仅是李坡，不再仅仅是田小茹的丈夫，而有了一个更具诱惑的头衔——父亲。那是触手可及的未来，他几乎可以闻见它的甜味。那不再是他的生活，而是，他们的生活。

没错。坐在黑暗中的李坡美滋滋地想。

第二天，预产期。

今天的产妇一共有两个。另一个产妇的家属几乎是倾巢出动，手术室门口显得热闹非常。相对于那位产妇的前呼后拥，身边只有李坡陪伴的田小茹显得有些孤独。他们在这个城市里没有亲戚，唯一能够依靠的，只有彼此。李坡看见家属们手里大包小包的营养品，不免有些神色黯然。田小茹觉察到丈夫的愧疚，不停地抚摸着他的手背。

就要进手术室了，田小茹费力地从车上抬起头来，笑着对李坡说："你等我一会儿，我很快就带着咱们的宝贝回来。"

所有人都在手术室外焦急地等待，宛如热锅上的蚂蚁。李坡是这群蚂蚁中的一个，他在走廊里来回踱着，不时凑到门口屏息倾听，似乎想分辨里面隐隐传来的呻吟声中，哪一个属于田小茹。

半个多小时后，手术室的门忽然打开，人们呼啦一下子都围过去。出来的却是一个小个子护士。

"大夫……"

"我老婆怎么样……"

"生了吗……"

小个子护士不耐烦地挥挥手："不知道不知道，等着！"说完，就匆匆跑掉了。几分钟后，一群白大褂蜂拥而至。

有人猜测，可能是出事了。大家顿时紧张起来，彼此交换着惶恐不安的眼神。不时有医生和护士跑进跑出，却没有人说明是谁出事了，出了什么事。直到一个戴着口罩的白大褂从分娩室里走出来，瓮声瓮气地问道："谁是田小茹的家属？"

李坡急忙从人群中挤过去："我是。"

"你进来一下。"

手术室里充斥着高低起伏的呻吟声和各种不可名状的味道。李坡站在一字排开的几个白大褂面前，他们看起来高深莫测，非常权威。

"你老婆死了，孩子也没保住。"一个权威的声音告诉他。那声音似乎也是白色的，一点色彩都没有。

李坡愣了几秒钟，似乎没理解这句话的意思。他的目光依次在白大褂们的脸上滑过，似乎希望他们之中的某一个人解释一下这句话。

"死了？"过了好久，他干巴巴地问道。

"对。"

李坡的脑袋嗡的一下响起来，好像有一万只蜜蜂飞了进去。他看见大夫脸上的白口罩在动，却什么也听不见。直到一个白大褂拿来一叠纸，又把一支笔塞进他手里，按着他的手签字的时候，他才忽然意识到：刚才对自己说"你等我一会儿，我很快就带着咱们的宝贝回来"的田小茹，已经再也回不来了。

李坡大吼一声，用力挣脱了按住自己肩膀的医生，白花花的纸片轻飘飘地飞起来，又落在地上。

"我老婆呢？我女儿呢？"李坡抓住最近的一个白大褂，声嘶力竭地问道。

白大褂有些惊慌，语气却毫不让步："把这个签了，签了就让你见你老婆。"

李坡看看手里的笔，惊慌失措地把它丢在地上，好像那是杀害田小茹的凶器。

"我不签！是你们……"他指着眼前的白大褂们，"是你们杀了她，是你们！"

接着他就扯开嗓子喊起来："杀人了！杀人了！抓杀人凶手啊！"

几个白大褂扑过来要按住他，李坡挣脱开来，拼了命拉开门跑出去。

"杀人了！杀人了！"医院的走廊里回荡着一个男人惊恐而绝望的叫喊。

李坡冲出医院，迎着早上耀眼的阳光飞快地跑，心中只有一个念头：

找警察！抓凶手！抓凶手！

听完面前这个男人惊慌失措的陈述，正准备召集警力抓捕凶手的宋警官动作慢了下来。他摘下帽子，回到座位上坐好。

男人的头发依旧高高竖起，不知是因为恐惧还是愤怒。宋警官喝了一口水，想了想，开口说道："同志，不是我们不帮你，这种事情不归我们管。即使去抓人，也得经鉴定认定他构成了医疗责任事故罪才行。"

"怎么不行？"男人的脸上是难以置信的表情，"我老婆胖胖的，壮壮的，昨天还跟我一起听音乐，推进去不到一个小时就死了。还有我的女儿，昨晚上还在我老婆肚子里动啊动……"

宋警官摆摆手，阻止他继续说下去，歪着头对他身后说："你来了？"

男人回过头去，一个戴眼镜的男人站在门口，似乎正在犹豫要不要进来。

宋警官站起来："走，汪允平，我们去那边说。"

男人跳起来："凭什么，我先来的，我老婆和孩子都被杀了……"

宋警官不客气地打断："你那个不算！"他指指那个叫汪允平的男人，"人家才是！"

汪允平露出一丝比哭还难看的笑容："要不你先处理他的事吧。"

"不用，"宋警官态度坚决，他对男人说："你还是赶快回医院吧，别回头医院趁你不在烧了你老婆，那就什么都晚了。"

男人一跺脚，一阵风似的跑出去。

医院倒是没烧了田小茹，但是也不承认医死了她，只是提出赔偿2万元，而且说是出于人道主义的考虑。李坡当然不干。医院的人问他有什么要求，李坡只说了四个字：杀人偿命。

田小茹的继母很快赶到了本市，哭了几声后，开始心平气和地和医院谈条件。最后趁李坡去卫生局告状的时候，和医院签了协议。随后她就拿着25000块钱和田小茹的首饰衣服消失得无影无踪。李坡回来的时候，只剩下5000块钱和一个骨灰盒。

李坡掂掂那个小盒子，怀孕时的田小茹有160斤啊，怎么就剩这么点了？

李坡抱着骨灰盒在屋子里发了一天一夜的呆，又起身去了公安局。他不甘心，他必须为自己的妻子和没见面的女儿讨个公道。第五次去的时候，宋警官一看见他就说要去开会，随后就拿起包走了。李坡没有办法，就坐在走廊里等。等着等着，连日奔波的李坡有些犯困，头低下来，却看见脚上满是灰尘的皮鞋。妻子在的时候，她是决不会让自己穿着这样的皮鞋出门的。想着想着，眼泪一颗颗掉下来。

一只手忽然拍在自己的肩膀上，李坡扭头一看，是一张雪白柔软的面巾纸。李坡接过来，胡乱在脸上抹了抹，再看的时候，发现自己见过这个人，汪允平。

汪允平挨着他坐下，又掏出一支烟递给他。两个面色憔悴的男人肩并着肩坐在椅子上，默不作声地吸烟。一个年轻警察从办公室里探出头来，刚要呵斥，一看是他们，又把头缩了回去。

吸完一支烟，汪允平把烟头扔在地上细细地碾碎，问道：

"哥们儿，啥事啊？"

李坡把事情的前后经过讲了一遍，最后强调"他们杀了我的老婆孩子，我要让他们偿命"。汪允平听后苦笑了半天。

"咱哥俩，命苦啊。"

"你是咋回事？"

"跟你差不多。我老婆孩子也让人害死了。"

"也是医院？"

"不是。"汪允平摇摇头，"是我继父。"

"你继父？"李坡的眼睛瞪大了。

"是啊。"汪允平紧闭了一下双眼，旋即睁开，"我爸死得早，后来我妈找了他。我妈没了以后，我把他当亲爹一样孝顺。没想到这老畜牲祸害了我老婆，完事后还用菜刀砍死了她。"

汪允平把头埋进双掌，用力地向后捋着头发："我老婆当时都怀孕4个多月了。"

李坡激动起来："这畜牲，应该千刀万剐！抓住他了吗？"

汪允平摇摇头，他拍拍李坡的肩膀："兄弟，听我一句话，你老婆的事就算了吧。跟医院打官司，赢不了的。再说，你老婆都火化了，就算要打，也没有证据了啊。你岁数也不大，趁早再找一个吧。"

李坡张了张嘴，想要反驳，却什么也没说出来。

汪允平继续说下去："只要老婆活着的时候对她好，即使人没了，也没啥后悔的。你老婆死在医院，怎么也比我强，你不知道，我老婆到死眼睛也没闭上。"汪允平的手颤抖起来，李坡叹口气，用手拍了拍他的肩膀。

宋警官从走廊那头踢踢踏踏地走过来，两个人急忙都站起来。宋警官冲李坡点点头，扭过脸对汪允平说："你继父是叫佟国才没错吧？"

汪允平点点头。

"你上次说他老家在A城？"

"对。"

"嗯，核对无误我们就要发通缉令了，重点侦查范围在A城。这件事你别着急，我们现在人手比较紧张。不过你放心，我们肯定把那老东西抓回来。至于你的事,"宋警官从衣袋里掏出一盒烟,抽出一支递给李坡,又给他点上,"我之前就跟你说过,你的心情我们可以理解,但是我们真的管不了。老弟,日子还长着呢,往前看吧。"

往前看?李坡面无表情地吸着烟,吸完,抓住宋警官的手握了握,一言不发地转身走了。

这是一个结论,也是一个事实。老婆死了,孩子死了。死了也就死了。

汪允平让他往前看,宋警官让他往前看。往前看什么?

有人说人生就是一条路,只不过有的人路长,有的人路短。李坡在自己的那条路上一直走得兴高采烈,因为他知道前面不远就是美景。有老婆、孩子,有一个家,有平凡而温馨的生活。他把一切都设计得妥妥当当,按部就班。这看得见的未来让李坡像一只攒足了劲的老牛,只把浑身的肌肉绷紧,埋头前行。可是现在一切都没了,刚刚展开的美好生活转眼间就破碎不堪。李坡站在属于自己的那条路上,遥望着远处的一片浓雾,踌躇不前。

让我看什么?

白天的时候,李坡照样上班,下死力气干活。这能让他好受点,甚至还能跟工友聊上几句,而下班回家无疑是一种炼狱般的折磨。李坡突然变成了一个没有方向感的男人,在路上走着走着会忽然停下来,茫然无措地四处张望一阵后,继续走下去。回家的路变得陌生无比,好不容易走到楼下,远远望去,自家的窗户黑黑的,看不见田小茹在烟熏火燎地炒菜。自己用钥匙拧开门,开灯的一刹那最难受,还是能看见田小茹的笑,只不过是在墙上的黑镜框里。悄无声息地做点简单的饭菜,一个人坐在桌旁慢慢吃完,然后直接关灯睡觉。

噩梦已经是家常便饭。最常梦见的是李坡和田小茹领着一个小女孩在草地上玩，玩得真开心啊。玩着玩着，草地忽然变成了白色，再一看，居然是一件遮天蔽日的白大褂。三个人惊慌失措地逃，白大褂仿佛海浪般汹涌袭来。李坡跑着跑着，忽然发现身边没有了田小茹和孩子，整个天地都是一片苍茫无边的白色。李坡急得大喊你们在哪里，那片白色中传出两个声音：老公救救我，爸爸救救我！

挣扎着醒来的时候，感到周围不是黑暗，仍然是那一片刺目的白。

于是，有些东西，如同加了酵母的面团一般，在心里一点点膨胀起来。

这东西沉甸甸的，它隐藏在心底的某一个角落，它不动声色却又阴险无比地暗暗成长。干活的时候，吃饭的时候，洗澡的时候，睡觉的时候，它无时无刻不在成长，宛如一个顽强的"鬼胎"。李坡常常会莫名其妙地问工友自己胖了没有。得到否定的答复后，他自己感到很奇怪。它确实在成长啊，而且速度惊人，有时他甚至会觉得被它的膨胀挤压得无法呼吸。

又是一夜噩梦。醒来后，满身冷汗的李坡跌跌撞撞地跑到卫生间洗脸。抬起头，却被镜子里的自己吓了一跳。那是一张扭曲、狰狞的脸，双目圆睁，牙关紧咬。

李坡恍然大悟，是仇恨。

一直在体内兀自膨胀的，是仇恨。

仇恨谁呢？

仇恨医院，还是那几个白大褂？

医院出具的鉴定书上写着李坡一辈子都不可能读懂的文字，然而结论却很简单：田小茹和胎儿的死不关医院的事。而田小茹和孩子都已经变成了那个小盒子里的一把轻飘飘的灰，什么都证明不了。所以无论李坡怎么固执地认为是医院害死了田小茹，都缺乏说服力，甚至不能说服他自己。

于是,李坡的仇恨就有些尴尬了。

就好像一个人奋力拉开一张强弓,却发现前面没有靶子,只有一片虚无的空气。

那怎么办?拉开的强弓不能这么一直绷着。不能任由不断膨胀的仇恨成长下去。

箭必须要射出去,李坡得给自己的仇恨找一个出口。

这事说起来容易,做起来困难。仇恨时时在成长,却看不见、摸不着,不像气球一样,扎个窟窿一了百了。于是李坡开始觉得自己像一个随时可能轰隆一响的人体炸弹。他暗暗担心,甚至都无心干别的事了。渐渐地,他越来越愿意一个人待在家里,至少,在这里他不会迷路。

李坡开始推算自己爆炸的日子,他断定那一天不会太远,因为他每天早上照镜子时,都会发现眼中的血丝比前一天更重一些。也许是因为自己的血管正在体内日益增长的压力下一根根爆裂吧。男人绝望地等待着那一天。有时,他会忍不住去想这爆炸的威力有多大,会不会炸掉这座楼,会不会炸掉这座城市,会不会炸掉这个混沌的世界?

直到那天他打开电视。

正在播放的是一系列通缉令,李坡听到了一个熟悉的名字。

"佟国才,男,1949年9月26日出生,现年58岁,身份证号码****************,2007年8月21日,佟国才涉嫌强奸并杀死妇女秦某,目前在逃。有知其下落者,请拨打市公安局电话……"

李坡想起了跟自己同样遭遇不幸的男人:汪允平。他在干什么,是不是也被仇恨折磨得不能自已?

老婆被继父奸杀,肚子里的孩子也跟着命丧九泉。如果能亲手抓住佟国才,恐怕将他千刀万剐方消心头之恨。

李坡将手里的遥控器向屏幕上那张可憎的脸扔过去，哗啦啦一阵碎裂声后，他感觉周围的事物一下子清晰起来。

对。佟国才，王八蛋，碎尸万段！

胸中的膨胀感瞬间减轻了不少。李坡从沙发上一跃而起，匆匆拿了几件衣服塞进旅行包，又从抽屉里拿出那5000块钱。

出门的时候，李坡最后看了一眼在墙上微笑的田小茹。

老婆，女儿，你们等着，我去给你们报仇。

李坡在初秋的夜里飞快地跑，不时有出租车在他身边猛地减速，狂按着喇叭。李坡没有理睬，他需要奔跑。那支箭终于射出去了。佟国才的脸在远方越发清晰。

嘿，没错。在开往A市的列车上，李坡愉快地闭上双眼。

李坡来到A市的第一件事就是把贴在火车站出站口的通缉令撕了下来，然后在公安局的举报电话下面把自己的手机号加了上去。复印了1000份以后，李坡让佟国才的脸出现在A市的大街小巷里。

于是，这个城市里多了一个走街串巷的男人。他向每一个遇到的人打听佟国才的下落，每当有人问起他为什么寻找这个人，男人就会咬牙切齿地说，他杀了我的老婆和孩子！于是就有人很同情他，自告奋勇地去帮他打听。很快，佟国才这个名字在本来就不大的城市里家喻户晓。

家喻户晓的后果之一就是佟国才也会听到风声。于是某一天，男人接到一个知情者的电话，佟国才已经再次逃往外地，据传很有可能在B市。

男人再次启程，来到B市后他已经谨慎了很多，他不再那么大张旗鼓地追捕佟国才，一个原因是避免打草惊蛇，而另一个原因是他没钱了。

他立刻去建筑工地做力工。这份工作有两个好处，其一，建筑工地是外来人口最集中的地方，方便打听佟国才的下落；其二，工钱论天计算，需要转移的时候，可以随时拍拍屁股走人。

工头问他叫什么名字，他毫不犹豫地说：

"我叫汪允平。"

这个叫汪允平的力工干起活来勤勤恳恳，每天在工地上不遗余力地搬运沙子和水泥。别人扛一袋他扛两袋，别人扛两袋他扛四袋，而且他的嘴也不闲着，整天唠唠叨叨的。如果你离他足够近的话，就会听到这样的话："这一袋为了老婆……这一袋为了女儿……"有人猜测他可能有一个瘫痪在床的老婆和正在读书的女儿，于是大家很感慨，一个有目标的男人是不会觉得累的。

力工汪允平在每天下班后才开始寻找他真正的目标。吃过晚饭，他就在这个城市的大街小巷里溜达，碰到年龄大一些的人，他就会从怀里抽出一张皱巴巴的纸，凑上去问人家见没见过纸上的人。答案当然都是否定的。他也不气馁，继续在那些或灯红酒绿或污浊不堪的地方寻找佟国才。他像寻找亲人一样热切地期盼着佟国才会在某一个路口忽然出现，有时他甚至会在某个人流如织的街头长时间地等待。

他坚信佟国才就在这个城市，他能从空气中分辨出佟国才的气味。那是一种消毒水混合着血腥的味道。

那是邪恶的味道。力工汪允平对此深信不疑。

被追捕者佟国才同样每天生活得很辛苦。当他发现A市到处都是他的照片时，他惊慌失措地逃了。从此他时刻感觉到有一双眼睛盯着自己的背后，每当他回过头去，总会发现某个人若无其事地移开目光。

他开始不再惧怕身边呼啸而过的警车，也不再惧怕那些穿着制服的警察。相反，他对身边那些匆匆而过、衣着灰暗的人们十分警惕。他知道，在他们中间，有一双眼睛正在寻找自己。

佟国才相信，那是叫了自己10多年"爸爸"的那个人。

于是他只能逃亡，从一个角落到另一个角落，从一个城市到另一个城市。可是无论他走到哪里，都觉得那双眼睛就在身后。他像一只绝望的兔子，在猎人的视线中来回奔跑，偶尔自作聪明地做出跳跃和躲闪的动作，也只是徒劳无功。那颗子弹穿过心脏只是或早或晚的问题。

于是在这些城市形状各异的地图上，有两个小黑点在进行着追捕与逃亡的游戏。他们在各自的空间里闪转腾挪，有时相隔很远，有时距离很近。然而你知道，生活就是这么充满戏剧性，两个被命运死死纠缠在一起的人，碰面是早晚的事情。

那是D市的一家火锅店，佟国才在这里做勤杂工。兔子也得吃饭，这是毫无疑问的。当时他穿着油渍斑斑的工作服、拎着长把扫帚清扫同样油渍斑斑的地面。忽然，那双时刻盯着自己后背的眼睛加大了力量。它是如此之近，以至于佟国才后背感到了一阵刺痛。

这一天终于来了。

佟国才不无解脱地转身望去，却看见站在橱窗外死死盯住自己的，是一个陌生人。

他的头发蓬乱，活像一个刺猬，身上穿着一件沾满水泥的破工作服，一看就知道是外地来打工的建筑工人。

佟国才略感失望，他知道自己作为一只兔子的日子还要继续下去。眼前这个人并不是当中学教师的继子。

他回过头去，继续清扫地面，开始盘算晚上要吃点什么。可是身后乒乒乓乓、稀里哗啦的声音打断了他的思路。在服务员和食客们的惊呼声中，佟国才被推倒在麻酱、韭菜花和羊肉片之中。

他挣扎着回过头去,却看见建筑工人那张消瘦却无比狰狞的脸。

"啊——啊——啊——"

建筑工人像一个哑巴一样说不出完整的话来,可是脸上的表情却让人感觉到他从口中、眼中喷涌而出的熊熊怒火。

几个男服务员很快把他从佟国才身上拉起来,建筑工人拼命挣扎着,终于吐出了三个字:

"佟国才……"

这三个字仿佛是一个信号,兔子佟国才手脚并用地爬起来,顺着后门一溜烟跑了。

他跑得像兔子一样快。火锅店后面是一片住宅区,佟国才在那些黑暗的楼体间拐来拐去,当他感觉喉头发甜,不得不停下来喘口气的时候,他惊恐地发现,那个建筑工人就在离自己不远的地方。

他同样跑得气喘吁吁,见佟国才停下来,他也站在原地,弯下腰大口喘息。再抬起头来的时候,两束锐利的目光直射过来。

这目光让佟国才毛骨悚然,他很清楚一直盯在自己背后的就是这双眼睛,可是眼前的这个人,他的确不认识啊。

"你……你是谁?"佟国才的手朝身后摸去,他背靠的原来是一堆蒙着塑料布的白菜。

"我是汪允平!"对面的建筑工人发出凶狠的声音。

"汪允平?"佟国才被彻底搞糊涂了,他为什么要冒充自己的继子?

容不得他多想,冒牌汪允平已经低吼着冲了上来,佟国才急忙站直身子,却一下子摸到了白菜堆上面用来压住塑料布的一个石块。他把石块攥在手里,顺势砸在了毫无防备的冒牌汪允平的头上。冒牌汪允平扑通一声倒在地上,佟国才顾不得查看他,飞快地逃走了。

傍晚，中学教师汪允平接到一个电话。

"汪允平吗？"

"是我。你哪位？"

"我是宋警官，你在哪里？"

"我在家里啊。"

"家里？本市吗？"

"是啊。"

电话那头略略沉吟了一会儿："汪允平，有件事我得告诉你，我现在在F市出差，我听说，有人在追捕你继父，当然，不是我们。"

"不是你们的人，那是谁？"

"一个叫汪允平的人。"

汪允平捏着电话愣在原地，过了好一会儿，他开口问道："你刚才说，你在哪里出差？"

汪允平赶到F市的时候已经是第二天的下午了。他没有跟接站的宋警官过多寒暄，直截了当地问："他是谁？""不知道。"宋警官晃晃手里的电话，"不过我们很快就能知道了。我刚刚接到一个电话，F市的警察已经找到这个汪允平了。"

路上，两个人都没有说话，各自看着窗外出神。忽然，宋警官嘿嘿地笑起来："真他妈蹊跷。"他扭头问汪允平："你觉得可能是谁？"

汪允平摇摇头："不知道。再说，我老婆的娘家人都不在本地，即使是他们，也没必要冒充我。"

两个人来到城郊的一个建筑工地。工头把他们领到一个简陋的工棚前，指着一群灰头土脸，蹲着吃饭的工人中的一个说："喏，那个就是汪允平。"

他正端着一盆米饭狼吞虎咽,脚下的另一只塑料盆里盛着白菜熬豆腐。他把饭菜随便混合在一起,大口嚼着。乱七八糟的头发中间有一个豁口,刚刚长出的粗硬短发下,有一道暗红色如蚯蚓般的伤疤。

忽然有人站在面前,他抬起头来。汪允平看到一张粗黑、瘦削的脸。他跟那些疲惫、麻木的建筑工人毫无二致,他迟钝的目光在汪允平和宋警官的脸上停留片刻,就重新盯在眼前的饭菜上。

汪允平弯下腰,一边看着那张满是灰尘的脸拼命回忆,一边问道:"你叫什么名字?"

男人头也不抬地说:"汪允平。"

宋警官想了想,问道:"听说你在找一个人,他叫什么名字?"

男人停止了咀嚼:"佟国才。你们知道他的下落吗?"

"你为什么要找他?"

男人脸上的线条骤然硬冷起来,凹陷的脸颊上突起可怕的肌肉,仿佛正在用力撕咬什么。

"他杀了我的老婆和孩子!"

宋警官好像忽然想起了什么,一拍脑门:"嗐,这不是那谁吗?李……李坡!"

他蹲下身子:"李坡,你还认得我吗?"

男人对这个名字似乎有点反应,他的目光重新盯在宋警官的脸上,片刻,慢慢地摇了摇头。

汪允平也想起了那个在公安局的走廊里失魂落魄的男人。他百思不得其解,眼前的这个男人跟自己只是一面之交,实在没必要抛弃一切跑到这里来帮自己抓凶手。

他正要开口问个究竟,却被宋警官拽出了工地。

"别问了,这小子肯定是脑袋有病。"在车上,宋警官点燃一支烟,脸上是一副历经苦苦寻觅,却得到一个荒谬答案的失落表情。

汪允平想了想:"你说,佟国才会不会也在这里?"

"会个屁!"宋警官吐出一口烟,"要是神经病都能抓住通缉犯,还要我们这些警察干吗?"他扭头对汪允平说道:"我明天早上回去,你跟我一起走吧。"

汪允平沉吟了半晌,说道:"你先回去吧,我再待几天。"

力工汪允平的生活相当规律,他每天早上6点半准时出现在工地上。他干活的架式在汪允平看来几乎是在自杀。干瘦的身躯,比别人多一倍的负载,还一溜小跑,嘴里念念有词。这种模样很容易让人感受到一种近乎疯狂的激情。汪允平不知道究竟是什么在支撑着男人,但是看起来他似乎乐此不疲。

吃过晚饭,力工汪允平就开始了他的寻觅。汪允平远远地跟着他,看着他在F市错综复杂的街道上慢慢寻找。他是如此耐心,不紧不慢,有时整整一个晚上都在一条满是失足女和小偷的街道上来回转悠,不时向那些或浓妆艳抹或猥琐肮脏的人展示他手里那张纸上的人像。

偶尔,他会停下来,仰起头嗅闻,脸上是一副即将捕获猎物的表情:充满警惕,心满意足。

每当这时,汪允平就会悲哀地意识到,宋警官的话并没有错,不远处的这个男人的确是脑子有病。

就在汪允平对这种毫无意义的跟踪即将失去耐心的时候,事情忽然起了变化。

力工汪允平向一个骑着平板车的老头展示了佟国才的照片,这已经是今晚的第38次了。汪允平站在街角点燃了一支烟,等待着又一次无功而返。然而那个拉着满满一车废品的老头显然见过照片上的人,他连连点头,还拍着额头思索了片刻,最后他朝某个方向坚定地一指。

汪允平不由自主地顺着他手指的方向望去,那是一栋黑乎乎的楼房,只亮着几盏可怜巴巴的灯。不知道那背后,或者更远的地方,究竟是什么。

当他扭过头来的时候,发现力工汪允平已经不见了踪影。汪允平四处张望,终于看见他在不远的前方奋力奔跑着。

力工汪允平的奔跑和他的劳作一样全力以赴,很难想象他扛了一天水泥后仍然能跑得如此之快。汪允平追赶了几步后便感到力不从心,他挥手拦下了一辆在城市里随处可见的三轮车,指示司机跟上力工汪允平。

一个奔跑的男人,一辆突突开动的三轮车,他们跑过街道、跑过楼房,跑过灯火辉煌的酒店,跑过阴暗潮湿的小巷。汪允平在寒冷的空气里感到了前方那个不停奔跑的人的热量,他似乎在发着光,即使在那些伸手不见五指的地方,也能看见他在前方固执地奔跑,不曾停歇。

闪闪发光的力工汪允平跑到了郊外,那是一个垃圾处理场。汪允平付钱的时候,三轮车司机问:"那个人是国家长跑队的吧?"

而此时,力工汪允平以一种大型猫科动物才会有的姿势半匍匐在地上,警惕地向前方的垃圾山张望着。他的姿势让汪允平感到莫名的紧张,也手脚并用地爬到他身边。

汪允平学着男人的样子向前方张望,可是除了一堆奇形怪状的城市垃圾外,他什么也没看到。

力工汪允平仍然是一副全神贯注的样子,汪允平小心地凑过去问道:"你在找什么?"

力工汪允平扭过头来看了汪允平一眼:"我的仇人。"

"找到了吗?"

"还没有。不过,听说他每天来这里捡垃圾。"

汪允平直起腰,面前的垃圾处理场毫无声息,一个人影都没有。

他拉起力工汪允平:"走吧,都这么晚了,这里不会有人了。"

走出垃圾处理场,汪允平提议去喝一杯。男人稍稍犹豫了一下,顺从地跟着他去了。

垃圾场旁边的小酒馆里,两个人闷头吃喝,极少交谈。男人吃得兴高采烈,一大盘猪头肉很快就被他消灭得干干净净,剩下的肉汤和肉渣也被他蘸着馒头吞进了肚子里。汪允平看出他早就吃不下了,可是他好像冬眠前的动物一样,拼命地在体内储藏能量。他的目光始终盯在桌面的某个角落,眼中是一种近乎狂热的期待。

当最后一点食物被他塞进喉咙里,力工汪允平已经被噎得眼泪汪汪,汪允平忙倒了杯水给他。他一饮而尽,然后用袖子揩揩嘴角,又拍了拍肚子,显然十分满意。

"嘿!"他舒展了一下自己的身体,"这次他跑不掉了!"

灯光下,力工汪允平头上的伤疤格外刺眼。汪允平看着眼前踌躇满志的男人,忽然不知道该说什么,他显然沉浸在自己的想象中不能自拔,朝思暮想的"仇人"就在此处,力工汪允平正跃跃欲试。

分手时,汪允平盯着他的眼睛,一字一顿地问:"你……叫……什么……名字?"

他盯着汪允平的眼睛,一字一顿地说:"我……叫……汪……允……平。"

从第二天起,垃圾处理场多了一些奇怪的人。其中一个,他的穿着打扮跟那些城市拾荒者毫无区别,但是他并不去垃圾山那里拾拾捡捡,而是躲在不远处的一堵断墙后面,远远地朝垃圾场里张望。

另外几个看起来干净整洁多了,他们常常在堆积如山的城市垃圾中来回巡视,仔细分辨着他们遇到的每一个人的脸。那是汪允平和几个F市的警察。

然而一连几天,佟国才都没有露面。

警察们终于失去了耐心,他们有成堆的案子要处理,再说,整天在臭气熏天的垃圾堆里待着,也不是一件让人愉快的事情。汪允平想了想,带他们去了上次的小酒馆,点了一些酒菜后,让他们"休息休息"。

汪允平吃了几口菜后,忽然想起了什么。他让几个警察慢慢吃喝,自己起身来到了男人的藏身处。

力工汪允平像一个哨兵一样半跪在断墙后面,只露出半个脑袋朝外面张望着。汪允平递给他一支烟,就坐在他身边默默地吸。

汪允平有一点沮丧,他开始怀疑佟国才究竟会不会来:其一,并不确定那个拾荒老头的记忆是否可靠;其二,佟国才也许听到了风声,再次逃之夭夭。

男人的脚下是一瓶矿泉水和半张大饼,这大概是他今天全部的食物。汪允平吸完一支烟,拉拉男人的袖子:"走吧,跟我去吃点东西。"

男人没有回头,只是轻轻地摆了摆手。

"走吧,也许他不会来了。"

"会的。"力工汪允平平静地说,"他一定会来的。"


第二天,小雨。

雨中的垃圾处理场人迹寥寥。汪允平撑着伞在雨中站了一会儿,决定还是先让警察们去小酒馆"休息"。安排妥当后,他又去了断墙那里。

力工汪允平仍然保持着那个姿势半跪在冰冷的泥水里,看起来似乎一直没有离开过。在深秋的雨中,男人的脸上洋溢着不祥的红光,似乎全身在发散着热气。他像个回光返照的晚期癌症病人一样充满力量与激情,看到汪允平走来，他甚至热切地露齿一笑。

"看，我捡到了这个。"他兴高采烈地向汪允平展示手中一个黑乎乎的家伙。

那是一个破旧的望远镜，似乎是个儿童玩具。

男人像一个神气活现的指挥员一样把望远镜举在眼前："这下，他就逃不出我的视线了。"

说完，他回过头，全神贯注地盯着垃圾处理场。

整整一天，小雨都在不紧不慢地下着。汪允平坐在酒馆的门前，看着眼前细密的雨丝，心中已经渐渐开始动摇。

回去吧，这样下去终归不是办法。

想到这里，他不由得朝断墙的方向望去。男人已经两次拒绝了自己的邀请，汪允平注意到他脸上的红光已经渐渐褪去，最后一次去叫他吃饭的时候，他甚至已经开始颤抖。直觉告诉汪允平，男人正在发烧。

汪允平看看杯盘狼藉的桌子，三个警察已经靠在各自的椅子上打起了盹。汪允平拎起桌上的半瓶白酒，撑起伞出去了。

力工汪允平不再瞭望了，他背靠断墙蹲坐在地上，满身的泥水让他看起来似乎和断墙合二为一。

汪允平走到他身边，发现他缩着头，全身都在哆嗦。汪允平推推他，男人轻轻地嘟哝了一句什么，没有起身。

汪允平想了想，低声叫道："汪允平。"

力工汪允平慢慢抬起头，浑浊的眼睛盯着汪允平看了半天，才恍然大悟般说道："你来了？"

汪允平把白酒塞进他手里。男人颤抖着拧开瓶盖，咕咚咚喝下几大口，汪允平看着他满是鸡皮疙瘩的喉头上下滚动着，担心他会呛到。

几口白酒下肚的男人似乎恢复了活力,他一跃而起,拾起望远镜,转身趴在断墙上向垃圾场里望去。

汪允平脚下的皮鞋很快就被泥水浸透了,他感到了从脚底传来的凉意。

"哥们儿,回去吧。"

男人毫无反应,全神贯注地盯着前方。

汪允平叹了口气:"人都死了,活着的人还得继续生活。你这样干下去,其实没什么意义的。"

良久,力工汪允平从牙缝里挤出几个字:"杀人偿命。"

"可是这并不是你的仇恨!"汪允平忍不住大声嚷起来,"是我的!李坡,你醒醒好吗?"

"他杀了我的老婆和女儿!"

汪允平彻底无语了。他蹲在断墙后面,连吸了几支烟,最后决定无论如何也要把男人带回去。

他把烟头按熄在泥水里,起身去拉男人的袖子。孰料他刚直起身来,就被男人一把按倒在地。

"蹲下!"力工汪允平的声音凶狠,不容辩驳。他的一只手死死按住汪允平,另一只手上的望远镜几乎要压进了眼眶里。

汪允平最初有些莫名其妙,可是他很快就意识到发生了什么。

"你看见他了?"汪允平拼命要爬起来,可是在男人的手底下他竟丝毫不能动弹。

男人脸上的肌肉开始颤抖,后来全身都在颤抖。汪允平感到肩膀上的力量忽然一松,接着望远镜跌落在他的身边。

力工汪允平像一只矫健的豹子一样飞身跃过断墙,向垃圾场里疾奔而去。

汪允平别无选择，只能跟着他向前跑去。

男人跑到一座垃圾山前，手脚并用地向上爬。汪允平顺着他攀爬的方向向上望去，一个背对着自己的拾荒者正用一根铁钩在山顶刨来刨去。尽管那个背影瘦弱不堪，汪允平还是认出那就是佟国才。

汪允平手忙脚乱地掏出手机，按下其中一个警察的电话号码。

在耳边《吉祥三宝》的彩铃声中，汪允平看见男人已经飞快地接近了佟国才。佟国才听到动静回过头来，脸上立刻呈现出混合了惊惧与无奈的滑稽表情。

男人扶在垃圾山上，龇牙瞪眼地仰视着佟国才。佟国才发疯似的挥舞着铁钩阻止他靠近，另一只手在怀里摸索着。

电话终于接通了，汪允平只来得及说了一声"垃圾场，快来！"就匆匆挂断了。他四下蹚摸了一圈，拎起一根桌腿，拼命向垃圾山上爬去。

男人和佟国才的对峙并没有维持多长时间，他一边用手臂抵挡着铁钩，一边奋力向上冲。终于，他站在了佟国才面前，一步步逼近。

佟国才的声音已经带了哭腔："我跟你无冤无仇，你干吗缠着我啊？"

力工汪允平的脸已经兴奋得变了形，他深吸了一口潮湿的空气，分辨出里面混合着消毒水和血腥的味道。终于盼到这一天了。

"你杀了我的老婆和女儿！"他宛如宣判般大声喝道，"杀人——偿命！"

话音未落，他就猛扑上去。佟国才只来得及发出一声短暂的咒骂，就被扑倒在垃圾山顶。

他们在铁丝、玻璃、塑料饭盒之间拼命扭打着，轮流将对方压在身底。几个回合后，他们骨碌碌滚下了垃圾山。

刚爬到半山腰的汪允平眼看着男人和自己的继父从身边滚落下去，忙不迭地又往山下跑。

力工汪允平和佟国才重重地跌落在垃圾山下的泥水里，仍然难解难分地纠缠在一起。佟国才已经开始大声号哭，软弱无力地抵抗着男人一拳重于一拳的击打。

警察们赶到了，勉强分开两人。佟国才毫无羞耻地哭着。男人跌坐在泥水里大口喘息。

警察们向汪允平确认了佟国才的身份，给他戴上手铐，像拖一条死狗一样拖着他向垃圾场外走去。汪允平走了几步，忽然发现男人不在身边，扭头看去，男人还站在原地，低头看着自己的胸前。

一把小刀戳在男人的胸口上，一片红色正迅速在男人的衬衫上蔓延开来。

汪允平吓傻了，目瞪口呆地看着他。男人抬起头来，冲汪允平无奈地笑笑，仰面倒了下去。

汪允平扑倒在男人的身边，一边抬起他的头，一边惶然四顾，狂喊着："来人啊，救命啊，救命……"

救护车很快赶到了，医生和警察七手八脚地把男人抬到救护车上。医生手忙脚乱地把各种不知名的仪器插到力工汪允平的身上。汪允平急切地问医生情况怎么样，得到的回答是一声粗重的叹息。

汪允平的眼泪流下来，他摇晃着男人的胳膊，声嘶力竭地大喊："汪允平，汪允平！"

力工汪允平毫无反应，胳膊随着他的动作无力地晃动着。

汪允平一下子想起了什么："李坡，李坡！"

男人的眼皮忽然动了一下，随即慢慢睁开，浑浊不堪的眼球左右转动着，在每一个人的脸上都停留了很长时间，似乎在寻找着什么人。

很快,男人的目光定格在上方的某个地方,他的脸上露出一丝笑容,嘴里喃喃自语:"看着我……看着我……"

几秒钟后,男人的眼睛重新慢慢闭上。

汪允平大放悲声,周围的人也都唏嘘不已。忽然,一个护士说了一声:"别出声,你们听。"

救护车里一下子变得安静无比,只能听到一丝微弱的声音:

……
有什么可让我刻骨铭心
唯有你
唯有你,爱人
……

男人的声音越来越低,面色安详,宛若天使。

# 光荣街的秘密

谁也说不清楚傻子是什么时候来到这条街上的。仿佛在一夜之间,光荣街上的憨厚面孔中多了一张五官扭曲、脏污不堪的脸。

在我们那里，光荣街是一个顶好的地方。

这条街过去叫三道街，是本市最贫穷的街道之一。1983年夏天，有个小贼溜到三道街上，偷走了王爱国晾在阳台上的一双回力胶鞋。当时王爱国正在厕所里冲凉，眼睁睁地看着那双涂满了白鞋粉的回力鞋嗖地一下消失了。王爱国顶着一脑袋肥皂沫，套上裤衩就追了出来。时值傍晚，室内仍然酷热难当，三道街上到处都是乘凉的人们。老邻居们惊讶地看着一个男孩抱着鞋子飞跑而过，身后是半裸的王爱国。

"抓住他……鞋！"

三道街上的人们兴奋起来，炎炎夏日，无所事事，抓贼实在是一个休闲娱乐的好法子。于是，整条街上的人都行动起来，加入浩浩荡荡的抓贼大军中。许多刚下班的、买完菜的、接了孩子的，虽然不明就里，但是抵挡不住这股宏伟气势的诱惑，纷纷加入队伍。一时间，整个三道街鸡飞狗跳、鬼哭狼嚎。一番混战后，王爱国不仅成功夺回了自己的回力鞋，地上还多出了十几只被踩扁的鞋子，外加几个涕泗横流、找不到父母的小孩。更重要的是，两伙正在三道街口交易毛毯的投机倒把分子，看到上百人呼喊着"抓贼"狂奔而来，都慌了手脚，跟着偷鞋的小贼一路奔逃，结果都被当作同伙一一擒获。

这是C市历史上规模最大的一次扭送现行犯事件。区公安分局局长有感于三道街居民的治安积极性，建议市政府将三道街更名为光荣街，一为纪念，二为褒奖。彼时恰逢C市进行大规模市政改造，于是改名这件事进展顺利。不到半个月，三道街的街口就立起了"光荣街"的街牌，每个居民的门口也被钉上了金灿灿的"光荣街xx号"的门牌。在那个年代，荣誉是比生命还重要的东西，更何况是一条街的荣誉。于是，从那一天起，"被"光荣的，不仅是这条街，还有这条街上的所有人。虽然还是粗茶淡饭，入不敷出，还是男儿愁娶，女儿愁嫁，但光荣街上的人们的精神面貌是不一样的。仿佛门口那块牌子时刻都挂在每个居民的脖子上，衬得脸色都金光闪闪。光荣啊，光荣。

偷鞋的小贼，在1983年的严打行动中被判处死刑立即执行。

时过境迁，转眼间，进入21世纪。C市的变化非常大，到处高楼林立，马路宽敞。买米买肉不再用票，看病吃药不再是单位全包。工人不再令人艳羡，"投机"分子现在叫老板。在大多数人心中，所谓荣誉，似乎成了一件可有可无的东西。红灿灿的票子揣到口袋里，那才是实实在在的。荣誉？能当饭吃吗？能给小孩交学费吗？能换一套两居室吗？

只有光荣街上的人不这么看。在这个城市日新月异地变化时，光荣街奇迹般地保持着原貌。一并保存的，还有那视荣誉为生命的老传统。这条街上的人，大多都在工厂里本本分分地工作，不偷奸耍滑，不消极怠工；也有在学校里当老师的，同样兢兢业业。当然，做小本生意的也有，一家摆馄饨摊的，一家卖水果的，都是价格公道，童叟无欺。光荣街嘛，要是做了奸商，哪有脸面在这条街上待下去？

不过，光荣街也有自己的烦心事——那个傻子。

谁也说不清傻子是什么时候来到这条街上的。仿佛在一夜之间，光荣街上的憨厚面孔中多了一张五官扭曲、脏污不堪的脸。最初，居民们以为他仅仅是一个过路的流浪汉，好心的陈老太太还给他拿过馒头和咸菜。傻子吃饱喝足后，躺在绿化带里睡了一大觉，起来后就不知所终。第二天，傻子又出现在光荣街上，拿着一段甘蔗，坐在路旁大口嚼。光荣街上的居民都注意到了他，却没有人在意。还有几个人暗自高兴：看，傻子都来沾咱们光荣街的光！

如是一个月后，居民们渐渐感到不对劲儿了。傻子完全没有离开这条街的意思，而是一副打持久战的样子。无论光荣街上的人什么时候出门，都能看到傻子站在街边，掀起破破烂烂的背心，在肮脏的肚皮上搔着痒，冲每一个人呵呵地傻笑。在一整天的时间里，傻子要么睡觉，要么蹲在路边冲着蚂蚁自言自语。如果有人在路边交谈，傻子也会凑过去听，笑眯眯地看看这个，又看看那个。更过分的是，刘大妈看见傻子坐在花坛上，脱了裤子抓虱子，每捏死一个，就兴奋地啊啊大叫。

这里可是光荣街啊，居然出现一个傻子！

这是多么不和谐！

光荣街上的居民开始对傻子板起面孔，不再有人向他施舍吃食，也不再有人搭理他，每个人都希望他能识趣地离开，早日恢复这里的祥和旧貌。然而，傻子依旧每天在光荣街上游荡，越发圆胖。没心没肺，却有滋有味地活着。

人们开始暗暗期盼冬天的到来。数九寒天，傻子一没衣服二没住处，还不滚蛋？

天气终于凉下来了，傻子却依旧日日出现在光荣街上。不同的是，傻子身上多了一件军大衣，看上去挺新的。军大衣的口袋里总是鼓鼓囊囊的，不是揣着半块烤地瓜，就是塞着一根煮玉米。有了军大衣之后，傻子又多了一个节目——冲每个路过的人敬军礼。表情肃穆,动作庄严。然后就坐在路边拿出地瓜或者玉米大口嚼。

转眼到了年底,居民们一边置办年货,一边琢磨:过年了,这傻子也不回家看看自己的傻爹傻娘?大家都有凑钱给他买张火车票的心了!摆馄饨摊的老孙终于忍不住,给了傻子半碗馄饨。趁他稀里呼噜吃得正香的时候,老孙问他:"傻子,回家过年吧。"傻子吃得全神贯注,老孙连问了好几遍,傻子都没有回应。好不容易吃完了,他冲老孙嘿嘿一乐,把碗伸到老孙面前。

"还要。"

"要你奶奶个腿!"老孙骂了一句,夺回空碗,悻悻地回到馄饨摊后。

除夕夜,家家都在包饺子、看春晚。赵本山的小品结束后,整条光荣街的居民都会走出家门,放鞭炮、迎财神,彼此说些吉祥话。傻子也在街上,吃着不知从哪里弄来的半盆饺子。几个年轻人故意在他身边放鞭炮,想把他吓跑。傻子却不害怕,看着身边噼啪作响的鞭炮,反而兴奋起来,张着两只油乎乎的脏手连蹦带跳。每当有烟火蹿上天空,傻子更是开心得不得了,盯着头上不停扩散的光点,啊啊地大叫。

看着兴高采烈的傻子,人们很快就感到愤愤不平。鞭炮多贵啊,自己花钱哄一个傻子开心——傻啊?

那个除夕,整个光荣街上最高兴的,是这个傻子。

新的一年到来,光荣街上的居民最期盼的,不是财源广进,也不是阖家幸福,而是赶走这个傻子。

也许是老天爷听到了光荣街的祈祷。机会来了。

大年初一,老邓家的儿子带着女朋友给父母拜年。吃过晚饭后,小邓带着女朋友摸黑下楼,准备送她回家。走到二楼缓台,女朋友一脚踩到一个软乎乎的东西上,随即就听到一声惨叫。小邓的女朋友当时就吓昏过去了,小邓也吓得不轻。等他手忙脚乱地拿出手机照明的时候,才发现那软乎乎的东西是蜷缩在楼道里睡觉的傻子。

女朋友被送到医院抢救,小邓怒不可遏,但多年来受光荣街的熏陶,他没有对傻子动粗。不过这件事毕竟不能这么算了,光荣街的居民连夜决定:开会。

会场选在王爱国家。当年的回力鞋事件之后,奋勇捉贼并给整条街带来荣誉的王爱国成了光荣街的核心人物。而且王爱国的儿子当兵去了,家里就剩下王爱国老两口和他小脑萎缩的爹,地方相对宽敞些。会议主持人自然也是王爱国。然而,他家里再宽敞,也坐不下十几个居民代表。最后,从老孙的馄饨摊上借了几个凳子才勉强够用。原定在晚7点半召开的会议,折腾到8点多才正式开始。

王爱国先给会议定了主题:这个傻子,怎么办?

老邓第一个发言:"整走!坚决把这个傻子整走!我儿子,一个当保安的,处个女朋友容易吗?把人家姑娘吓跑了,谁给我儿子说个媳妇去?"

有人笑:"也不是啥金枝玉叶,宾馆服务员。"

老邓把脖子一梗:"省宾馆的!"

又有人说:"说得容易,咋整走?"

马上有人答话:"索性找几个人,弄台车,把他拉到郊区去!"

王爱国摇摇头,"不行不行,咱光荣街上的人,咋能这么干?"

那人反驳:"要不咋整?那傻子今天睡楼道里,明天指不定就睡谁家床上!"

一片哄笑。

这时,王爱国的爹突然大喊一声:"那是个神仙!"

大家愕然。王爱国不耐烦地擦去老头胸前的口水,说道:"爹,你别插嘴。"

会议继续。刘大妈提议："绑人的事儿,咱光荣街做不出来。但傻子毕竟是个人,他也得有吃有穿,咱们都别搭理他,别给吃,也别给穿,时间一长,他待不下去,自然就走了。"

大家纷纷附和:"对对,合情合理,又不犯法——自己家都顾不过来呢,谁有义务养他啊?"

有人很担忧:"可这傻子也不缺吃穿啊,军大衣、烤地瓜,活得欢实着呢。"

马上有人出来揭发:"这都怪卖水果的老郑家那丫头,军大衣就是她给的,还给他送过饺子!"

郑小燕立刻向后缩缩身子,头也低下来。

老邓很不满:"小燕你咋想的?大家挖空心思想整走这个傻子,你咋还留他呢?"

郑小燕的脸红得像苹果,甩甩辫子,小声说道:"他也怪可怜的,都入冬了还穿个破背心……"

老邓更火了:"他可怜?我儿子打光棍就不可怜?"

有人起哄:"那就让小燕给你当儿媳妇呗。"

又是哄笑。老邓倒是认认真真地打量起郑小燕来,似乎有点动心——毕竟郑小燕是光荣街上最漂亮的女孩子。

王爱国的爹又叫起来:"那是个神仙!"

王爱国挥挥手,示意老伴把爹推进里屋去。

正哄笑着,卞老师的儿子卞铁军来找他,说是有几个学生来拜年。

卞铁军正读高三,成绩还不错,有望成为光荣街上的第一个大学生。小伙子一进来,就有人张罗让卞铁军发表意见。读书人,肯定比他们有水平。

小伙子倒也不推辞，扶扶眼镜，先看了一眼郑小燕："小燕姐做得没错，傻子也是人，也有人权。不过这事靠咱们肯定解决不了，得靠组织，靠政府。"

水平果真不一样。

王爱国正被自己的爹搞得心烦，想了想，卞铁军的话也不无道理，荣誉是组织给的，有情况就请示组织，准没错。于是拍板决定，第二天去社区解决傻子的问题。

事情有了解决办法，大家起身散会，纷纷出门的时候，又听见老头在里屋声嘶力竭地喊：

"那是个神仙！"


让大家没想到的是，组织也没什么好办法。

值班的社区杨书记语重心长："光荣街的传统就是扶危济困、见义勇为。他虽然是个傻子，但也是个人，是人民中的一分子。我知道大家过得都挺清贫的，但是社会主义要抓物质文明，也要抓精神文明嘛。一个傻子，不打人不毁物，他能吃多少，喝多少？大家每人省下一小口，他就过上小康生活了。这么多年来，光荣街一直是市里精神文明建设的典型，这个典型不能倒！"

老邓有些不服气："不是有福利院吗？"

杨书记一摊手："福利院？早就人满为患了！政府每年那点拨款，啥问题也解决不了。没有社会捐助，福利院早就撑不下去了。你们光荣街，咋能再给组织添麻烦呢？"

这句话，让光荣街上的人不好再开口，心里甚至还有点隐隐的羞愧。是啊，组织也不容易，光荣街应该让这份光荣继续保持下去才对。

好在杨书记也没把话说绝，承诺如果傻子闹事的话，组织一定出面解决。

　　自此，傻子在光荣街上正式定居下来。他肆无忌惮地在街上晃悠，冲每一个认识或者不认识的人傻笑。北方寒冷的冬天并没有让傻子萎靡下来，他似乎从未动用过自己体内储存的热量。人们时常看到郑小燕塞给他一个苹果或者半碗热面条，偶尔还给傻子擦擦手脸。于是，春暖花开的时候，傻子变得越发膘肥体壮。

　　于是，这个傻子也越发让人讨厌。

　　光荣街上的每个人都在辛辛苦苦地工作，谨小慎微地活着。然而，不管大家多么战战兢兢，存折上的数字仍然不见增长，脸上的皱纹却越来越多。能让居民们的脸上依旧荡漾着笑意的，就是门口那个金灿灿的牌子。可是，傻子凭什么来分享这份荣誉呢——还他妈长得那么胖！

　　卞铁军曾说过，傻子眼里的世界比他们的简单得多，只有吃喝拉撒这四个字。他爱做什么，就做什么，一切全凭喜欢。所以说，这条街上，最幸福的，其实是傻子。

　　听者一琢磨，便觉得恼火了。

　　春去夏来。随着季节的变化，光荣街上也有一些不同。小邓和女朋友吹了，光荣街这块金字招牌最终也未能挽回省宾馆女服务员的心。小伙子下班后的消遣就是在单杠上练块儿，间或用阴沉的眼神看着在一旁加油的傻子。卞铁军在街上出现的时间越来越少，据说他在家里全力准备高考。郑小燕第一次穿上了短裙子。傻子则脱掉了脏得看不出底色的军大衣。军大衣被郑小燕洗干净后，放在水果店的阁楼里。

　　气温渐渐升高，光荣街正处于一年中最满足、慵懒的时光。有简单的衣装、便宜的瓜果，还有满街随处可见的花裙子和大长腿，以及太阳落山后三三两两乘凉聚谈的居民。特别是最后一点，和几十年前那个光荣的夜晚多么相像!

重返光荣!继续光荣!

光荣街上的人们都蠢蠢欲动,整条街上洋溢着暧昧的气息。

夏天也是傻子最喜欢的季节。他可以随便找个地方睡觉,能抓蚂蚱、蜻蜓来烤着吃,水果店里拿来的水果也更丰富。而且,傻子前所未有地开始对自己的身体产生兴趣。每当他吃饱喝足,就坐在路旁的花坛上摆弄自己那丑陋的玩意儿,一脸陶醉的表情。

刘大妈打趣他:"傻子,想傻媳妇了?"

傻子兴高采烈地哇哇叫,掏出直撅撅的家伙给刘大妈看。

刘大妈啐了他一口,转身就走,迈了几步之后,又偷偷回头瞄了几眼,轻蔑地说:"流氓!"

五月底的一天深夜,一向安静的光荣街上突然有了小小的骚动。街角的水果店里传出几声短暂的惊叫,随即就是一片寂静。尚在熟睡中的人们毫无察觉,即使那惊叫中掺杂着傻子的声音。

第二天,光荣街上传出惊人的消息:郑小燕被人强奸了。

整条街都沸腾起来,每个人都明白,这是比偷鞋子还恶劣一百倍的事情!

一拨又一拨的人去水果店打听消息。每一拨人看到的都是相同的场景:老郑站在门口跳着脚大骂,郑小燕的妈趴在卧室门上一遍遍哀求女儿出来。

犯罪现场还在,摊床上一大片被压扁的草莓。汁液横流,像极了鲜血。

老孙去拉老郑:"你还骂个什么劲儿啊,报警啊!"

警察很快就赶到了。看了一圈现场之后,先劈头盖脸地训了围观的居民一通。

"你们跟着起什么哄？现场都被破坏了！"

现场已无勘验价值，就看小燕能不能提供线索了。

让大家没想到的是，郑小燕完全不配合。警察守在门外苦口婆心地劝小燕开门，卧室里一片寂静。刘大妈突然想到了什么，一脸煞白地问小燕她妈："这孩子该不是想不开，寻了短见吧？"

小燕她妈两眼一翻白，瘫软下去。警察也急了，开始找工具准备破门。正在忙活着，卧室里突然传来哗啦一声，似乎一个杯子被摔在门上。紧接着，就是小燕冷静的声音：

"我没事，你们要是敢进来，我立刻死给你们看。"

警察没了办法，嘱咐老郑两口子，让孩子先平复一下情绪，等她开口了，再联系警方。同时，周围的居民如果有线索，也可以随时向警方提供。

接下来的两天里，小燕的事情成了整条光荣街上最大的谈资。大家都在猜测，是谁干的？

不管是谁干的，这王八蛋都该被千刀万剐，要知道小燕可是光荣街上心地最好、最漂亮的姑娘，更是青年们做梦都惦记的理想对象。现在这姑娘完了，就像那一堆被压烂的草莓。

小燕家倒是一直风平浪静。姑娘还是一言不发，除了上厕所，其余时间都把自己锁在卧室里。一日三餐都是她妈从窗户里给送进去。小燕她妈扒着窗户偷偷地瞧过几次，小燕不是躺在床上看书，就是坐在桌前写写画画。小燕她妈试探着问过几次，姑娘始终沉默，问烦了，就操起水果刀放在手腕子上，吓得小燕她妈赶紧闭嘴。

不过看起来，郑小燕似乎不会寻死。

郑小燕的沉默，引发光荣街上更热烈的讨论。那个王八蛋是谁，值得小燕这么袒护他？

到了第三天，还是刘大妈最先反应过来，这几天，怎么不见傻子？

听者纷纷恍然，是啊，大家都在关注小燕的事儿，没人注意傻子。而这个家伙，似乎好几天没出现在光荣街上了。

马上就有人猜测：会不会是傻子干的？

"有可能，有可能。"刘大妈立刻表示同意，"傻子最近开始耍流氓了，没事就摆弄他那玩意儿。"

更何况，整条光荣街上，只有小燕肯对傻子好，她袒护傻子，也说得通。

正在大家纷纷展开推理的时候，那天傍晚，傻子自己回来了。

傻子有了很大的变化，脸上不再是一团痴笑，表情显得怯怯的，也不再大大咧咧地在街上闲晃，似乎在躲着人走。更重要的是，傻子的脸上有几道明显的抓痕，身上的破背心上还有大块红色的污渍。

老孙忍着恶心上前嗅了嗅，立刻一脸兴奋地回来汇报。

"是草莓汁，还有甜香呢！"

果真是这傻子干的！

光荣街上的居民顷刻间愤怒起来，小邓更是撸胳膊挽袖子，露出一身刚练好的腱子肉，立刻就要把傻子送派出所法办。

王爱国倒挺沉得住气，他看看一直站在水果店门口不停地向里张望的傻子，挥了挥手。

"开会！"


这次会址选在老郑家的水果店里。出了事之后，老郑已经无心开店，货品大都低价批发，店里空空荡荡的，正好开会。

神探刘大妈第一个发言，直截了当地说强奸犯就是傻子，并详细讲解了她的推理过程。与会者纷纷点头称是的时候,老郑已经红了眼睛,冲到厨房里取了菜刀,要出去劈了傻子。大家手忙脚乱地夺下菜刀,老郑坐在地上哭得一把鼻涕一把泪。

王爱国温和地批评了老郑:"这都什么年代了,不兴报仇那一套,凡事有组织给我们撑腰。再说这里是光荣街,咱不能干那动刀动枪的事儿。"

老郑号哭不止:"妈的,还光荣个屁,我闺女都让个傻子糟蹋了,要脸有个屁用,我要活劈了这畜生……"

正在大家一团忙乱的时候,卞老师带着铁军来了。

大家又感动又意外,出了这么大的事儿,是得来个有文化的人说句话。铁军这孩子仗义,复习那么忙,还来帮老郑家出主意。

老郑也像看到主心骨一样,一把拽住卞老师的手,连连摇晃。

"卞老师,你有知识,懂法,你说,我劈了这畜生算不算为民除害?"

"为民除害"这四个字让卞老师眉头一皱,他把老郑拽起来,清清嗓子说道:"老郑,就算这事儿是傻子干的,你也不能劈了他——不管是谁干的,都不能劈——想报仇有政府。我今天来,是有别的话想跟你说。"

卞老师把老郑扶到凳子上,扶了扶眼镜,又扫视了一圈眼巴巴地看着他的居民们,脸色有点发白。

"小燕这孩子是我看着长大的,是个好孩子,没说的。"卞老师扫了一眼紧闭的卧室门,"事情已经发生了,孩子……也已经不清白了。能不能抓到那个人,我看倒是其次,当务之急,是想想小燕今后该怎么办。"

居民们纷纷点头称赞。到底是有文化的人,就是比咱们看得远。

老郑又哭起来:"今后?还能咋办?这孩子让人糟蹋了,谁能要她?我和小燕妈养一天算一天吧。"

"这就是我想跟你说的,我们家铁军……"卞老师回头看看一直低头不语的儿子,"一直挺喜欢小燕的。虽然小燕比他大,但是,如果你和小燕她妈没意见的话,就让……小燕跟我家铁军吧。"

说罢,卞老师从衣袋里掏出一沓钱,递到老郑面前。

"这个……就当是彩礼吧。"

这一幕来得太突然,在场的人都被惊得目瞪口呆。老郑几乎是下意识地接过钱,扭头看看小燕妈。老太太已经靠在门框上,捂着脸哭了起来。

"卞老师……你是我家的恩人。"小燕妈哭得上气不接下气,"铁军……好孩子……小燕一定好好伺候你,你别瞧不起她……别欺负她……"

卞老师捅捅卞铁军,小伙子低着头,用蚊子一样地声音回了句嗯。

如梦初醒般的王爱国带头鼓起掌来,一时间,掌声响彻水果店。

什么叫大爱如山,什么叫感天动地?

这就是。

被抢了风头的神探刘大妈略有不满,嚷嚷起来:"那傻子怎么办,还送不送派出所了?"

"送!那还用说?"小邓停止鼓掌,又挽起袖子,"老子就等这报仇雪恨的一天呢。"

大家纷纷行动起来,操起各种家伙什儿,摩拳擦掌地要去抓傻子。

卞老师又出来打圆场,拦了这个,又拦那个。

"不急不急……"卞老师的脸上沁出汗来,"听组织的……咱们别乱来。"

老郑一把拽住卞老师的手:"卞老师,啊不,亲家,你对我家有大恩大德,我也不能委屈了我闺女和铁军——必须给他们出这口气!"

正在一片混乱之时,紧闭了数天的卧室门,砰的一声打开了。

水果店里顿时安静下来,大家还保持着撕扯的姿势,愣愣地盯着郑小燕走出来。

郑小燕瘦了许多,鹅蛋脸变成了瓦刀脸,反而衬得一双眼睛更大了。她用这双眼睛扫视着寂静的人群,双眸中寒光毕现。

"别闹了。"郑小燕冷冷地说道,"不是傻子干的。"

人群先是静默,随即就是一片哗然。

"那是谁?你告诉爸!"老郑抓住小燕的胳膊,另一只手捏紧菜刀,"爸劈了他!"

小燕笑笑,看上去比哭还难看。她缓缓地抬起手,指向不断地向卞老师身后躲的铁军。

"是他。"

这条街上的人们大多过着波澜不惊的日子,谁也没想到,在这样一个普通的夜晚,事情会奇迹般地扭转。

而且,还是他妈的两次。

于是,大爱如山变成了大奸若忠,感天动地变成了人神共愤。

老郑最先醒悟过来,掏出那沓钱摔在卞老师脸上,抡起菜刀就往铁军身上扑。

"你个畜生!糟蹋了我闺女不说,还想骗我们家一辈子——恩人,恩人你娘个腿!"

又是一片大乱。

最后还得靠王爱国,一边按住发疯了似的老郑,一边吩咐小邓抓住几欲逃跑的卞老师父子,同时,还没忘了让刘大妈关上水果店的门窗。

待到局面稳定下来,王爱国拍拍身上的灰尘,气喘吁吁地坐下来。

"都说说吧,到底咋回事?"

按照郑小燕的说法,那晚就要闭店的时候,卞铁军突然来了,说要买草莓。买了草莓之后,东拉西扯了一些闲话,磨磨蹭蹭地不走。最后,小燕起身去搬苹果箱子的时候,卞铁军就从后面扑上来了。听到小燕的呼救声,正在花坛里睡觉的傻子冲过来帮忙,被铁军抓伤了脸。打跑了傻子之后,铁军在草莓摊子上强奸了小燕。

老郑听了之后,气喘如牛,扭头问卞铁军:"是不是这样?"

卞铁军跪在地上,浑身筛着糠,声音中带了哭腔:"郑大爷,小燕,我错了。"

老郑骂了一声娘,抬脚踹了过去。

卞老师挡在儿子身前,前胸结结实实地挨了一脚,立刻翻了白眼。好不容易喘过气来,卞老师向前跪爬几步,抱着老郑的腿苦苦哀求:"郑大哥,都怪我,是我给孩子压力太大了。他也是昏了头,才做出这事来……铁军是你看着长大的,他快高考了……要是报官,他就毁了……郑大哥,我求求你……"

老郑不说话,抬脚又要踹。王爱国急忙拉住他,转头对小燕说:"你这孩子,怎么不早说?"

郑小燕依旧倚在门框上,冷眼旁观,见王爱国问他,想了想,慢慢说道:"因为我喜欢他。"

一句话出口,大家都愣住了。

"从小我就喜欢铁军。他学习好,有文化——我知道我配不上他。"郑小燕抬起头,泪眼婆娑地看着卞铁军,"所以,那天晚上我没叫人,之后我也没告发他。"

卞老师又急又气:"那……那你现在又何苦要说出来?"

卞铁军也抬起头来看着小燕,惊恐的眼神里多了一丝希望和乞求。

"因为你们要冤枉傻子。铁军弄了我,我并不觉得怎么样。"郑小燕慢慢挺起胸,"但是你们现在来装好人,来提亲,这对我来说,才是最大的侮辱。"

水果店里的人都沉默了。

良久，王爱国站起来，把散落在地上的钞票一张张捡起来。然后，他走到卞铁军面前，低声问道："铁军，你喜欢小燕不？"

卞铁军有些莫名其妙，下意识地看看父亲。看到后者严厉的眼神后，卞铁军连连点头："喜欢，喜欢。"

王爱国如释重负地笑了笑，转身冲大家说道："其实，这事儿好办。"

王爱国的想法是，既然卞铁军和小燕都互相喜欢，也就无所谓强奸，就当这对男女捅破了这层窗户纸罢了。只要两人将来能结婚，这件事大可以拉倒。不过，既然已经报了警，就得给派出所一个说法。至于这个黑锅由谁来背，傻子自然是最佳人选。

听者面面相觑。郑小燕立刻表示反对。

"我不嫁给他——我已经不喜欢他了。"郑小燕擦擦眼泪，"这几天，我一直在等铁军来向我道歉，我甚至还给他写了信。但是，"郑小燕看着卞铁军，"你一直躲着。"

郑小燕呼出一口气，慢慢地说道："你是个懦夫，敢做不敢当的窝囊废。你连傻子都不如，他还知道报答我。我不会嫁给你。我要让你吃官司，恶有恶报……"

"小燕！"王爱国皱着眉头打断她的话，"你得顾全大局！这关系到光荣街……"

"光荣街，光荣吗？"郑小燕大声嘲笑道，"你们要袒护一个强奸犯，冤枉一个傻子，这光荣吗？"

"其实，爱国说的不是没有道理。"老孙琢磨着，慢慢说道，"这样一来，光荣街上多了个大学生，小燕也有了婆家——那个讨厌的傻子，也可以离开我们光荣街了。"

大家开始交头接耳。是啊,一箭三雕。光荣街的风波可以就此平息,甚至,更加光荣。

不过,最终还得听当事人的。所有的目光又集中在老郑一家三口身上。

老郑铁青着脸,忽然对小燕她妈说道:"你把小燕带进屋去。"

郑小燕显然知道接下来会发生什么,立刻挣扎起来。

"不行!我绝对不会嫁给他!"郑小燕推开她妈,"你们也不能冤枉傻子!绝对不行!"

在刘大妈的帮助下,两个人连推带架地把小燕弄进了卧室,砰的一声锁死了门。即使是这样,小燕的怒骂声还是一阵接一阵地传出来。

老郑听着小燕的骂声,举起手来指着卞铁军,低声喝道:"你,过来!"

卞铁军赶紧跪爬过去。

"你给我立个誓,不管你将来念多大的书,有多大出息,都得对小燕好。"老郑死死地盯着卞铁军的眼睛,"一辈子!"

卞铁军磕头如捣蒜:"我发誓,要是我欺负小燕,就让我天打五雷轰!不得好死!"

老郑一下子瘫软下来,仿佛瞬间就老了十几岁,他把脸埋在手掌里,从指缝里挤出声音来。

"听大伙的吧。"

于是迅速达成共识。当天晚上是傻子强奸了小燕,铁军听到动静,去救小燕,抓伤了傻子。铁军之所以一直没有去派出所作证,是怕耽误了高考。

当晚,光荣街上重现了二十几年前那光荣的一幕。十几个治安积极分子连同证人卞铁军,一起抓获了强奸犯,连夜将其扭送至公安机关。

唯一不和谐的事是，王爱国的爹在当晚再次发病，爬到阳台上连声大喊：

"那是个神仙！"

不过，王爱国已经顾不上自己的爹了。临行前，他一再对参加扭送的光荣街居民们强调：今晚在水果店召开的会议，是光荣街的秘密。

永远的秘密。

公安机关当即收押了傻子，还录取了卞铁军的证言。调取被害人郑小燕的证言时，由于她还处于情绪极不稳定期，没有成功。不过这倒问题不大，因为根据鉴定机构出具的鉴定报告，傻子是完全无刑事责任能力人。鉴于傻子的肇事肇祸情节，傻子被带往C市安康医院接受强制医疗。

一场风波，终于平息。光荣街上恢复了往日的平静。因为没有了傻子，甚至更加平静。

然而，这种平静并没有维持多久。高考前夜，一直被父母禁锢在家里的郑小燕跑了出来，跑到她未来的公婆家门口，在一根暖气管子上用裤带吊死了自己。第二天一早，高考生卞铁军被父母簇拥着走出家门，一眼就看到了半空中吊着的郑小燕，当即就昏了过去。

考试是不能参加了，更糟的是，卞铁军彻底疯了。

自此，光荣街上少了一个卖水果的漂亮姑娘，多了一个衣不蔽体、整天胡言乱语的疯子。

即使如此，那个秘密始终不曾公开。光荣街上的人似乎心照不宣地保守着那个秘密，然而，这带来了另一种默契。居民们虽然仍旧每天上班下班，买菜做饭，可是在碰面的时候，总会彼此上下打量一番，嘴角带着一丝神秘的微笑。

是啊，我知道你的秘密，你知道我的秘密。最重要的是，这秘密，并不光荣。

光荣街的秘密最终让它不可遏止地衰败下来，凡是有能力离开这里的人，都再也忍受不了光荣街上诡秘的气氛。渐渐地，光荣街上的居民越来越少，往日的荣光已经不复存在。几年后，政府决定将光荣街集体搬迁，原址用于商业开发，余下的居民以近乎逃离的速度搬走了。只有王爱国一家三口还在坚守，指望能多要一些拆迁补偿款。

于是，人们常常看到王爱国推着轮椅上的老爹，在空无一人的光荣街上孤独地徘徊着。老头的精神头儿越来越不好，歪着头，任由口水在胸前蔓延，嘴里还喃喃自语着："那是个神仙。"

王爱国对此嗤之以鼻，一个傻子，他要是神仙，我就是佛祖了。

那天，天气很差，空中始终有乌云在翻滚，隐隐还有雷声传来。王爱国早早地把他爹推回了屋里。半夜的时候，暴雨终至。沉重的雨点噼里啪啦地打在光荣街的老房子上，仿佛一首旋律单调的歌曲。后半夜，暴雨未止，狂风又起。最后，光荣街口那块锈迹斑斑的街牌在风中悄然倒下，"光荣街"三个字淹没在泥水中，再也看不清了。

# 酒窝

酒窝?

她忽然觉得自己的记忆出现了障碍,她不记得照片上的女人是否有酒窝。尽管在那些忙乱的午后,她常常有些赌气地赖在床上拖延时间,反反复复地看了女人的照片很多次,她依然不能肯定女人的脸上是否有酒窝。

她匆匆赶到医院的时候，他正在给女人吸痰。

她站在门口，一边平复急促的呼吸，一边看着他的背影。

他瘦了，皱皱巴巴的夹克衫下，能看见两块凸起的肩胛骨，平时挺拔的腰身，此刻看起来有些佝偻。他稍稍侧过脸，油腻腻的头发乱七八糟的，耳际上方露出一条清白色的头皮。

病房里有些乱，并不如想象中整洁明亮，墙上污渍斑斑，几处掉了墙皮的地方露出黑灰色的水泥。

病房里有四张床，其中两张床上躺着病人，靠近窗户的第二张床上，躺着他的女人。

邻床上躺着一个骨瘦如柴的男人，床边的小板凳上，一个矮胖、衣着邋遢的女人好奇地打量着她。

她感受到那种目光，稍微定定神，抬脚走了进去。

脚步声让全神贯注的他回过头来，看见是她，他微微一笑，算是打过招呼，转身继续手里的工作。

他的沉默让她有些手足无措，手里的鲜花也不知道放在哪里才好，只能默默地站在他的身边，看着床上的女人。

女人已经完全不是当初的样子。

她曾在他的家里看过女人的照片,那是个卷发、有着两颗兔牙的女子,笑起来有些孩子气。在很多个紧张的午后,当他在卫生间里清除痕迹的时候,她就裸身躺在床上,嗅着被子上淡淡的花香,偶尔抱一抱床头那只毛茸茸的玩具兔子,这让她清晰地感觉到这个房子里另一个女人的气息,这感觉让她在高潮的余热中有些怅然若失。

女人如今完全变了样子,满头的卷发已经被剃去,刚刚长出的短发也掩盖不住那几条弯曲、丑陋的伤疤。脸有些痴肥,洋溢着不健康的红光。男人拿着吸痰管在女人口腔里慢慢抽动、旋转,能看见她尚未完全消肿的嘴唇下,牙齿残缺的豁口。

他终于完成了吸痰,僵硬地伸直腰板,同时举起手中的贮液瓶,表情满意。而床上的女人似乎有着和他同样的表情,轻轻地呼出了一口气。

他转向她,说了她走进病房后的第一句话,来了?

她点点头,目光停留在他耳际上那条青白的头皮。

他注意到她的目光,有些不好意思地伸手捋捋头发。

哦,你带来的?谢谢。他指指那束花。

她点点头。

放下吧,放在哪儿好呢?他在病房里四下张望着,最后从病床下拿出一个空的可乐瓶子。

你先坐一会儿,我很快就回来。他拎着瓶子急匆匆地走了出去。

她顺从地拉过在床边的小板凳坐下,目光又落在躺着沉睡的女人脸上。

女人的表情很安详,甚至有些无忧无虑的样子,如果不是头上触目惊心的伤疤和那肿胀的嘴唇,她看起来很像一个熟睡中的大男孩。

她还是无法将这个女人和照片中的那个笑起来很淘气的人联系起来。

面前的女人很陌生,这多少让她的忐忑稍稍平复,但随之而来的是一种从心底弥漫至全身的悲凉。

他回来了,手中的可乐瓶子里装了半瓶自来水。他兴致勃勃地把花束插在可乐瓶里,小心翼翼地摆在床头柜中间。

这是什么花啊,这么香?

康乃馨。她干巴巴地回答,忽然感觉没有话说。

哦。他盯着花看了一会儿,忽然站起来,把可乐瓶子挪到床头柜向床的这一侧,又把花统统朝向女人。

他看着花,不时翕动着鼻子,她看着他。

他的脸色苍白如纸,青黑的胡茬布满下巴,眼中布满红血丝,眼角还糊着眼屎。

昨晚没休息好?她轻声问。

嗯。他伸出手在脸上抹了两把,手指捻了几下,又掸掉。天天这样,习惯了。

去洗洗脸吧。我看着她。

嗯。他顺从地从床下拿出一个塑料盆。有什么情况,在走廊里喊我一声就行。

他回来的时候显得清爽了许多,头发湿漉漉的,脸上的皮肤有了弹性,也有了血色。

你吃过饭了吗?他边擦头边问。

吃过了。她撒了个谎,从早上5点半接到他的电话开始,她还什么都没吃过。

嗯,那我不让你了。他伸手拿过床头柜上的一个塑料盆,里面有两个半凉的包子和一个茶叶蛋。他三口两口把包子吞下去,又剥开茶叶蛋的蛋壳,深棕色的汁水流下来,他忙把嘴凑到蛋壳上吸吮,几滴汁水流到胸前,他伸手胡乱抹了几下,几口就消灭掉了茶叶蛋。

她很想掏出纸巾帮他擦干净,可是感觉到邻床矮胖女人不时投来的好奇目光,又把手从皮包里拿了出来。

他被蛋黄噎住了,一边使劲下咽,一边拿起床头柜上一个玻璃罐头瓶子,咕咚咚喝了两大口。

吃过饭,他显得有精神多了,眼神中恢复了些许她所熟悉的灵活与干练。他俯身看看熟睡中的女人,从衣袋里拿出一只烟盒,挥挥手示意她跟他出去。

车祸的肇事方虽然同意赔付,但是其公司的负责人一直不肯露面。今天凌晨律师打电话来,说约了对方谈赔付的事情,如果能谈拢,当天就能拿到钱。他找不到可以托付的人,就把她叫来了。

她听了不说话,只用脚尖在走廊的水磨石地面上画圈。

他斜靠在窗台上,吐着烟圈,说话的时候眼睛看着窗外,并不看她。她不知道是不是因为尴尬,如果是,她会感到一些欣慰。

那,我该做什么?

很简单。他终于把头扭了过来,每两个小时帮她翻一次身,接一次尿,中午给她吸一次痰,如果下午5点之前我赶不回来,还得再吸一次。

哦,怎么吸?

我教你。他扔掉烟头,起身往回走,走了几步,发现她还站在原地不动。

他犹豫了一下,走过去抱住了她的双肩。

已经三个多月没亲热了,在他怀中的感觉有些陌生。这让她在身体接触的刹那有些本能的抗拒,然而当她感到那粗糙的下巴掠过她的头顶,还是不由自主地靠了过去。

他身上也不是过去烟草混着男士香水的味道,而是穿了很久的衣服和消毒水的古怪气味。

他在她的额头印下一个干燥的吻,她甚至能感到他嘴唇的纹路。接着他的手松开了。

走吧,时间比较紧。

在病房里,他详细地讲解了吸痰器的用法,那份专注与认真让她想起他在公司里的样子,不觉有些走神。

懂了吗?

嗯,懂了。她被问得一愣,随即点点头。他笑笑,拉开床头柜的抽屉。

里面有纸和笔,每次接尿和吸痰后,都把时间和数量记在上面。靠左边有两个茶叶袋,那个拆封的是普洱茶,没拆封的是茉莉花茶,上午你给她喂点茉莉花茶。

为什么是茉莉花茶?

不为什么,就是为了给她调剂一下口味。他笑笑。

看见他的笑,她莫名其妙地也跟着笑笑。

笑容感染了他,他似乎一下子高兴起来,动作轻快地拎起皮包,翻了翻里面的单据,又仔细地装好。

她意识到自己还拎着吸痰器的贮液瓶,她看着上面的刻度,忽然想起一件事。

每次吸出多少才算正常?

这个,不一定。他伸出手在贮液瓶上比量着,30毫升左右吧,你别光看数量,只要吸完痰她脸上出现酒窝了,就说明她舒服了。

酒窝?

对，酒窝。他好像认为她不懂"酒窝"这个词的含义，伸出手在自己脸上比画了两下。

哦。她点点头，心里也不明白到底懂了没有。

好了，我得走了，辛苦你了。他把皮包甩在肩膀上，深深地看了她一眼。

是的，深深地。这目光让她觉得他的无助与信赖。

嗯，放心吧。

就在这时，床上的女人忽然在被子里发出了噼啪的声音。

两个人都愣住了，她正在惊愕的时候，他的脸上却一下布满了笑容。

哟呵——他凑过去，掀起女人的被角，又放屁了？真乖。

他恶作剧般向女人那边扇着。自己闻闻，臭不臭？女人还是一动不动地躺着，一副丝毫不觉得难为情的样子。

她目瞪口呆地看着眼前的一切，邻床的矮胖女人嘎嘎地笑起来，放屁是好事。

满面笑容的他给女人重新掖好被角，抬起头对她说，我走了。说完，就起身走出了病房。

病房里一下子安静下来，她忽然觉得手足无措，好半天才想起手里还拎着吸痰器。她弯下腰把吸痰器塞到床下，又直起身来四处扫视了一圈，最后站到了窗前。

这个城市正在慢慢醒来，马路上的行人渐渐增多，很快，窗外就一片嘈杂。在那些行色匆匆的人群中，她看见了正在公共汽车站等车的他。

一辆公共汽车开过来，刚才还三三两两的人群一下子围上去，夹在中间的他被挤得摇摇晃晃，衣服的领子都被扯到了肩膀上。车的后门无声地打开了，跳下几个人，更多的人拥挤在前门，他搭在肩上的皮包两次被挤掉，他一只手拽着皮包带，另一只手使劲向前抓着车门。挣扎，推搡，几秒钟后，他终于夹在衣着灰暗的人群中挤上了公共汽车，那辆车也仿佛不堪重负一般，喷出几股黑烟后，慢慢地发动了。

她目送着那辆车消失在马路的拐角，紧攥的手才缓缓松开。

越来越多的阳光投射在面前这一小块区域，她看看手表，刚刚7点半。她忽然意识到，这将是多么漫长的一天，漫长得让人绝望，让人没有勇气回头面对那张床和床上的女人。

她还是回过头，慢慢地走到床前，坐在硬邦邦的木头凳子上。

矮胖女人凑过来，手里拿着小刀和一只苹果。

真不容易啊。

她不知道该如何回答，象征性地唔了一声。

你是她什么人？

她有些发窘，想了一下说，我是她小姑子。

哦，矮胖女人恍然大悟般夸张地点点头，你哥真不容易啊。

她总算明白了"真不容易啊"原来指的是他。

"小姑子"的身份似乎让矮胖女人觉得自己和她一下子变得亲近，干脆拉过凳子坐在病床的对面。

能对自己老婆这么上心的男人真是少见。矮胖女人边削苹果边絮絮叨叨地说着，眼睛却始终盯在躺着的女人脸上，你看你嫂子让他伺候得多好，白白胖胖的。

她有些担心地看着矮胖女人手中的小刀，似乎觉得下一刀就可能削破她的手指，可是苹果皮在矮胖女人灵活的手指间变得越来越长，最后完整地落在地上。她暗暗松了一口气。

老张，要不要？矮胖女人微侧过头，大声向身后喊道。

那个叫老张的骨瘦如柴的男人似乎发出了一丝微弱的声音，她几乎不能肯定是否能够听到,而矮胖女人则哦了一声后,狠狠地咬了一大口苹果。

她把视线从矮胖女人汁水四溅的嘴角移开,落在了病床上那个女人的脸上。

端详了一会儿,她开口问道:"她……我嫂子这样,多久了?"

不知道。矮胖女人边咀嚼着嘴里的苹果,边含混不清地说,我们家老张住进这个病房的时候,她就在这儿了。能有两三个月了吧。

没醒过吗?

嗐!矮胖女人咽下一口苹果,要是醒过来还在这儿待着干啥?

那还能醒过来吗?

谁知道!矮胖女人用手背擦擦嘴角,医生就说观察,这观察还有个头吗?两个月是她,20年也是她!

她点点头,心中的感觉很复杂,说不清是庆幸还是为女人感到担忧,隐隐地,竟还有一丝希望。

那个叫老张的男人又说了几句让人难以分辨的话,矮胖女人头也不回地说知道了知道了等一会儿,依旧专心致志地吃着苹果,冷不防问了一句:"你不经常回家吧?"

她一怔,是啊,我在外地工作。她扯了个谎。

哪儿啊?矮胖女人不依不饶地问。

大连。她随口说道。

矮胖女人终于停止了发问,把最后一小块苹果塞进嘴里,又从女人的床头柜上扯下几块卫生纸,擦了擦手指和小刀。

常回来看看你哥吧,一个大男人,难为他了。

她的眼前一下子又浮现出他耳际上那条青白的头皮,心中一酸,却又带着点嫉妒。

那怎么办？她幽幽地说，那是他老婆。

嗤！矮胖女人不屑地发出一声，老婆怎么了？

4床那女的，前几天刚出院。矮胖女人指指那张空床，跟你嫂子差不多，也是车祸。她老爷们怎么样？一个礼拜都看不见人，整天就知道管对方要钱，钱到手了，自己老婆也不管了。那女的那个惨哟，拉屎撒尿全在床上，屁股上烂出这么大一个洞。

矮胖女人双手合拢，比量出一个洞的样子。她想象着那个洞的样子，不由得头皮发麻。

所以说嘛，夫妻是靠不住的，像你哥那样的，已经相当不错了。矮胖女人总结道。

老张又叽里咕噜地说了什么，依旧听不清，不过听起来好像有了一些愤怒的意味。矮胖女人不耐烦地说好了好了就来了，动作麻利地走过去。

她想着"夫妻是靠不住的"这句话，不由得有些怅然若失。

正在胡思乱想，病房的门哗啦一声被撞开，一辆小车被叮叮当当地推了进来。

2床，输液、量体温。一个戴着白口罩、只露出两只眼睛的护士冷冰冰地吆喝着，矮胖女人抬起老张一只枯瘦的胳膊，盯着护士完成一整套输液动作，又把一只体温计塞在老张的腋下。

你卡上的钱不多了，赶快去缴费。

矮胖女人不说话，只盯着输液管。

小车被推向这边，"白口罩"看见床边的她，咦了一声。

她老公呢？

他去办事了，我是他妹妹。她有些局促地站起来。

"白口罩"嗯了一声，动作飞快地输液，掖体温计。

她垂着手站在"白口罩"身边，不知道该做什么。

记得按时吸痰。"白口罩"瞅瞅床下的吸痰器,你来吸还是我们吸?

嗯?什么?

你哥要求高,每次吸痰都信不着我们,非要自己动手,说是看到酒窝才行。"白口罩"有些阴阳怪气,你来吸还是我们吸?

她有些犹豫,"白口罩"不耐烦了,到时候再说吧,你要是没把握就叫我们。说完就推着小车叮叮当当地走了。

走到门口的时候,"白口罩"指指地上的苹果皮对矮胖女人说,收拾收拾,一会儿主任来查房。

矮胖女人撇撇嘴,唔了一声。

又过了半个小时,一个胖子在一群诚惶诚恐,看起来像实习医生的年轻人簇拥下走进了病房。矮胖女人马上站起来,同时动作飞快地把脚下的苹果皮踢进了床底下。胖子低垂着眼皮,看起来一副睡眠不足的样子。

怎么样?

还那样。矮胖女人简短地回答。

这句话似乎让胖子很满意,他拍拍床栏,注意观察。

接着就是女人的床。她有点紧张,不由得也站了起来。

怎么样?胖子慢吞吞地说。

她想了想,老老实实地说,不知道。

胖子还是没有反应,只是俯下身看了看女人的脸。不错,注意观察。

身后的实习医生匆忙地在小本子上记录着,她记得这胖子走进病房后一共说了不到20个字,天知道这些实习医生在记什么。

胖子临走的时候指指床下,尿袋。

她一看,尿袋已经快满了。她这才想起,他临走的时候嘱咐她要定时给女人排空尿袋。一边埋怨自己的粗心,一边手忙脚乱地寻找可以接尿的东西。床下有一个矿泉水瓶子，里面有干涸的黄渍。她蹲下身子把尿袋里的尿液接到瓶子里，尽管很小心，还是感到有湿湿黏黏的东西弄到了手指上。她感到有些恶心，更多的是委屈。为了你，我连你女人的尿都接了。

翻开抽屉里的小本子，她把排尿的时间、数量写在那些密密麻麻的记录的最下端，刚要合上本子，忽然来了好奇心，从头到尾看了起来。

本子上记录的不外乎女人在昏迷中的一些情况，看得出他的谨慎与细心。大到手术的时间、地点、主刀医生，小到每次排尿的数量、颜色，都详细地记在了本子上。翻到某一页的时候，页边写了两个大字：酒窝。还被圆珠笔重重地画了几个圈。

酒窝？

她想起他和护士的话，不由得转向了女人的脸。

女人无知无觉地熟睡着，头微微偏向一侧，脸颊有些鼓胀。她仔细看了好久，也没发现那上面有任何凹陷。

酒窝？

她忽然觉得自己的记忆出现了障碍，她不记得照片上的女人是否有酒窝。尽管在那些忙乱的午后，她常常有些赌气地赖在床上拖延时间，反反复复地看了女人的照片很多次，她依然不能肯定女人的脸上是否有酒窝。

她索性站起身来，仔细地在女人的脸上端详着，可是无论她如何用心，依然没有发现那一对酒窝。

矮胖女人注意到了她的动作，是不是该翻身了？

嗯？她一愣，是，是吧。

矮胖女人自告奋勇，我来吧。

她看着矮胖女人动作娴熟地翻起女人的身子，调整输液管，在后背垫好枕头，摆好双腿，又给女人掖好被子，自己一点也插不上手，不觉有些内疚，似乎辜负了他的信任。

为了感谢矮胖女人，她跑到楼下买了一些水果。矮胖女人接过那些水果的时候有些受宠若惊，似乎该感谢的是她而不是自己。

女人之间建立起亲密的关系是一件很容易的事，当她们面对面坐着削苹果皮的时候，已经宛若多年好友了。

聊天是最好的消磨时光的办法。从双方的病人到医院的水平，从物价到人情冷暖，她和矮胖女人找到了很多共同话题。她好像着了魔似的打听他照顾女人的种种细节，既想听，又怕听，最后矮胖女人下了结论——有这么个好老公，什么都值了。她听后心里怅然若失。

不知不觉到了中午，她记得他嘱咐过要给女人吸痰。犹豫了半天，她拎起吸痰器，战战兢兢地扳开女人的牙齿，刚把吸痰管插进去一点，女人的眉毛就微微蹙起，她也吓得不敢再继续，最后想了想，起身去找护士。

"白口罩"正要吃饭，等她说明了来意，倒是没有抱怨，只是脸上挂着一副"早就知道你不行"的表情。

"白口罩"扶起女人的上半身，叫她在女人胸口和后背拍打，她小心翼翼地拍了几下，"白口罩"说，用点力，她也不知道疼，你怕什么！她咬咬牙，力道稍微加重了些，"白口罩"还是不满意，腾出一只手来啪啪拍了几下，放下女人后，把吸痰管一下子插进一大截，反复搅合了几个回合后，在白大褂上擦擦手说，好了。

她俯身看看女人的脸，女人的眉头依然微蹙，脸上没有酒窝。

哎，她叫住已经走到门口的"白口罩"。

干吗？

他说，得吸到脸上有酒窝，才算吸完。

什么酒窝啊，就他能看见酒窝。"白口罩"怒气冲冲，这样还不行啊？

她想起他临走时的嘱托。

不行。

"白口罩"听出她的坚决,无可奈何地重复了一遍刚才的动作,果真又吸出一些痰液,临走的时候对她翻了几个白眼。

她觉得有些委屈,更多的是对他的幽怨。

女人的脸上依然看不到酒窝,不过双眉已经舒展开来,似乎舒服多了。

她在本子上记下吸痰的时间和数量,又给女人泡了一杯茉莉花茶。

在等待茶水变凉的时候,她怔怔地看着茶杯上笼罩的热气,看着它一点点蒸腾、消散,忽然感到一阵心慌,似乎有什么东西永远失去了。

给女人喂了半杯茶之后,她觉得有些饿,也有些渴,却什么也不想吃,最后拿起一根香蕉,刚剥掉皮,手机响了,是他。

听筒里有些嘈杂,似乎是在饭店,一听就是他的声音。

他直截了当地问给女人吸痰没有。

吸了。

她脸上露出酒窝了吗?

她犹豫了一下,决定不要骗他。

没有。

他的声音一下子焦急起来,你叫护士了没有?

就是护士吸的,我不敢。

唉,护士不行的,有些地方的痰她们吸不出来。嗯,这样吧,你下午多观察她,如果发现痰液噎堵,就赶快叫护士。

嗯,你的事情办得怎么样了?

还行,陪他们吃饭呢,下午去拿钱。

嗯,那就好。

你多辛苦了，我争取早点回去。

好。

把手机从耳边拿开之前，她听到他问你吃饭了没有。她没有回答，而是直接挂断了电话。

等了5分钟，他没有再打回来，她忽然感到一阵突如其来的疲惫，几乎都站不住了。

矮胖女人已经在靠门的床位上呼呼大睡，她瞅瞅另一张空床，脑海中忽然浮现出一个屁股上烂出大洞的女人，身上立刻起了一层疙瘩。

她只好坐在硬邦邦的板凳上，目光散漫地看着射进病房的阳光一点点移动。

时间漫长得让人难以置信。她不时抬起手表看看，每次都觉得已经过了好长时间，可是分针却只移动了一点点。她渐渐觉得喘不上气来，忍了一会儿，还是站起来，走到窗前拉开了窗子。

迎面而来的凉风让她略感惬意，烦躁少了点，幽怨却渐渐涌上心头。看着楼下忙碌的人群和不时走过的那些穿着时髦的女孩子，心想如果不是他，今天将会是自己平淡而悠闲的一天。

还有那个女人。

她扭头看看床上沉睡的女人。女人还是无知无觉地睡着，半张的嘴里黑洞洞的，嘴角流下的涎水把枕头濡湿了一大片。

好丑。她不无快意地想。

要是你永远醒不过来会怎样？

其实这念头从她得知女人出事的第一天起就有，只不过她一直不敢承认自己居然会这么恶毒，而当所有人都睡着，只有自己清醒的时候，她似乎从这寂静中得到了些许勇气。

要是你永远醒不过来会怎样？

她慢慢向女人走过去，细细地端详着她的脸，似乎在判断她永远醒不过来的可能性有多大，而当她的目光滑过女人的脸颊时，那两个字又跳进了脑海。

酒窝。

她想起白口罩护士的话，就他能看见酒窝。

一瞬间，她刚才关于她和他的种种幻想烟消云散，她不由自主地在女人脸上寻找着那对酒窝。

为什么只有他能看见？

有好几次，她几乎肯定她看见了那脸上有一点凹陷，可是定睛去看，只是一块平整，甚至有些鼓胀的脸颊。她的动作有些狂乱，甚至扳起女人的头左右察看，酒窝，在哪里？

该翻身了吧？

矮胖女人迷迷糊糊的话仿佛晴天霹雳一般，她浑身一抖，女人的头重重地落在床上。

我来帮你吧。矮胖女人揉着眼睛从床上下来，边打着哈欠，边走过来。

矮胖女人帮助女人换了个向另一侧侧卧的位置，丝毫没有注意身后的她正在全身发抖。

谢过矮胖女人后，她几乎是冲出病房，直奔卫生间。

她洗脸洗了很长时间，直到脸皮被搓得发疼，心绪才稍稍平复。她盯着镜子里湿漉漉的脸，忽然有些害怕自己。

她走回病房，继续跟矮胖女人聊天、吃水果。

这期间帮女人排了两次尿，翻了一次身。她已经不去想酒窝的事情了。

快5点的时候,他终于回来了。

他的脸色微红,身上带着浓浓的酒气,不过看起来心情不错。

他跟矮胖女人打了个招呼,又对她点点头,便扑到床前看那个女人。

咦,你给她吸痰了吗?

她本以为他会问问她这一天怎么样,吃过东西没有,是不是累坏了,没想到他一开口就是这个,积攒了一天的幽怨一下子涌了上来,刚要开口,矮胖女人抢着回答道,吸了吸了,你妹妹真不错。

他一愣,随即就明白过来,扭头冲她笑笑。

她没有笑,把脸扭了过去。

他把肩上的皮包放在床头柜上,从床底下拿出吸痰器,俯下身子给女人吸痰。

她不去看他,却能听到他的喃喃自语。

今天听不听话啊……真乖……今天终于拿到钱了,以后就不用担心了……我喝酒了,你能闻到吗……马上就好了,再忍一下……哎呀,真乖,真是好宝宝……

好不容易听到他收拾吸痰器的声音,她还是忍不住走过去看了一眼。

女人微蹙的眉毛舒展开来,脸上是轻松的表情,似乎带着笑意。

在女人的脸颊两侧,有两个微微凹陷的酒窝。

她忽然觉得无法再在病房里待下去,一把抓起皮包,低声说,我走了。

嗯?他有些惊讶,你吃过饭了吗?我请你吃点东西再走吧。

不了。她不敢抬头看他的脸。我有点累,想回去休息。

那,好吧。

顾不得跟矮胖女人告别,她急匆匆地走出了病房。

她几乎像逃跑一样向医院外走去，他跟在身边，不停地说着什么，可是她一句也没听清，满脑子只想着离开这里。

　　他送她坐上出租车，隔着车窗又说了句什么，她一边告诉司机去处，一边嗯嗯地答应着。

　　车子开动了，她还是忍不住回过头去，恰好看见他跳上医院的台阶，灰色的夹克衫在水泥柱子后一闪就不见了。

　　她收回视线，全身酸软地瘫坐在出租车的后座上，感到说不出的疲惫。

　　她知道自己已经永远不可能得到这个男人了。

　　因为那个女人的酒窝。

# 王宝栓的《海浪》

在此之前,王宝栓只见识过枪林弹雨的壮烈和炮火纷飞的绚烂,在他眼里,那才是最好看的。而在这间深夜的画室里,王宝栓见识到了另一种美。虽不至于劈头盖脸、猝不及防,但那丝丝入骨般的缠绕,更让人通体酥软,心生向往。

1945年4月，下山市的春天比往年来得早了一些。和那些急急忙忙挂满绿意的枝头一样，空气中也充满了焦躁不安的味道。仔细闻闻，火药味丝丝可辨。

隆隆的炮声已经响了一段日子了。随着那巨大的声响由远及近，终于，在4月下旬，城破，共产党的军队如潮水般涌入了下山市。

仿佛一夜之间，下山市的街头巷尾都飘满了红旗。积极分子和女学生们日夜不停地搞宣传、搞慰问，各种热情洋溢的口号从早喊到晚。下山市的百姓们都知道又要换皇帝了。换就换，无所谓，这么多年来，从军阀到国民政府，再到日本人，再到国民政府，百姓们也不知道这天下到底是谁的。好在这仗是打完了，共产党的兵也不打人抢东西。挺好。起早贪黑，柴米油盐，无论谁当皇帝，日子该怎么过还得怎么过。下山市很快就从最初的喧嚣重归平淡。而让人稍感兴奋的是，听说共产党是穷人的党，看来天下真的要不一样了。

当然不一样。下山市里的富人们在城破前就已经跑得差不多了。听说有的已经漂洋过海去了台湾。留在城中的寥寥无几。也有的想跑，没跑了，比如说耿老爷。

耿老爷早年留过洋，念过书，对共产主义也一知半解。城里的富人们纷纷变卖家产时，耿老爷最初还很不屑。随着战事日益吃紧，各路传言也纷至沓来，耿老爷听着共产共妻之类的话，也白了脸。耿老爷家业大，家眷也多，收拾起来分外麻烦。偏偏他还守着十几箱子古玩字画难以取舍，挑着拣着的工夫，共产党就入了城。虽然家眷们先跑了，耿老爷和那十几箱宝贝却被生生扣在了耿宅的门口。

耿家宅子是下山市最具特色的宅院，一座三层欧式小楼。据说是耿老爷当年留洋归来后，请一个洋人设计的。宅子落成后，全市的人都来看，都觉得这宅子和耿老爷穿西装、喝咖啡、听西洋唱片的派头很相符。

耿家宅子被解放军三野某部征用为团部，团长是个东北人，一听说在团部门口缴获了大批敌产，兴奋得不得了。驱车前往一看，原来不是什么迫击炮汤姆逊冲锋枪，而是一堆纸片和瓶瓶罐罐。大怒，转头对警卫排的王宝栓说，烧了，什么玩意儿。

面如土色的耿老爷一听这话，喉咙里咯咯地响了几声，一仰头抽过去了。

政治部主任忙说别烧别烧，暂时封存。

团长哼了一声，一撩身上的羊皮大氅，转身进了小楼。耿家宅子从外面看依旧豪华气派，里面却已经面目全非了。战士们进进出出，忙着搬运各种办公用具和机要文件。团长在上楼的时候，差点被地毯绊了个跟头。一抬头，又看见墙上挂着的一幅画。一个不要脸的外国女人光着屁股，扭着身子对自己搔首弄姿。火更大了。团长转头对王宝栓说，撤了撤了，别让这些东西腐蚀咱们。

喊了两声，王宝栓没动弹。原来正瞪着眼睛，张着嘴看着画里的女人。团长抬腿踹了他一脚，王宝栓才醒过味来，忙不迭地答应。

耿家宅子很大，一共二十几个房间，团长把三楼的一间书房指定为办公室，又到其他房间里转了转。个个装修得富丽堂皇，各种闻所未闻的玩意儿随处可见。在他看来，却没一样有用的。下到二楼，在一间琴房里，看见几个战士正围着一架钢琴和一部留声机好奇地研究着。团长也不认识这两个大木头箱子，心想摆在这儿太碍事了，劈了烧火倒是不错。正想着，一个战士不小心启动了留声机，软绵绵的音乐声立刻流淌出来。团长瞪了战士一眼，心里更加腻歪，这帮反动派，太他妈腐朽了。

按照政治部的要求，耿老爷被带到其他地方安置，欧式小楼里的所有财物被清点造册，统统堆在二楼的一间画室里。团长懒得再管这些破烂，心里惦记着国民党守军留下的武器装备，带着王宝栓又去了外城。

走了一趟，收获不少。此战，团里共缴获各种炮137门，坦克、装甲车40辆，汽车300多辆，弹药无数。团长一高兴，连喝了几杯白酒，衣服都没脱就躺在耿老爷那张欧式四柱床上呼呼大睡。

王宝栓却睡不着。不是累，而是感到一种莫名的兴奋。然而，这兴奋和打了胜仗没关系。他挎着盒子枪在寂静的小楼里来回转悠，最后站在楼梯上，看着墙上那一块刺眼的空白发愣。

似乎有种热乎乎的东西从肚子里涌出来，慢慢地流遍全身。麻酥酥，暖洋洋。像喝了半斤老酒。王宝栓独自站在楼梯上咂摸了一阵儿，抬腿去了二楼的画室。

一推门，眼前却一花。几道手电光同时照在他的脸上。王宝栓噌地一下拔出盒子枪，谁？

宝栓，是宝栓。有人招呼。

原来是几个战士，站在墙边，不知用手电筒在看什么。王宝栓虎起脸，你们这帮王八羔子在干什么，偷东西啊？

没有没有，就是看看。战士们七嘴八舌地解释。

还不快滚，小心我让团长关你们禁闭！

战士们关了手电筒，一个个讪笑着从王宝栓身边溜走了。

画室里一下子静下来，王宝栓把枪收好，拧开手电筒在房间里照射了一圈。房间里堆满了乱七八糟的东西，钢琴和留声机被放在墙角，旁边是一摞东倒西歪的画。王宝栓想了想，站到刚才那些战士们聚集的地方。

墙上还有几幅没有取下的画。面前的这幅，是一个坐在岸边的裸女像。女人侧着身子，微微转头，从高鼻梁和深陷的眼窝看，是个外国女人。王宝栓看着女人高耸的乳房和瓷瓶般白皙细腻的皮肤，脸有些红，嘴有些干。他咽了口唾沫，手却情不自禁地摸了上去。当自己那布满裂口和黑垢的手指出现在手电光中的时候，王宝栓吓了一跳。他急忙把手在衣襟上蹭蹭，却再不敢伸过去。

画中的女人丝毫没有介意王宝栓的粗俗无礼，还是微笑着看着他。王宝栓仿佛受了些鼓励，战战兢兢地把手放到了画上。没有想象中的光滑，相反还有些粗硬。王宝栓闻到了一阵奇异的味道，若有若无，却固执地钻进他的鼻子，在体内打了一个转，又呼出来，仍然是淡淡的香。

画她的人，该是她的男人吧。王宝栓想，娘的，挺有福气。

他恋恋不舍地把手电光从这幅画上移走，挨个查看着墙上的那些画。画的内容很杂，有山水，有楼房，有不穿衣服的男女，也有看也看不懂的画。看着看着，王宝栓忽然意识到自己的眼前有了光。这光并不是从手电筒里发出的，而是来自那些画。微弱。柔和。王宝栓甚至能感觉到那光泼洒在脸上的温暖。他突然感觉鼻子有点酸，好像承受了他人巨大的恩惠却无以为报似的。

美。王宝栓并不知道这个词。他只是本能地感觉到眼前这些事物的美好。在此之前，王宝栓只见识过枪林弹雨的壮烈和炮火纷飞的绚烂，在他眼里，那才是最好看的。而在这间深夜的画室里，王宝栓见识到了另一种美。虽不至于劈头盖脸、猝不及防,但那丝丝入骨般的缠绕,更让人通体酥软,心生向往。

一想到耿老爷居然要把这些画带到台湾去,王宝栓简直有些怒不可遏。狗日的。

看来革命是对的,看我们保住了多么好的东西。

团长却不认为这是好东西,第二天一大早,就让王宝栓把一套咖啡壶具扔了。把我那个大搪瓷缸子拿来,这是什么玩意儿,一口不够喝,还得紧着倒水。

王宝栓嘴里答应,回身就把壶具送到了画室。一进门,看见文书正在清点财物。王宝栓把咖啡壶具小心翼翼地摆在架子上,站在一旁看文书在登记册上写写画画。

文书抬起头,有事么?

王宝栓急忙摆手,没事没事。

文书是读过书的人,在团里算是凤毛麟角的知识分子。王宝栓看着文书那双白净细长的手,想了想,问道,文书,这屋子里都是好东西吧?

可不。文书头也不抬,想不到这耿老爷还是个收藏家。

收藏家。王宝栓咀嚼着这个陌生的词语,对耿老爷的恶感莫名其妙地减少了几分。

那这些好东西……怎么处理?

暂时封存。返还的可能性是不大了——耿老爷在日伪时期做过维持会长。将来也许把这些东西收归国有。

就是咱们的了?

也可以这么说,是人民的。文书笑笑,怎么,你想要啊?

可不敢可不敢。王宝栓连连摆手,我一个庄稼人,哪懂得这些东西?

给我,就白瞎了。

话虽这样说,王宝栓还是忍不住瞟了墙上那幅画一眼。

文书顺着他的目光看过去,扑哧一声乐了。

怎么着宝栓,看到资产阶级腐朽的生活,思想有波动?

别瞎说,王宝栓的脸红到耳朵根,恨不得扑上去捂住文书的嘴,就是觉得挺好看。

是挺好看。文书扶扶眼镜,走到那幅裸女画前,上下端详了一会儿,说,的确是艺术品。

哦?王宝栓凑过来,这是个啥名堂?

文书脸色一变,去,我是无产阶级战士,这些腐朽败坏的东西,我怎么可能懂?

王宝栓讪讪地搓着手,文书你别多心,我是个粗人,但是也觉得这些东西挺好,看着让人心里怪舒服的。

文书盯着王宝栓看了一会儿,笑了笑,想不到宝栓也有艺术感受力。

王宝栓的脸更红了,手都不知道该往哪里放。文书你先忙着,我去给团长找缸子。说罢,就向门口走去。

刚拉开门,文书就在背后说话了。一字一顿。

这是威廉·阿道夫·布格罗的画,叫《海浪》。

海浪?王宝栓没见过大海,这辈子见过的最广阔的水域就是家乡的那条小河。四季流淌,波澜不惊。明明画的是个女人,怎么叫海浪?

王宝栓咂咂嘴,这艺术啊,还真不一样。

其他战场捷报频传,全国解放指日可待。下山市当下的任务是尽快走出战争的阴影,全力恢复生产和生活。团长却老大不高兴,当兵就是为了打仗,什么生产生活,关老子屁事?他巴不得立刻重返崇山峻岭,多消灭几个反动派,多攻占几个城市。小楼里的一切都让他腻歪,柏油马路、电车、西餐馆也让他腻歪。慢慢地,那些兵也让他腻歪。就说那个王宝栓,多朴实、多忠诚的战士,妈的现在居然还会洗手了。

王宝栓倒是没养成那么好的卫生习惯,只不过他给自己加了一项工作任务,就是每天去擦洗画室里的那些东西。只要有空,他就拎着水桶和抹布,到画室里擦擦洗洗。后来改用鸡毛掸子了,因为文书说那些画不能用水洗。渐渐地,画室成为团部里最干净、最整洁的地方。东西被摆得整整齐齐,钢琴也被擦得光可鉴人。后来,在文书的指导下,王宝栓还学会了用留声机。第一次放黑胶唱片的时候,王宝栓表现得极其紧张。文书刚要把唱片放上去,王宝栓就连说等等。手忙脚乱地抹头发、正帽檐、系风纪扣,最后端端正正地坐在一个箱子上,才对文书说,放吧。

文书觉得好笑,放唱片的时候看着王宝栓直乐。王宝栓没笑,始终盯着唱机上缓缓旋转的唱片。急促的呼吸渐渐平缓,端坐的身躯渐渐放松,眼睛似乎也像蒙上了一层雾。一曲终了,王宝栓长长地呼出一口气,整个人像跑完五公里负重越野一样,瞬间就松弛下来。

文书关掉留声机,怎么样宝栓?

不错。王宝栓仍是一副魂不守舍的样子。

听出点什么了?

那倒没有。王宝栓有气无力地说,就是想哭。

呵呵。文书收好唱片,这是柴可夫斯基的《悲怆》。

从那天起,王宝栓似乎成了团部里最忙碌的人。擦拭、观赏那些画作和听黑胶唱片,成了王宝栓的生活重心。当然,这一切都只能在无人时偷偷进行。所以，王宝栓显得行踪诡秘。而他整个人的精神面貌，也在慢慢发生着巨大的变化。头发整齐了，衣服常洗常换，举手投足慢条斯理。变化最大的，是他的眼神。一个革命战士该有的警惕、果敢、坚毅，变成了满足、温和，甚至有些慵懒。团长敏锐地察觉到了王宝栓的种种变化，并深以为忧。宝栓是自己亲手带起来的兵，妈的进城没几天就变成这副鸟样子。团长决定找王宝栓谈谈。

谈是谈了，可是跟破口大骂差不多，外加拍桌子砸凳子。归根结底一句话：你王宝栓就快被反动派腐蚀了，再他妈不保持本色干革命，你小子就完了。王宝栓站得笔直，眼神却迷离。团长骂够了，正想挥挥手让他滚蛋，王宝栓开口了。

团长，咱打仗是为了啥？

嗯？团长万万没想到王宝栓会提出这样的问题，吭哧了半天，说，当然是解放全中国。

解放全中国以后呢？

当然是……让穷苦百姓过上好日子。

啥叫好日子？

喝酒吃肉，娶媳妇生娃娃。

哦。王宝栓的眼睛里闪过一丝失望，就没别的了？

你他妈还想要啥？团长火了，想不到你小子野心还不小，给我回去写检查！

王宝栓不会写检查。一是认识的字不多，二是他觉得自己没错。至于自己对在哪里，他也说不清。王宝栓只是隐隐觉得，所谓好日子不应该只是喝酒吃肉、娶媳妇生娃娃。那不成了土匪么？应该还有点别的什么。而这个"什么"究竟是什么，王宝栓不知道。他只是本能地想到了那间画室里的东西。那些看着、听着让人舒坦的东西，一定是好东西。既然是好东西，就不能糟践了，一定要好好爱护，就像机关枪、迫击炮一样。

对。王宝栓全身都被一种自豪感和幸福感包围了，原来保护美好的事物，和攻城拔寨一样让人觉得光荣。我王宝栓，没错。


王宝栓没交检查。团长一转头也把这事忘了。刚刚解放，需要团长处理的事情太多了。他正坐在团部里，阴着脸看着一帮商会的老头子。仗刚打完，投机倒把、囤积居奇、哄抬物价的现象很严重。团长看着政委声嘶力竭地对那些老头子讲政策，心想讲个屁，抓几个，毙几个，什么都解决了。不用革命的暴力给这些奸商点颜色看看，他们是不会老实的。团长起身出门叫警卫排，喊了半天也不见人。大怒，随手抓过一个战士问王宝栓呢？

没看见啊，好像去画室了。

团长更火了，大步奔向二楼，一脚踢开画室的门，看见王宝栓正撅着屁股，小心翼翼地擦拭那些破画。旁边的留声机沙沙地转动着，令人腻歪的音乐充满整个房间。

你他妈干吗呢？

王宝栓吓得一激灵，啪地来了个立正。报告团长，我正在……正在搞卫生。

搞个屁卫生，让警卫排集合！团长说罢，转身就走，突然感到脚下有粘滑的感觉，一抬脚，半透明的白色液体正从胶鞋上丝丝缕缕地垂下。团长正在纳闷，抬眼却看到了墙上那幅《海浪》。坦胸露乳的裸体女人在下午的阳光里白得刺目，团长愣了几秒钟，立刻知道那摊液体是什么了。

一根弦在团长脑子里嘣的一声断了。这帮没出息的货！在腐朽的资本主义面前彻底投降了！一滴精十滴血啊！老蒋要是打回来，就靠这帮手软脚软的怂包蛋么？

王宝栓也看到了那摊液体，他脸上的表情，与其说是愤怒，不如说是受到了侮辱。他几乎是扑到了团长脚下，一边咒骂，一边连擦带蹭。王宝栓的姿势无异于火上浇油，这他妈还是革命战士么？还不如一条狗，一条狗！

团长抬脚把王宝栓踹到一边，歇斯底里地吼道：来人！

半小时后，全团集合，整齐地在院子里列队完毕。那些被王宝栓精心呵护的钢琴、留声机和油画则乱七八糟地堆在草坪上。团长拎起一桶汽油，统统浇在了那堆破烂上面。

谁他妈干了丑事，我不追究了。团长点燃一根火柴，扫视了一遍全团士兵，最后把目光落在王宝栓的脸上。后者直勾勾地盯着那堆即将被销毁的东西。《海浪》被扔在最上面，画框已经裂开，画布浸满汽油，裸女却依旧笑靥如花。王宝栓面如土色，全身颤抖，如果不是文书死死地抓住他的胳膊，随时都可能瘫倒在地。

你们是革命战士，不是他妈的反动派，谁思想上有动摇，就是他妈的叛徒！从今天起，都给我打起精神来，再想那些乌七八糟的玩意儿，就跟这堆破烂一个下场！

团长说罢，一扬手，火柴落在《海浪》上，轰的一声燃起熊熊大火。

多年以后，团长仍能清楚地记得王宝栓是怎样宛若一只豹子一样暴跳而起，冲进火堆里，抱起那幅还在燃烧的油画狂奔而去的。但自己是怎样拔枪，又对着王宝栓连开三枪的，团长的记忆却模糊不清了。他只记得，在那段短暂的头脑空白后，王宝栓已经扑倒在地上，被喷涌而出的鲜血染红的后背在不停地抽搐着，那幅画被他死死地压在身下，不要脸的外国女人居然毫发无损。

　　事后，团长对着那幅残画看了好久，百思而不得其解。唯一的结论是，也许这女人长得像王宝栓的老婆。这个疑问纠缠了他几十年。20世纪80年代中期，他专门去了一趟王宝栓的老家，当他看到了那个叫杨宝花的女人时，怎么也无法把这个瘦小干枯的婆娘和那幅画中的裸女联系在一起。他站在朴实的革命战士王宝栓曾经生活过的土地上，在村头小卖部播放的"你来到我身边，带着微笑，带来了我的烦恼"的乐声中，狠狠地说，呸，王宝栓，你这个疯子。

# 三角关系

如果她肯留下来的话,我也许会告诉她:当时滕晓把手伸给我的时候,我原本可以拉住他,但是我脑子里突然闪现的一个念头让我把他推了下去——我不能让他重新出现在我的生活里。

一个姑娘从拥挤的车厢里挤过来,对我说:"你也坐这趟车上班啊?"

我不知道怎么回答她,点点头唔了一声。显然,她对这声唔很不满意,于是有点郁闷地看着窗外灰色的人群。公共汽车在一个车站短暂停留,又重新开动之后,我听到她说:"我以为你还记得我,江亚。"

我不得不扭过头去,认真地打量着她。对一个准确无误地说出你的姓名的人,你必须要表现出足够的礼貌,哪怕你压根儿就记不清她是谁。

我的反应让她活跃起来:"我叫杨小竹。"

"嘿,杨小竹你好。"我作出一副恍然大悟的样子,松开吊环去握她的手,就在我们双手相握的一刹那,公交司机突然来了个急刹车,无所拉拽的我向后仰去,由于惯性,杨小竹也向前扑过来,她的额头狠狠地撞在我的嘴角上。

这是我们第一次的亲密接触。

对一个撞破了你的嘴角又被你的牙磕破了额头的人,你很难去埋怨她,这反而让我们亲密起来,于是我决定用一种乐观的态度来解决这件事。我约她晚上一起吃饭,她很乐意地答应了。

那是一顿愉快的晚餐。杨小竹对我点的菜很满意,也吃得很开心。不过她最开心的似乎是看着我龇牙咧嘴地吃香辣蟹,她笑得额头上的创可贴都掉了。

按照她的说法,我应该是她的高中同学,但是不在一个班。我不时瞄瞄她修长的双腿和高耸的胸部,心想她高中时肯定还没有发育,否则我不会对她一点印象都没有。但是这不影响我对她产生好感,而且我觉得她对我也有同样的感觉。于是事情按部就班地发展下去,甚至比通常要快些——送她回家的时候,我们已经在黑暗的楼道里接了吻。

说起来,我算是一个比较传统的男人,所以,接吻这件事对我而言就是一个确定关系的标志。杨小竹成了我的女朋友,或者说,我现在是杨小竹的男朋友。她对这种认定没有表示出异议,于是,我就当她认可了。

然而,对两个认识了不到24小时就确立恋爱关系的男女,回忆和介绍彼此的过往似乎就成了约会时唯一的内容。好在我们的过往有一个交叉点——高中生涯,这让我们很容易就能找到一些共同的话题。

我们谈起那些破败的楼房,荒芜的操场,喜欢或讨厌的老师。我不止一次问她怎么会认识我,她总是说:"哦,你很有名。"虽然这话听起来很受用,但是我可以肯定那不是真话。因为高中时代的我相貌平平,学习中上,既没受过奖励,也没挨过处分。我不知道她如何从同年级300多人中准确无误地认出我来,况且,我和那时候相比变了很多,无论是相貌还是性格。

但是无论如何,杨小竹现在是我的女朋友,这是一个不可否认的事实。我们像所有的恋人一样认认真真地谈起了恋爱。上班的时候发短信,在MSN上聊天,一起吃晚饭,一起逛街,吵架,偶尔做爱。

我觉得我是一个还算称职的男朋友,至少恋爱中的男人们所做的事情，我大半都能做到。至于杨小竹，我就不能肯定了。她像其他人的女朋友一样给我选内裤，撒娇，告诉我她的生理周期，也跟其他成年男性的女朋友一样，不是处女。不同的是，她有突然失踪的习惯。

是的，我将其形容为一种习惯。我想不出还有谁比杨小竹更喜欢突然失踪。任何地点，任何场合，她都会突然无影无踪。比如我们正在吃饭，她说要去一下卫生间，然后就有去无回了。有一次在宾馆开房，做完爱之后，我先去洗澡，出来的时候已经人去屋空，除了床上零乱的被褥和空气中淡淡的香水味之外，没有任何迹象表明我刚刚在这里和一个女人上过床。我当时打她的手机，总是无法接通，第二天联系到她，她总会给我一个解释，诸如公司突然有急事，家人丢了钥匙无法进屋，等等。我从疑惑到无语，再到习惯。这其实是一个很可悲的过程，更可悲的是，在这个过程中，我发现我已经不可救药地爱上了杨小竹。

我们都还没有老到需要用很多时间去回忆往事的程度，即使我们曾经在毫无察觉的情况下一起度过了三年的时光，回忆，仍然是一件简短的事情。很快，我们就在约会时变得无话可说。偶尔会说起高中以前或者大学以后的事情，但是彼此都兴趣不大。我并不想知道杨小竹以前的故事，而且我相信，她也一样。

在一个午后，我和杨小竹躺在她家里的单人床上，百无聊赖地看蔡琴的演唱会。杨小竹安静地躺在我的怀里，用手指绕着我的头发玩。

忽然，她轻轻地问我："你们班是不是有个叫滕晓的人？"

"是啊。"我懒洋洋地说，"你认识他？"

"不认识。"

沉默了一会儿，杨小竹又开始用指甲一下下刮我的胸口："他现在干什么呢？"

"谁？"

"滕晓。"

"这个我可没法回答你。"我拿开她的手,因为我的胸口已经有些疼了,"滕晓已经死了7年了。"

滕晓是我的小学、初中和高中同学,而且我们一直在一个班里。我们住在同一个小区,所以每天上学和放学,我们都在一起。很多人都认为我们是好朋友,我也是这样认为的。十多年前,邻居们经常看见滕晓挥舞着书包,叼着烟,手里拎着一根树枝或者其他东西,晃晃悠悠地走进小区,他的身后是一个矮小羸弱、斯文腼腆的男孩,那就是我。

实际上,滕晓比我大两岁。我和他的差距也体现在各个方面,身高、体重、力量,甚至在性启蒙方面我都远逊于他。我唯一强过他的地方就是学习成绩,这也是滕晓妈妈一直要求他跟我在一起玩的原因。滕晓并不排斥我,因为他的确需要我帮他对付麻烦的家庭作业,而且每次考试前,他都会要求我坐在他的前面。滕晓能完成高中教育,很大程度上是我的功劳。作为回报,他自告奋勇地担任了我的保镖。在学校里,总是有一大帮男生心甘情愿地围在他的周围,还有几个发育较早的女生。这是一个让老师头疼、让学生敬畏的团体,夸张点的说法,叫"校园黑恶势力"。我和这样一个"大哥"级的人物形影不离,自然没有人敢招惹我,甚至有人认为我是这个团体的二号人物。实际上,我不是这个圈子里的人,但是滕晓经常带我去参加他们的聚会。我们会聚集在某个人家里,看迈克尔·杰克逊的演唱会,吸烟,喝啤酒。这样的聚会在现在的高中生看来毫无疑问是十分无聊的,然而对那时的我们而言,却刺激、叛逆、令人向往。我在聚会中往往是最格格不入的一个,经常坐在角落里翻看任何我能找到的带字的东西,捧着一瓶叫格瓦斯的廉价饮料。它跟啤酒在外观和颜色上都很相近,然而却没有啤酒带给我们的迷醉和飘飘欲仙之感。有一次,我在包装上看到了酒精度1%的字样，立刻觉得全身燥热起来。

后来，我渐渐知道滕晓为什么带我去参加那样的聚会，因为他回家后可以理直气壮地跟他妈妈说："我跟江亚在一起。"我有种受欺骗的感觉，但是下一次聚会的时候，我还是会去，因为反正也没什么事情可做。要知道，那是个无聊的年代。

滕晓成了我和杨小竹的新话题，这让我们行将就木的爱情重新焕发了生机。我们又像从前那样约会、吃饭、聊天、逛街、做爱。滕晓是我们谈论得最多的一个人，毕竟，任何人的任何离奇的境遇都会成为他人有趣的谈资，更何况他是我那么熟悉的一个人，而且下场悲惨。

他在24岁生日的第二天凌晨——也就是24岁的第一天，酒后坠下6层高楼，当场身亡。

任何人对这样的事情都会记忆深刻，可是杨小竹偏偏在这件事上表现出她的健忘。每隔一段时间，她就可能在任何场合——诸如吃饭、洗手，或者在床上的时候——突然问我："滕晓是怎么死的？"于是我只能不厌其烦地一次次告诉她：24岁，酒后，6楼，当场身亡。渐渐地，我感觉这可能不是杨小竹健忘，而是我记忆的错误。我开始怀疑我的说法的真实性，甚至开始怀疑我是否跟杨小竹提起过滕晓的死，以至于下一次杨小竹向我提出这个问题的时候，我会想上好半天。

杨小竹很热心地帮我回忆这件事情。滕晓的确死了，这是一个不容辩驳的事实，那么关于他的死的其他细节，就是我们要探求的真相。这让我们兴奋不已，因为它给我们略显平淡的恋爱带来一些神秘刺激的味道。有时候，我甚至觉得我和杨小竹在一起就是为了研究那个已经死去的人。滕晓，就坐在我们中间，用他那双无形的手，牵起了我和杨小竹的手。

滕晓是那种在任何地方都能引人注目的人，尤其在20世纪90年代初期，那时候我们都十六七岁，正处在叛逆期，是非观念模糊。像我这种埋头读书的男孩子是没多少人搭理的，而整天在校园里领着一帮小流氓呼啸而过的滕晓是大多数女孩子青睐的对象。她们在叼着香烟的滕晓面前假装高傲地走过，用眼角的余光瞟他，然后在下一个转角处回头看一眼。滕晓对这种注视习以为常，偶尔会回望过去，直到那张脸一直红到耳根。在我的印象中，他的身边总是不缺女孩子。周一和女生A在花坛上吃豆腐串，周三就跟女生B在单杠上嬉笑了。凡是和滕晓"有过一腿"的女孩子总会在一段时间内成为其他女孩孤立的对象，但是很快她们又聚在一起叽叽喳喳。我想前者是因为嫉妒，后者是因为好奇。滕晓如此频繁地更换身边的女孩，所以无论他走到哪里都会遇到幽怨的目光。对此他很得意，他用一种厌倦的口气来表达这种得意：

　　"哎呀，真他妈烦人哪！"

　　他说这话的时候，我和他站在公共浴室的莲蓬头下。我扫了一眼他下体蓬勃的毛发，一言不发地扭过身去。他捕捉到我的目光，又看了看我的，哈哈大笑起来。

　　滕晓把自己的感情生活搞得凌乱不堪，表现得像一个老手，但是我可以肯定那时他还是一个处男。因为当他身边的女伴换成走路外八字的女生K的时候，才兴奋不已地跟我谈起接吻的感觉。

　　他躺在他家里那张摇椅上，说，有点像吃橡皮糖的感觉。说完，他就吱吱呀呀地摇晃起来，盯着天花板，眼神迷离，不时咂咂嘴，发出扑哧一声笑。我垂着眼睛做一道几何题，却怎么也做不出来。后来滕晓抄我作业的时候，他居然解出来了，我们都很吃惊。

　　"橡皮糖……"杨小竹咬着吸管，看着窗外的某个地方，忽然笑起来,"你别说,还真有点像。"

我掸掸烟灰:"像什么像?除非他咬了那姑娘的舌头!"

杨小竹笑得花枝乱颤,最后一本正经地说:"肯定是咬了!"

这回轮到我笑了。

这是一个阴霾天,我和杨小竹走出餐厅,决定去看一场电影。《苹果》。

这是一部片名和内容都很诱惑的电影。湿漉漉的影院里,飘浮着荷尔蒙的味道。我们坐在包厢里,杨小竹很温柔地搂住我的脖子,一点点试探着跟我接吻,我很热烈地回应着她。她的舌头在我的口腔里慢慢缠绕,好像一条小蛇,当范冰冰和梁家辉在银幕上忘情地大叫时,我把手也伸进了她的衣服里。

她一下子推开我,站起来,沿着黑暗的过道走了出去。

我不知道她去了哪里,以为又是一次突然失踪,正当我兴味索然地准备离开的时候,她回来了,还递给我一小包东西,是一包QQ糖。

杨小竹的头发里有雨水的味道,她撕开手里那包糖,目不转睛地盯着银幕,在忽明忽暗的光线中,慢慢地嚼着。

我费力地把两个大塑料袋都换到左手,右手从衣袋里摸出电话。

"喂?"

"你在哪儿呢?"

"家乐福。怎么,你下班了?"

"嘻嘻,公司派我出来办事,我有一天的时间呢。哪个家乐福?"

"北站那个。"

"正好,我就在附近,你等着我。"

5分钟后,杨小竹站在我的面前,盯着我手里的塑料袋。

"买了这么多东西啊。"

"是啊。"

"回家吗?"

"不,去老人院。"

"老人院?"

"是啊。我每个月都去,你去吗?"

杨小竹犹豫了一下,点点头。

她还是认不出我,只是坐在凌乱不堪的床上傻呆呆地看着我,口水从嘴角一直垂到胸前。我掏出一罐八宝粥,打开,塞进她的手里。她仔细分辨了一会儿,认出那是个吃的东西,笑起来了。

我趁她吃八宝粥的工夫,把乱七八糟的房间简单整理了一下。杨小竹站在门前,默默地盯着我。我环视了一下四周,实在没有第二把椅子可坐,就朝单人床努努嘴。杨小竹看看污渍斑驳的床单,没有动。

我抱歉地冲她笑笑,把我带来的东西一一摆放好,又拆下被罩、床单和枕套,对杨小竹说:"你帮我看一会儿她,别让她乱跑就行。"说完,我就起身去了洗衣房。

我把脏卧具送进洗衣房,又把上个月洗干净的卧具领出来。回房间的时候,看见杨小竹正在给她梳头发,花白凌乱的头发在杨小竹手里变得服服帖帖,很快成了一条辫子的形状。

"好看吗?"杨小竹平静地问。

其实那时候滕晓的妈妈对我寄予了很大的期望,希望我能带着她的宝贝儿子一起好好学习,尊敬师长。自从滕晓的爸爸去世后,这个女人就全心全意为儿子活着。她拼命地赚钱，家里很快变得殷实起来，在那个年代，是很少见的。

我当时并不知道我还担负着这么神圣的使命，之所以没有拒绝，是因为我并不讨厌和滕晓在一起，这能带给我很多有趣的生活体验。和滕晓以及他的那些朋友在一起的时候，我往往是最寡言少语的，这听起来似乎很尴尬，但是我并不觉得。我可以站在一旁，静静地观察每个人。我喜欢听他们说话，听他们讲起某人的糗事，互相开一些粗俗不堪的玩笑。而无论滕晓说起什么，总会引起一阵大笑。我不得不承认，同样的事情，从他嘴里说出来，似乎就好玩了100倍。那时候，好像经常是艳阳高照的天气，从窗户里投射进来的阳光中，烟气缥缈，灰尘隐隐浮动。他们仿佛是一场电影中的人物，对白简单，表情夸张。他们不遗余力地演出，我在一旁，静静欣赏。

我是一个合格的观众，因为他们的每段对白我都记在心里。回到家，在饭桌上的时候，我会不由自主地把那些话翻出来和米饭一起咀嚼，我妈妈看到我边吃饭边自言自语，奇怪地问我怎么了，我说我在背课文。她无法想象我的脑子里，是多么邪恶的语言和画面。

那时候，很多个下午，就这样过去了。

杨小竹约我去公园玩。我上一次去公园好像是10年前的事情，去看一个什么展览，印象中只有干巴巴的树和衰老的猴子。所以我对本市那个所谓公园不抱什么幻想。

然而事实不是这样，它比我想的要干净得多，也热闹得多。杨小竹看着新增设的游乐项目眉开眼笑，拉着我要逐个尝试一下。我觉得有些难为情，两个将近30岁的人坐在旋转的咖啡杯里一定很傻。但是我很快发现游客以成年人居多，不知道他们想找回什么。

我们坐在小铁车里,沿着轨道飞速前行,马上要出轨时来了个急转弯。我们坐在一艘大大的龙舟里上下翻飞。我们驾驶着碰碰车四处撞击。

杨小竹兴奋得高声尖叫。我能感到她的指甲深深地嵌进了我的皮肤。随着体温的升高,杨小竹身上香气蒸腾。身着黑色风衣的杨小竹宛如一朵盛开的大丽花。

真是个活泼的姑娘。

最后我们去玩跳楼机,我还在犹豫的时候,杨小竹已经买好了两张票。扣好安全带后,我看见杨小竹把什么东西塞进了嘴里。我问她是什么,她张开嘴巴给我看,是几粒QQ糖。我正要告诉她容易呛到,跳楼机就腾空而起。

跃起。坠落。

回到平地上,我终于忍不住吐了。在我扶墙呕吐的时候,杨小竹一直在轻轻地敲打着我的后背,她的另一只手被我捏在手里。我很丢脸地握着她的手不松开,仿佛依靠它来对抗地球引力。

杨小竹看着我咕咚咚喝下了半瓶水,笑眯眯地说:"再玩一次好吗?"

不。我马上松开了她的手。

走到公园门口的时候,杨小竹忽然说脚疼,想歇一会儿。我也吐得无精打采,就陪着她坐在花坛上。五月初的微风轻柔,但并不清新,里面混杂着从公园门口那些小摊贩那里散发出来的烟气。我和杨小竹一人买了一支冰淇淋,慢慢地吃着。杨小竹吃得很不专心,始终盯着那些卖烧烤和凉皮的小贩。我问她想吃什么,她没有回答我,而是掏出手机打了个电话。十几分钟后,一辆城管的小卡车呼啸而至,公园门口的小贩们顿时作鸟兽散。一个衣着油腻的姑娘迈着八字脚,端起滚烫的烧烤炉拼命地跑,不料脚下一绊扑倒在地，双手按在一堆火红的焦炭上，顿时大哭起来。

杨小竹已经吃完了冰淇淋，站起来拍拍手说，走吧。

那次聚会是在5月的一个下午。我和滕晓的其他朋友都在忙高考，滕晓也在忙，他在忙着办理出国的手续。说他忙，其实是他妈妈在忙，所以他家里经常没有人，于是，那里就成了我们的天堂。

滕晓告诉我不要把他即将出国的消息透露给他人。我当时的理解是，他不想让大家为了这件事而伤感，尤其是在他21周岁的生日聚会上。

我自然也参加了聚会，还送了一本数学习题集给滕晓。我估计他压根儿就用不上。我不知道其他人是否会嘲笑这个礼物，因为聚会一开始，我就拿着一瓶格瓦斯坐在角落里看书。我很熟悉滕晓家里的书都放在哪里，平时他在抄我作业的时候，我就坐在一边看书。我们认识了12年，这真是一段很长的时光，长到他家里的书几乎都被我看遍了。我找不到没看过的书，最后干脆钻到柜子里翻找。等我捧着一摞杂志出来的时候，发现聚会上多了一个人。

那是个女孩子，似乎是女生K带来的。当K向其他人介绍这个女孩的时候，恰好一排啤酒罐被逐一拉开，在嘭嘭声中，我只听到了"班长"的只言片语。我之所以肯定是这两个字，是因为当时大家都爆发出一阵惊叹，还有人朝我这边看。我心里也大为惊讶，一个班长，怎么会参加这样的聚会呢？我低下头去，觉得她这个班长应该像我这个团支书一样，捧起一瓶格瓦斯，坐在墙角看书。可是她没有这样做，而是坐在他们中间，还坐在了滕晓的身旁。

她显得既羞涩又拘谨，始终低着头。从我的角度，只能看见一头垂下的直发。我想当然地认为，有一个班长，这个聚会的格调应该变得高雅。但是大家似乎都没有这个想法，竭尽所能地表现他们的庸俗不堪。

滕晓，你这个笑话讲了几百遍了。我心里说。

靠，这个笑话也太黄了。我心里说。

那女孩子似乎并不这么认为，虽然低着头，但是从她耸动的肩膀来看，她笑得很开心。这鼓励了其他人，于是聚会的气氛空前热烈起来。音乐声震耳欲聋，成打的啤酒罐被拉开，几乎每个人的嘴角都在冒着烟。透过浓烈的烟气，我看见滕晓的手搭在了那女孩的肩膀上，她没有反抗。所有人鼓起掌来。

我忽然意识到，那个班长其实也是这个圈子里的，或者，已经变成这个圈子里的人。那么，我也要表现出跟她的不同。于是我收回目光，带着一点怨恨继续翻看手里的杂志。

《读者》《青年文摘》《演讲与口才》《轻兵器》……

忽然，一本花花绿绿的杂志出现在我手里，封面上是一个一丝不挂、岔开双腿的外国女人。

我的脑袋嗡地一下，立刻觉得口干舌燥。

我拿起另一本杂志盖在上面，随手拎起格瓦斯瓶子，咕咚咚喝下一大口，偷偷地朝那边张望，恰好看见那女孩子也在仰头喝啤酒，她细细的脖子已经变得通红，右手的小指微微翘起。

没有人注意我。我小心地翻看手里的画报。

如果一个人的脑子嗡得太多，他就会对周围的一切充耳不闻。我咬着嘴唇看着那些纠缠在一起的人体，轻轻发出一些混合着呻吟与咒骂的怪异声响。我知道我的身体出了问题，我眼睛模糊，全身燥热，忍不住轻轻扭动。

原来是这样的。原来是这样的。

突然，一阵噢噢的起哄声让我清醒过来。我本能地想到：被发现了。

我啪地合上杂志,手忙脚乱地想把它塞进什么地方,才发现被起哄的人并不是我。

是滕晓,他明显已经喝醉了。可是他旁边的女班长似乎醉得更厉害,完全瘫在滕晓的身上。滕晓摇摇晃晃地把她扶起来,还腾出一只手冲大家敬了个美式军礼,他的样子像一个即将去执行任务的可笑的美国大兵。我知道,他的任务就是身边这个女孩子。在一片哄笑声中,滕晓和女班长相拥进了卧室,嘭的一声关上了门。

男女主人公突然在舞台上消失,于是大家在那一瞬间都静了下来,似乎失去了焦点。我的目光和女生K相遇,她的眼神中有一些奇怪的东西,看起来是兴奋,但更像是掩饰不住的悲伤。

"嘿!书呆子,你干吗呢?"她夸张地大叫一声,捧起一罐啤酒蹬蹬蹬走了过来。

她来得如此迅速,以至于我把那本杂志往屁股下塞的动作只做了一半就被她阻止了。

"看什么呢?这么神秘!"她一把拽出那本杂志,只扫了一眼,眼睛就瞪大了。紧接着,她就兴奋地尖叫起来。

"哇哈哈,原来你在看这个!"

大家都围拢过来,看看那本杂志又看看满脸通红的我,纵声大笑。

"哈哈,想不到你也这样。"

他们似乎在一天之内发现了这样的事实:班长也可以被拽上床,团支书也喜欢看色情杂志。我马上成为这个刚刚冷场的聚会的新焦点。他们大概都很好奇,团支书看了色情杂志后会有什么反应?突然有人喊了一声:"把他裤子扒了!"这个提议马上得到了其他人的响应,几双手伴随着不怀好意的嬉笑伸向了我的下身。我的大脑一片空白,只知道一声不吭地奋力抵挡。很快,我就被拽倒在地上,裤子也被拉了下来,我扭身死死地趴在地上，把隆起的私处压在身下，忽然，我感到一双手狠狠地捏住了我，紧接着，就听见K的尖声大笑："硬了硬了！"

我痛得弓起身子，膝盖却碰到了格瓦斯的瓶子，我一把抓过它，没头没脑地抡起来。瓶子嘭的一声砸在了某个人的头上，并没有像我设想的那样裂开，然后露出锋利的茬口，但是足以把所有人都吓得愣住。我一骨碌爬起来，提起裤子跑了出去。

第二天我没有去上学，第三天也是。我的借口是病了。好在学校很快就给所有的高三学生放假，要求大家回家复习，我也不用在学校里面对他们，我无法想象那是怎样的一幅场景。事实上，我再没有见过他们，包括K。

高考前夕，滕晓出国了。我没有去送他。

高考后的某天下午，我没来由地想起那个女班长，不知道她怎么样了。我已经完全不记得她的样子，印象中只有她环绕在滕晓脖子上的发红的胳膊。

我刚才说过，12年是一段很长的时光，然而，再长的记忆也有终结的时候。很快，杨小竹就和我一样熟悉滕晓，我们的爱情又变得乏善可陈。于是，某个周末的下午，我和杨小竹有一搭没一搭地讨论着该做点什么，却对所有的计划都提不起兴致。我怀疑我们的爱情即将在这个下午悄悄死去，然而我什么都不想做，只是静静地等待着那个结局。我和杨小竹在街上慢慢地走，没有牵手，彼此距离大概30公分。忽然，一辆小公共汽车从我们的身边呼啸而过，又突然停下，只听见售票员扯着脖子喊道："二中，二中，每人一块，有座啦……"

突然，我身边的杨小竹就像一只矫健的母豹一样纵身跳过马路围栏，径直跳上了小公共汽车。

"来啊，"我看到她的牙齿在阳光下闪闪发亮，"我们去那里！"

说起来，高中毕业后我再也没回过母校，它看起来，仍然是我离开时的老样子。今天是周末，校园里空空荡荡的。我和杨小竹绕着操场一圈圈地走，看着周围熟悉的一切，感觉自己苍老无比。

我们很幸运地找到一扇没有关闭的窗户，从那里跳进了教学楼的走廊。我印象中它似乎宽敞得令人无依无靠，可是现在看起来却狭窄逼仄。杨小竹兴奋得两眼放光，沿着楼梯一路小跑上了三楼。

"瞧！"她气喘吁吁地站在某一间教室的窗前，"这是你们班。"

我跟她并排站着，发现这间教室已不是当时的样子，除了四面墙上挂着的名人名言之外，所有的东西都是新的。我有些莫名其妙的失落。看来很多事情都是表面如旧，其实在悄悄地变化。

"那是滕晓的座位，"杨小竹伸手指向教室里的某个角落，"那是你的。"

"不，我在后面一排。"

"哦。"她漫不经心地应了一声，"我想进去瞧瞧。"

"我们走吧。"

杨小竹的一条腿已经搭上了窗台："为什么？"

"今天是我的生日。"

那年7月之后，我莫名其妙地长高了几公分，之后考取了本地一所大学的法律系。自然，我脱离了原有的生活圈子，进入了一个全新的世界。这件事听起来颇为伤感，但是我丝毫不觉得难过。江亚，将生活在一群此前毫不相干的人中间，对我而言，这有些重获新生的味道。

由于我的突然发育，以前的衣服都不能穿了，于是我添置了大量的新衣。我妈妈不再像过去那样干涉我的穿着打扮，我可以随心所欲地买自己中意的衣服。穿上一件黑色T-shirt，直筒牛仔裤和NIKE篮球鞋，我完全认不出镜子中的自己。

记得读高三的时候，班主任常常这样安慰疲惫不堪的我们：等上了大学，就可以放松了。我放松得很彻底。在脱离家庭，开始集体生活后，我终于可以按照自己的想法生活了。这所学校里没有人认识那个矮小羸弱、沉默寡言的一班团支书江亚，只有一个高大强壮、活泼健谈，甚至有些粗鲁的大学生江亚。每天晚上熄灯后，男生宿舍就是各种黄色笑话的演播室，我讲的都是从滕晓他们那里听来的各种龌龊故事。当那些难以启齿的词句从我嘴里蹦出并引起一阵大笑的时候，我很陶醉。

我很快学会了喝酒，之后学会了吸烟。那时候，我们做得最多的好像就是这两件事。因为我的开朗和健谈，每次聚会我都是主角。我也可以大大咧咧地把格瓦斯塞进那些内向的同学手里，肆无忌惮地大开某人的玩笑。从那些欣赏和羡慕的目光中，我看到了团支书江亚的眼睛。

有一周末，我从学校回家。事实上，大学四年我很少回家，在那个我生活了18年的房间里我会觉得拘谨不安。走到小区门口的时候，一个很多年的邻居打量了我半天。

"天哪，我还以为是滕晓回来了。"他这样说道，"你们太像了。"

我点点头继续向前走，回家，吃妈妈端上来的饺子。吃到一半的时候，我突然停下了筷子。我意识到我一直在回味那个邻居的话，我也意识到其实我是在按照滕晓以前的方式生活。但是我很快就继续吃起来，因为这没什么大不了的，滕晓此刻正在西半球的床上睡大觉，他没必要，也不可能知道在遥远的中国，一个从小一起长大的朋友正慢慢在变成他。

其实我有一个滕晓一直不知道的秘密：我和他的生日是同一天。每次参加完他的生日聚会后，我都会急匆匆地跑回家面对妈妈的埋怨。相对于家里寡淡的饭菜和父母干巴巴的祝福（好好学习，天天向上，诸如此类），我更喜欢飘渺的烟气、震耳欲聋的音乐、热辣的脏话，甚至格瓦斯。大三的时候,父母终于允许我在外面过生日。于是我在饭店安排了一个聚会。

那时候的大学生热衷于搞各种聚会,可以花很少的钱打打牙祭。我父母给了我一笔钱,不多,但是足够支付一顿丰盛的晚餐,所以参加聚会的人很多。我理所当然地成为了聚会的主角,而其他人也相当地配合。我把聚会的气氛搞得很热烈,男同学们言语豪放,女同学们笑靥如花。我舒适地靠在椅子上,夹着烟,看着大家互相逗趣,插科打诨,对敬酒的人来者不拒。一个我心仪已久的女孩要去厕所,起身时瞟了我一眼。我马上也站起来。大家哄笑起来,出门的时候,我突然回身敬了一个美式军礼,他们的笑声更大了。

女孩在走廊里醉意朦胧,趔趄着向我靠过来,我顺势把她揽在怀里。现在我对这一切已经驾轻就熟。我把她称为C。

我在卫生间门口边吸烟边等着我的生日礼物,心里盘算着一会儿是先带她去酒吧,还是直接去开房。这时我听见有人叫我。

"江亚。"

我扭过头,滕晓向我走过来,毫不客气地在我头上拍了一下。

我看着他,他好像直接从NBA赛场,或者《CSI》或者其他带有美国符号的场景中走出来。他更高了,几乎快一米九了,而头顶那重重的一下,仿佛让我又矮了几公分。

"你怎么在这儿?"我有些结巴。

"今天是我生日啊。"他又重重地拍了我一下,"你忘了?"

几个人从旁边的包厢里鱼贯而出,对滕晓说:"Black,我们去钱柜唱歌,你呢?"

"我一会儿去。你们先去吧。"

C娇羞地从卫生间出来,看见我身边铁塔一样的滕晓,不由得愣住了。

"这是我的同学滕晓,这是……"我突然不知道该怎样介绍C。

"Your girlfriend?"他眯起眼睛打量着C,那是我非常熟悉的目光,"哈哈,我们的小江亚长大了。"

Black或者滕晓,一把揽住我和C,"去你那里,一起happy!"

我的朋友们对这个留着玉米花发型、戴着粗大金链、全身美国货的来访者很吃惊,而让滕晓吃惊的是桌上的生日蛋糕,他看看上面"江亚生日快乐"的字样,扭过头来问我:"今天是你生日?"

"嗯。"

"你怎么从来没告诉过我?"滕晓随便拿起一个杯子,倒了满满一杯啤酒,"来,大家为这个处男的生日干杯!"

富有异国情调的调侃让大家哄地笑起来,几个女孩子红了脸,但是看起来很兴奋。我也笑笑,喝干了杯子里的酒。

滕晓迅速取代我成为聚会的焦点。相对于22年没有离开过本市的江亚,来自大洋彼岸的Black显然更具有吸引力。他用不太利落的汉语讲起了我们的童年趣事,在我听起来那带有令人作呕的台湾腔。然而在座的人却并不反感,他们都迫切想知道美国的生活是怎样的,就好像一个遥不可及的梦想被一个天使突然带到了他们面前,尽管他叫Black。

我沉默地吸着烟,喝在嘴里的啤酒仿佛是格瓦斯的味道。我很清楚,盗版遇到了正版,就好像abibas遇到了adidas,NLKE遇到了NIKE,而且这正版还那么地高大。

我注意到,自从滕晓走进来之后,C的目光就没从他脸上移开过。

滕晓讲起他小时候做过的一件事,那是我经常说起的一件事,只不过我把里面的主角换成了我,曾经让大家在很长一段时间内津津乐道。滕晓讲述的自然是真实的版本。我虽然低着头,但是也能感觉到有几个人的目光瞟向我。

"太晚了,散了吧。"我站起来说。

大家都有些意犹未尽,但是也没有人反对。结账的时候,我用近乎暴烈的方式阻止了滕晓掏出钱包,大概是我扭曲的五官吓到了他。

C很自然地和滕晓交换了QQ号码,然后和其他同学搭出租车回了学校,滕晓揽住我的肩膀不让我走。

"我们找个地方好好聊聊,这么多年不见了。"


"我知道。"杨小竹平静地说,"帮帮忙,让我们跳进去。"

回到熟悉的教室,自然要找到自己以前坐过的位置。我抚摸着那些簇新的桌椅,仿佛10年前那个腼腆安静的男孩又回到了我的身上。

杨小竹坐到滕晓的位子旁边,有那么一会儿,我以为杨小竹在看着我,等我扭过头去才发现,她在盯着身边的空气。

"你在看什么?"

杨小竹如梦初醒地唔了一声,低下头在包里乱翻。

"你怎么知道今天是我的生日?"

"就那么知道的呗。"她心不在焉地说道,一转眼,就从包里掏出一瓶芝华士,"生日快乐!"

我很惊讶,接下来就猜她是不是还随身带着杯子、烧鸡什么的,然而她没有。于是我们只能拿着酒瓶你一口我一口地对饮。

我们离得很远,中间隔着一条过道和滕晓的位子,所以每次传递酒瓶都要伸长胳膊。我建议她坐到我的旁边,杨小竹拒绝了。我们沉默着喝了大半瓶酒,杨小竹喝酒的姿势优美,翘着兰花指。很快,她的脸就已经红得像晚霞,而我则越喝脸越白。

"呃——"她毫不掩饰地打着酒嗝,"给我讲讲滕晓吧。他坐在这里的时候是什么样子?"

我没有回答,只是长时间地盯着她。杨小竹没有回避我的目光,足有一分钟后,她做了一个鬼脸,扑哧一声笑了,伸手去拿酒瓶。我先她一步拿走了酒瓶,杨小竹抓了个空。

"你干什么嘛?"她醉态可掬地撒娇。

"你很清楚,我也很清楚,我们之间隔着一个人,"我顿了一下,"是滕晓,对吗?"

杨小竹的脸上露出了诧异的神色,她下意识地看了看身边那个空空的座位,忽然大笑起来,好像听到了什么荒唐可笑的话。

"我,你,还有他,一个死人?"她笑得几乎喘不过气来,"三角关系?"

"对。"我忽然也忍不住笑了,"你在和我们谈恋爱。"

杨小竹笑得更疯狂了,趴在桌子上不停地擂着桌面。尖厉的笑声在空荡荡的教室里来回撞击,一点点放大,最后竟有了震耳欲聋的音效。我在铺天盖地的杨小竹的笑声中,头痛欲裂。

突然,笑声戛然而止,杨小竹抬起头,通红的脸上泪痕交错。

"你知不知道,10年前,我每天最想做的事情,就是坐在这里。"

我正要开口,杨小竹伸出一只手阻止了我,"我只想问你一件事,滕晓有没有……"她哽咽起来,"……有没有跟你提起过一个叫杨景如的女孩?"

"没有。"我摇摇头,"至死都没有。"

"你凭什么这么肯定?"杨小竹突然站起来大吼,"凭什么!"

"因为滕晓摔死的那天晚上,"我看着披头散发的杨小竹,"我就在他身边。"

"你说什么？"歇斯底里的杨小竹愣住了。

我站起身，平静地说："你跟我来。"

我和滕晓拎着一打啤酒，打车去了二中。我们从一间没有关窗户的厕所跳进去，在教学楼的走廊里来回游荡。

"你知道吗？"滕晓饶有兴致地逐一走过那些黑暗的教室，"我在美国的时候，经常梦见这里。"

"唔。"

"我很奇怪，"他回过身来耸耸肩膀，摊开双手，"我读过的学校也不算少了，为什么会对这里念念不忘。"

"唔。"

"哈哈，江亚，你怎么还是老样子？"他走近我，用力拍拍我的肩膀，"傻乎乎的小书呆子。"

我觉得眼前一暗，高大的滕晓几乎完全遮住了从窗子里倾泻进来的月光，顿时让我觉得透不过气来。

"我们走吧，"我后退了半步，"太晚了。"

"哈哈，你不是吧？"滕晓大笑起来，"你该不会还怕妈妈批评你吧？Come on，old chap，我们找个地方喝酒去。"

说完，他就拔脚朝走廊的另一头走去，我仿佛被一只无形的手引领着一样，拎着啤酒，跟了过去。

水房里有一个杂物间，滕晓轻车熟路地开门，在凌乱不堪的墙脚找到一把梯子，踩着它打开了天棚上的一扇铁门，清冷的月光一下子灌下来。

"呵呵，没想到这么多年了，他们还是懒得锁住它。"

我和滕晓坐在微风习习的天台上，滕晓大口呼吸着午夜的新鲜空气，心满意足地说:"读书的时候,每当我觉得闷,就溜到这里来透透气。有时候会一下子睡过去,直到放学了才醒过来。"

滕晓突然消失的那些日子,好像就发生在昨天,我看着身边这个人,说不清是亲切,还是厌恶,或者二者都有。我们拉开啤酒罐,坐在天台边上,看着寂静无声的操场慢慢地喝。他已经喝得太多了,絮絮叨叨地聊起往事,好像一个上了年纪急于证明自己记忆力的老人。借着月光,我看见他的脸上有一点伤感,这表情让我觉得陌生,却让我一下子意识到在这段漫长的时光中,其实有很多东西不曾离去。我们还是回来了,甚至可能从未离开。我还是我,滕晓还是滕晓,我们都没有改变。

"见到你真高兴。"滕晓转动着手里的啤酒罐,目光迷离,"那时候的朋友,好多都离开了,只有你还在。"

我笑笑:"你什么时候回去?"

"你知道吗?这三年我过得很不开心。"他自顾自地说着,"没有亲人,没有朋友。我足足用了两年才通过了语言这一关。可是我发现我压根儿就无法融入美国,人家看你的眼光都是居高临下的。那时候我做梦都想回来,不用起早贪黑,不用察言观色,天天跟你们嘻嘻哈哈,多开心!"

"再说,"他一口喝干手里的啤酒,又拉开一罐,"美国女人都很臭!"他在黑暗中朝我挤挤眼睛,那样子猥琐不堪。我勉强牵动了一下嘴角,他就哈哈大笑起来。

"你什么时候回去?"

"不回去了。"滕晓摇摇晃晃地站起来,"我决定留在国内,不去遭那份罪了。我已经拿到了一个什么狗屁大学的学士学位,在国内找个工作问题不大。"他环视了一下空荡荡的校园,"没准我还能在二中当个外语老师呢。"

他转过身来,脸上是一副踌躇满志的表情,似乎对自己的美好前景兴奋不已。

"老师们一定很惊讶，滕晓居然能做外语老师？哈哈！"他越说越得意，"教外语的陈老太太肯定会把眼珠子瞪成这么大！"他用手比画出一个碗口大小的圆。

这动作似乎刺激了他，他难以自持地手舞足蹈起来，晃晃悠悠地试图去踢一个啤酒罐，结果只是用鞋尖蹭到了一点，啤酒罐骨碌碌地滚动起来。他不甘心地追过去，刚想飞起一脚，就踩到了另一个啤酒罐上。

瞬间的失衡让滕晓慌了手脚，他在天台边缘危险地向后仰了过去，双手在空中惊恐万状地挥舞着。我冲过去，可是只来得及碰到他的指尖，他就啊的一声摔了下去。

"后来呢？"杨小竹和我并排坐在天台上，目光炯炯地盯着我。在越来越深的暮色里，她的样子很像一只鹰或者其他等待捕猎的猛禽。

"我离开了。从那么高的地方摔下去，滕晓必死无疑。"我低着头，"当时只有我们俩——我不想给自己惹麻烦。"

杨小竹哦了一下就不再吭声了，又坐了片刻，她起身走到天台边上，小心地探出半个身子。

太阳正慢慢地消失在地平线上，一个火红的圆球渐渐沉没下去。夕阳映在杨小竹的脸上，反射出淡淡的金色的光。有那么一会儿，我以为她会跳下去，然而她没有，只是站在那里看着夜色一点点吞没大地。

"我曾经是滕晓的女朋友，或者说，我以为我是他的女朋友。"杨小竹咧嘴笑了笑，"那时候我叫杨景如，是三班的班长。我第一次跟滕晓在一起，是在他21岁生日那天。我喝醉了，他跟我上了床。我并不后悔，我那时以为我会是他最后一个女人。可是后来他就消失得无影无踪，高考后我才知道他出国了。我上了大学，改了名字，有了新的男朋友，可我就是忘不了他。7年前，我听说他死了。我知道，有一件事我永远也搞不清了。那就是，他究竟有没有爱过我。这问题折磨了我10年，直到我遇见你。"

杨景如，或者杨小竹回过身来，对我充满歉意地笑了笑："我知道这么做对你很不公平。但你是滕晓最好的朋友，我认为可以从你那里得到答案，而且，我能在你身上依稀看到滕晓的影子。但是很遗憾，我不能忍受和你长时间在一起。所以有时候我不得不提前走掉。很抱歉，我瞒了你这么久。"

我点点头："没关系。"

"我想再待一会儿，你能陪陪我吗？"

我们牵着手坐在天台上，一言不发。杨小竹的手很暖，也很柔软，这让我感到些许安慰。我想我还是不了解杨小竹，就像我不知道此刻的她究竟在等待什么。

临近午夜的时候，我睡着了。不知道过了多久，我隐隐约约地听到一个女人在大喊："我不再爱你啦！"

我很想睁开眼睛，可是强烈的倦意让我又沉沉睡去。

我醒来的时候，杨小竹已经走了。这一次她彻底消失了。从那天起，我再没有见过杨小竹。我想，这是一个没有耐心的姑娘。如果她肯留下来的话，我也许会告诉她：当时滕晓把手伸给我的时候，我原本可以拉住他，但是我脑子里突然闪现的一个念头让我把他推了下去——我不能让他重新出现在我的生活里。滕晓满脸惊讶地摔下去的时候，的确喊了一句什么，但是我不能确定那是不是杨景如或者杨小竹的名字。